安徽省重点学科中国现当代文学基金资助

中学现代文学作品教学设计研究

ZHONGXUE XIANDAI WENXUE ZUOPIN JIAOXUE SHEJI YANJIU

何更生● 著

安徽师范大学出版社

图书在版编目(CIP)数据

中学现代文学作品教学设计研究 / 何更生著．—芜湖:安徽师范大学出版社,2010.12
ISBN 978-7-81141-133-1

Ⅰ.①中… Ⅱ.①何… Ⅲ.①文学—作品—中国—中学—教学研究Ⅳ.①G633.302

中国版本图书馆 CIP 数据核字（2010）第 254835 号

中学现代文学作品教学设计研究

何更生 著

出 版 人:张传开
责任编辑:郭行洲
装帧设计:王 芳

出版发行:安徽师范大学出版社
芜湖市九华南路 189 号安徽师范大学花津校区 邮政编码:241002
发 行 部:0553-3883578 5910327 5910310(传真) E-mail:asdcbsfxb@126.com
经 销:全国新华书店
印 刷:芜湖新欣传媒有限公司
版 次:2010 年 12 月第 1 次修订
印 次:2010 年 12 月第 1 次印刷
规 格:889×1194 1/32
印 张:7.625
字 数:191 千
书 号:ISBN 978-7-81141-133-1
定 价:16.00 元

前　言

现代文学作品教学是中学语文课程的重要组成部分。《高中语文课程标准(实验)》明确规定现代文学作品教学是高中语文必修课和选修课的重要内容。在义务教育七至九年级阶段的各种语文教材中也入选了大量现代文学作品。一些现代文学史上著名的文学大师如鲁迅、朱自清、徐志摩等创作的文学经典如《故乡》、《社戏》、《孔乙己》、《阿Q正传》、《春》、《背影》、《荷塘月色》、《再别康桥》等已成为影响亿万中国青少年健康成长的精神食粮。必修课中如何有效展开现代文学作品教学设计、如何开设现代文学作品选修课等问题自然受到广大语文教育工作者的普遍关注。

本书运用现代教育科学理论的有关原理尤其运用现代教育心理学、现代教学论的有关理论,系统探讨义务教育七至九年级阶段和高中阶段语文课程中现代文学作品教学设计问题。首先,从宏观上探讨了现代文学作品鉴赏教学设计的规律、原则、过程和方法等;其次,分别对现代诗歌教学设计、现代散文教学设计、现代小说教学设计和现代戏剧教学设计的有关问题展开具体论述;再次,对高中系列选修课中的现代文学作品教学问题作了专门讨论。本书的新颖之处是主张在中学现代文学作品教学设计(包括课程教材设计和语文教师的课堂教学设计)中引入现代教育心理学中的任务分析理论和技术。任务分析的前提是教学目标设计,然后,根据教学目标所蕴涵的学习结果类型分析达成教学目标所需要的学习条件和学习过程,最后,根据学习条件和学习过程揭示现代文学作品教学过程、学习方式和教学方法等规律。所以,本书与市场上常见的一般语文教学设计类书籍有显著区别(一般语文教学设计类书籍只在操作层面描述教学过程和教学方法的设计要领,而不探讨设计教学过程和方法的原理)。

此外,本书还具有如下鲜明特色:

一是针对性。本书作者在研究过程中,收集了各种版本的中学语文教材,所研究的现代文学作品全部系语文课程标准所规定的各种版本的中学语文教材中入选的篇目;在论述问题时,针对语文教师课堂教学的实际需要,结合具体课文展开分析,所提出的教学原则和教学方法可直接用于中学现代文学作品教学设计之中。

二是系统性。本书论述了中学现代文学作品教学设计所涉及到的诸多理论问题和实践问题,包括教学目标设计问题、教学过程设计问题、教学方法设计问题、中学现代诗歌教学设计问题、中学现代散文教学设计问题、中学现代小说教学设计问题、中学现代戏剧教学设计问题和中学现代文学作品选修课教学设计问题等,具有较强的系统性。

三是实践性。本书在阐述中学现代文学作品教学设计有关理论问题的同时,密切结合中学现代文学作品教学设计实际和中学现代文学作品课堂教学实际,尤其注重研究优秀语文教师典型的中学现代文学作品教学设计案例,具有较强的实践性和可操作性。

本书的撰写和出版得到了安徽省内一些示范高中优秀语文教师的大力支持,得到了安徽人民出版社安徽师范大学编辑部的鼎力协助,得到了安徽师范大学文学院谢昭新教授的指导和帮助,在此一并表示对他们的衷心感谢。

何更生

2009 年春节

目　录

第一章　中学现代文学作品的阅读鉴赏学习

现代文学作品教学是我国中学语文教学的重要内容,通过现代文学作品教学促进学生思想品德、阅读能力、审美能力、审美情感、道德情操以及人格和个性等方面的和谐发展是现代文学作品教学的根本目的。学生是语文教学的主体,也是现代文学作品阅读鉴赏的主体。因此,进行现代文学作品教学设计要以研究学生的心理发展水平、阅读心理特点和阅读鉴赏现代文学作品的心理机制等心理学和教育学的有关理论为依据。现代文学作品的阅读鉴赏学习问题是现代文学作品教学设计研究的逻辑起点,也是现代文学作品教学实践的基础。

第一节　现代文学作品阅读鉴赏本质

经过20世纪末的语文教育大讨论，通过文学作品阅读鉴赏教学培养学生的文学鉴赏能力,从而全面提高学生的语文素养,成为人们的共识。在中学语文教材中,入选了大量现当代文学作品,其中包括一些现代文学大师如鲁迅、朱自清、曹禺、老舍、沈从文等创作的文学经典,这些名家名篇对培养学生的文学鉴赏能力、审美能力和健全的人格都具有重要作用。但在具体教学实践中,由于人们对“现代文学作品”“文学作品鉴赏”和“文学作品鉴赏能力”概念不能准确把握和科学区分,从而造成的教学效果往往差强人意。因而,有必要首先将这些概念放在中学语文课堂教学情境中加以简要讨论。

一、中学语文教材里的现代文学作品

中学语文教科书中的现代文学作品主要有诗歌、散文、小说和戏剧等几大文学样式，此外，还有少数的童话、寓言、神话故事以及一些边缘文学样式，如散文诗等。下面就占语文教材选文比率较大的诗歌、散文、小说与戏剧四种主要体裁样式进行简要讨论。

诗歌是“一种语词凝练、结构跳跃、富有节奏和韵律、高度集中地反映生活和表达思想感情的文学体裁”。[①]现代诗歌是我国现代文学瑰丽灿烂的宝库中的重要组成部分，有相当一部分诗歌名篇入选到中学语文教材之中。现行中学语文教材中的现代诗歌作品题材丰富多样，如戴望舒的《雨巷》、徐志摩的《再别康桥》、郭沫若的《天上的街市》、舒婷的《致橡树》等。诗歌使人灵秀，这些诗歌作品，以其鲜明的形象，凝练的语言，跳跃的结构以及富有音乐性的节奏韵律和丰富的思想感情给学生以美的熏陶，使学生在鉴赏学习中受到情感熏陶，获得思想启迪，享受审美乐趣。

散文是“一种体裁广泛，结构灵活，注重抒写真实感受、境遇的文学体裁”。[②]它具有题材广泛多样，结构自由灵活，抒写真实感受等主要特征。现行中学语文教材中，有叙事性散文，如鲁迅的《从百草园到三味书屋》、朱自清的《背影》；有抒情性散文，如朱自清的《荷塘月色》和《春》、茅盾的《白杨礼赞》；也有议论性散文，如鲁迅的《灯下漫笔（节选）》；甚至有融及时性、纪实性和文学性为一体的新闻作品，如魏巍的《谁是最可爱的人》。学生鉴赏散文作品，可以开阔视野，启迪智慧，舒展情志，从而获得一种心灵的放飞。

---

① 刘安海、孙文宪主编：《文学理论》，武汉：华中师范大学出版社 2001 年版，第 382—392 页。

② 刘国正主编：《中国著名特级教师教学思想录·中学语文卷》，南京：江苏教育出版社 1996 年版，第 185 页。

小说是一种通过刻画人物形象、叙述故事情节和描写环境来反映社会生活的文学体裁。现行中学语文教材中，有中外长篇小说节选，如沈从文的《边城》（节选）；有中篇小说，如鲁迅的《阿Q正传》；更有为数不少的短篇小说，如鲁迅的《药》和《祝福》、孙犁的《荷花淀》、高晓声的《陈奂生上城》等等。此外，甚至还有微型小说，这里不再一一列举。学生鉴赏这些小说作品，有利于感悟生活，开阔视野，丰富体验，加深对社会、人生乃至生命价值的认识，从而树立起正确的人生价值观。

戏剧（剧本）是一种侧重以人物台词为手段、集中反映矛盾冲突的文学体裁。现行中学语文教材中的戏剧作品多为选场。有话剧如《茶馆》（节选），有歌剧如《白毛女》（节选），有悲剧如《雷雨》（节选）、有喜剧如《三块钱国币》等等。学生鉴赏这些戏剧文学作品，会体验到激烈的矛盾冲突、紧张的故事情节和极其个性化的人物语言，会产生对剧中人物命运的深切关怀，对剧情发展的期待，从而受到巨大的艺术感染。

二、中学现代文学作品阅读鉴赏的含义

作为传统文学理论的重要概念之一，文学作品鉴赏有它特定的含义。如《中国大百科全书·中国文学》卷这样定义：

> 读者阅读文学作品时的一种审美认识活动。读者通过语言的媒介，获得对文学作品塑造的艺术形象的具体感受和体验，引起思想感情上的强烈反应，得到审美的享受，从而领会文学作品所包含的思想内容，这就是在进行文学鉴赏。文学鉴赏是文学发挥和实践其社会作用的重要环节。

关于中学语文教学中的现代文学作品鉴赏，著名语文特级教

师时雁行老师有一段精辟的论述:“鉴赏,指鉴别和欣赏文学作品的语言、写作方法、篇章结构的表现力量,鉴别和欣赏它的思想感情和主题的社会意义,并对这一切作出恰当的评价。亦即体会它写得怎么好,怎样达到了内容形式的统一,品味它的艺术魅力。”[①]赏,就是“披文入情”,感受作品的语言美、形象美、艺术技巧美和情感美;鉴,就是“析文析情”,是在“赏”的基础上更进一步,探究作品语言、形象、技巧和情感背后的深层意蕴,从而获得美的享受、人生境界的提升和心灵的超脱。

时老师的界说明确区分了鉴赏中“赏”和“鉴”两个不同水平的要求,明确了鉴赏教学的目标内容,是符合中学文学作品鉴赏教学实际的,这给我们以有益的启示。

但是对这一定义用于课堂教学还需作如下说明。

(一)关于现代文学作品

进入中学语文教材和现代文学作品阅读鉴赏课的现代文学作品,已经不是图书市场上的随便购到的那一类作品,也不是指那些作者原初创作的作品,而是指那些被教科书编者“编进”教材用做课文的诗歌、散文、小说、剧本以及寓言、童话、神话故事等。这些作品是融入了编者思想意志、教育理念和学习方法的“文质兼美”“适合教学”的文本。因而,中学语文教材和现代文学作品阅读鉴赏课的现代文学作品有其特定的所指范围。确切地说,这些作品已经不再是纯粹的“文学作品”,它们已经过了教科书编者的加工,被“包围”在“编辑说明”“鉴赏提示”“课文注释”和“课后练习”之间,在不知不觉中转变成了“教学材料”,成为了一定知识体系的形象化示例,成为了一定的教学内容的载体——认知的、情

① 刘国正主编:《中国著名特级教师教学思想录·中学语文卷》,南京:江苏教育出版社1996年版,第189—190页;张志公主编:《九年义务教育三年级初级中学〈语文〉第三册说明》,北京:北京大学出版社1980年版,第259页。

感的甚至道德训诫的内容。因此，从这个意义上说，教科书中的文学作品是“教学用文学文本”，不能再被当成“文学理论”教科书中的纯“文学作品”了。相对于纯文学作品，中学语文教科书中的现代文学作品具有如下特征。

1. 教育性

中学语文教材和现代文学作品阅读鉴赏课的现代文学作品是编者按照国家教育方针、在国家颁布的《义务教育语文课程标准（实验稿）》和《高中语文课程标准（实验）》的指导下，为培养德智体美全面发展的人才，为提高学生的文学作品鉴赏能力、思想道德水平和审美能力，为陶冶学生情操，培养学生的健康人格和良好的个性品质等，在现代文学作品浩瀚的海洋中，经过精心挑选和加工制作而编入语文教科书中的。这些作品思想内容积极健康，语言文字堪称典范，是教育学生、感染学生，促进认知、品德和情感健康和谐发展的有益材料，对学生的学习、做人、生活和未来的工作都将产生深刻的影响。

2. 目的性

中学语文教材和现代文学作品阅读鉴赏课的现代文学作品是教材编者根据“语文课程标准”所倡导的语文课程理念、所规定的语文课程目标尤其是现代文学作品（包括诗歌与散文、小说与戏剧）阅读鉴赏课程目标以及所提出的阅读教学要求等进行编选和加工的，是以课程目标为指导，为达成一定的课程目标服务的，因而，具有鲜明的目的性。其目的性体现在如下方面：（1）作品挑选的目的性。在成千上万的现代文学作品中选择哪些篇目作为中学语文教材，这绝对不是任意而为和盲目随意之事。教材编者和语文教师对此有明确的选择标准，那就是能够有助于全面提高学生语文素养的名篇佳作才有资格入选。（2）篇目组合的目的性。入选到语文教材中的现代文学作品通常不是孤立的个体，而是要和其他作品组合成相应的单元，这种组合也不是随意为之的事，是编者根据一定的单元教学目标将相同或相似篇目进行整合的结果。(3)文本呈现的目的性。中学语文教材和现代文学作品阅读鉴赏课的现代文学作品有其特定的呈现方式。在语文教材中,现代文学作品往往和阅读提示、注释、插图、思考练习等组成一个新的整体;在现代文学作品阅读鉴赏课上,现代文学作品有时通过教师或录音机的范读呈现,有时通过多媒体画面呈现,当然更多情形是通过课本呈现。以何种方式呈现这些作品,都与教学目标的达成密切相关。

3. 规范性

中学现代文学作品在内容和形式方面都要符合教科书的要求。在内容上,要按照"语文课程标准"的理念和要求精选那些思想内容积极健康、符合时代要求和社会道德规范的作品作为语文教材。要考虑题材的多样性和对于中学生的适切性。例如,一些爱情题材的作品尽管也十分健康,但不宜多选,尤其对初中生更不宜多选,因为这会对"情窦初开"的花季少男少女形成早恋的暗示;在形式上,通常要有精巧的结构和高超的艺术手法,语言要典范,篇幅要适中,对于那些宏篇巨著通常只节选部分章节,还要考虑体裁的多样性,力求各种文学作品的样式都能够进入教科书。

(二)关于学习型读者

文学鉴赏课上的学生,也不再是普通的、自由的社会读者,不是《红楼梦》里那位痴迷于王维、杜甫的香菱,更不是内行的专家型读者,而是教育学意义上的"被塑造者"、"被培养者",这种读者我们可以称之为学习型读者。所谓学习型读者指以身心发展为目的、以阅读为途径,通过阅读使自身的行为、能力和倾向等方面产生变化的个体和群体。这类读者在整个阅读鉴赏过程中,必须以一定的教学目标为旨归,阅读文学作品的过程只是教学目标的实现过程,从这个意义上说,学习型读者的阅读鉴赏过程受制于教学目标实现过程,而不是相反;也就是说,学习型读者在实际的文学鉴赏过程中,不是那种独立自由的“理想状态”的鉴赏主体。具体而言，学习型读者与一般读者相比具有如下特征：

首先，学习型读者是一个学习者，这是学习型读者的根本特征。所谓学习者，就是通过在特定环境中获得一定的经验而促使自身在知识结构、能力、品德、情感、个性等方面产生稳定而持久变化的人。一般的读者也有可能通过阅读使自身在某些方面发生变化，但这种变化是不自觉的和不系统的；而学习型读者把身心的发展变化作为目的，阅读只是实现发展变化的途径和手段。

其次，学习型读者是一个建构者。所谓建构就是运用大脑中已经储存的知识对新输入的信息进行识别、加工、改造和重组，是新知识与已有知识的关联，是读者运用大脑中已有命题和命题网络同化和顺应新信息而产生新的命题和命题网络的过程。学习型读者在阅读过程中不是简单机械地记忆和接受文本中的文字符号所蕴含的信息，不是带着“一张白纸”式的空白脑袋被动地输入和储存知识；而是不断地把长时记忆中已经储存的相关知识调用到工作记忆之中，对文本提供的文字符号信息进行解码、解读和诠释，在此基础上，还要根据自身阅读经验对文字信息进行概括和推理，最后形成自己独特的理解，所谓“一千个读者就有一千个哈姆莱特”就是对读者意义建构功能的形象描述。

再次，学习型读者是一个批判者。所谓批判就是读者在反思的基础上对文字符号所提供的信息进行质疑、改造、拓展和创新，是一种超越给定信息的信息加工过程。学生在阅读鉴赏现代文学作品时，既要尊重作者的思想和意志，遵循作品的客观实际，还作品的本来面目；又要充分发挥自身的主观能动性，按照自己的人生观、世界观、审美观、审美标准和审美情趣对作品进行评估、反省和改造。从某种程度上可以这样说，当文学作品通过视觉器官的选择性知觉进行感觉登记以后，作品已经与其原貌发生某种程度上的改变，再进入工作记忆调用长时记忆的有关知识对文本进行深度加工再造，最后进入长时记忆的作品与原先的作品已经发生了本质的变化。这种经过学习型读者解读和改造后的作品实际上是一种融入了读者自身知识、经验和情趣的新的作品。

(三)关于对话

《普通高中语文课程标准（实验）》指出:“阅读教学是学生、教师、教科书编者、文本之间的多重对话,是思想碰撞和心灵交流的动态过程。”对于对话的内涵和精神实质,戴维·伯姆作了较为全面、深刻的阐述，他认为:“对话仿佛是一种流淌于人们之间的意义溪流,它使所有对话者都能够参与和分享这一意义溪流,并因此能够在群体中萌生新的理解和共识。”他认为:“对话并不局限于两人之间,它可以在任何数量的人之中进行。甚至就一个人来说,只要他抱持对话的思维与精髓,也可以与自己进行对话。”伯姆认为对话的思维就是“破除潜隐于我们思维假定背后的种种束缚”,不试图强迫他人接受自己的观点,认真倾听并充分尊重他人的看法,让对话在一定的思维假定后自由地进行。对话的精髓就是实现双赢,让对话双方都在对话中受益。现代文学作品鉴赏课也是学生与作品(作家)、学生与教师、学生与学生的多重对话。具体包括以下五种情形:

1. 读者与文本对话

在接受理论看来，文本的意义只有在阅读过程中才能产生,它是作品和读者相互作用的产物。读者与文本对话得以产生,是因为文本“具有未定性,都不是决定性的或自足性的存在,而是一个多层面的未完成的图式结构,其中存在着许许多多的空白或未定点”①。这些空白或未定点主要表现在:第一;文本语言(主要是指文学文本语言)具有模糊性和意会性的特点。不少文学作品中的语言所表示的概念内涵不确切,外延不明显,给读者留下了较大的主观情感运

① 龙协涛:《文学阅读学》,北京:北京大学出版社2004年版,第20页。

动的空间,不同的读者可以根据自己的主观意图对同一语句作出不同的解释。第二,文本自身存在着创作中的空白。文本中的创作空白是作者有意无意地造成的隐蔽、残缺、中断、休止、无言、无声、无形的部分,即作者留下的可供读者去充分发挥的空间。第三,读者和作者的不对称交流。读者在阅读时,与作者没有共享的现实语境,作者不能当面回答读者的询问和质疑,不能构成反馈,读者也无法检验自己对文本的理解和阐释是否恰当正确。

2. 读者与作者的对话

读者与作者的对话是通过文本实现的。读者与作者的对话即理解作者意图的对话,其内容十分丰富,比如,通过阅读体会作者的情绪、感情、心境,理解作者的写作意图,理解作者的处境、创作状态等多方面。

3. 读者与编者的对话

读者与课文编者的对话主要通过课文前的提示、课文的点评、课文内的注释和习题等进行,还可通过教材的编写说明、单元提示以及整个课文的编辑体例进行对话。

4. 师生对话

教师与学生对话是对话教学多重关系中的最重要一重。因为,在后现代主义看来,课堂教学的主要活动过程应该是师生互动的过程。师生关系带有对话交往的个人特点——是双向的和交互作用的,而不仅仅是单向的和信息传递性的,阅读教学当然也不例外。

5. 生生对话

这种对话是指在教师的组织和管理下, 学生与学生之间的互动,韩雪屏教授将之称之为“水平性对话”[①],并概括了这种对话的三种形态:(1)全班性课堂讨论。在课堂环境中,学生围绕有关文本的“主问题”展开讨论。这种讨论是学生自主学习的一种表现。(2)小组合作学习。学生在小组或团队中为了完成共同的学习任务,有明确责任分工

① 韩学屏:《课堂教学中的水平性对话》,《语文教学通讯·高中刊》,2004 年第 3 期。

的互助性学习。这种合作学习将个人之间的竞争转化为小组之间的竞争,有助于培养学生合作精神和竞争意识。(3)同学之间的互教互学。

必须指出，作为鉴赏主体的学生和作为创作主体的作家之间隔着多位“监察官”——教科书编者、教师和学习同伴。编者通过确定编辑意图、鉴赏提示、课文注释和课后练习题来“预定”鉴赏学习方向;教师则通过对作品的教育性解读,有选择地打开学生与作品(作家)对话的某一条通道,力求在这种交流对话中实现既定的教学目标。同时,学习伙伴也通过合作学习,互相交流各自的感受认识而产生相互作用。每个学生作为阅读主体在阅读过程中要不断设定阅读目标、监控阅读过程、选择阅读方法、反思和评价阅读结果,这实质就是一种自我对话。可见,在现代文学作品鉴赏课上,教科书编者、教师、同伴和自我协同一致,对鉴赏学习进行引导和纠偏,“主体间性”对话必然为学生、教师、教科书编者、文本之间多重教学对话所取代。

第二节　现代文学作品阅读鉴赏的学习结果分类

关于现代文学作品阅读教学涉及的问题有很多,主要问题有三个:包括为什么教学的问题、教学什么的问题和怎样教学的问题。前两个问题都与教学目标有关。“语文课程标准”对现代文学作品阅读鉴赏教学目标作了明确而具体的规定,其中核心目标就是要学生形成一定的现代小说、诗歌、散文、戏剧和其它文学样式作品的阅读鉴赏能力。那么,这些能力的实质是什么呢?我们又如何来理解设计这些能力目标呢?

一、现代文学作品阅读鉴赏的学习结果分类

学生学习的结果指的是在一定的言语情境中由于经验的获得而导致的能力和倾向发生的稳定而持久的变化。

(一)学习结果分类理论

学习结果是一种复杂的社会现象和个体心理活动现象。现代科学心理学主张,对这种复杂的现象应作分类研究。目前,由于对学习的研究本身并非一个专门学科,因而代表不同观点的研究者对语文学习结果的分类存在很大差异,这样,相应在心理学界也出现多种学习结果分类理论,比较著名的有:

1. 奥苏伯尔的学习分类

奥苏伯尔在《教育心理学——认知观点》一书中系统阐述学习结果的分类问题。他首先根据学习者是否理解了所学习的材料,将学习分为机械学习和有意义学习。他认为,学生的学习主要是有意义的言语学习,并且将有意义学习有简到繁分为如下五类:

(1)表征性学习,指学习单个符号或一组符号和符号所代表的意义包括人物、事物、事件和性质等。如"茉莉花"代表一种花卉,"写作"代表一种行为,"参观"表示一类事件,"熊猫"代表一种动物。符号最初表示个别事物,如"参观"表示儿童某次难忘的参观活动,但当符号表示一类事物,如参观不论人物、地点、时间、人物、结果等时,"参观"这个符号则是一种概念了。

(2)概念学习,指认识和掌握一类事物的共同本质特征。如"记叙文"这个概念是所有记叙文——包括记人的记叙文、叙事的记叙文、文言记叙文、白话记叙文等本质特征。概念学习意味着掌握一类事物的共同本质特征。如掌握记叙文这个概念,就能理解记叙文是以叙述、描写为主要表达方式,同时结合抒情、议论等表达方式的文体,这也就意味着学习者能从各类文体(记叙文、说明文、议论文、应用文、诗歌、戏剧等)的文章中识别出记叙文类的文章。

(3)命题学习,指掌握概念之间的关系,有两类:一类是学习概括性的命题,如"托物言志",指借助各种事物表达思想感情;概括性的命题表示某种规律、规则或原理。另一类是学习非概括性的命题,如

“鲁迅是伟大的文学家和思想家”,非概括性的命题表示一个事实。

(4)概念和命题的运用,指在简单情境中运用概念和命题解决问题。如根据比喻句“漫山的杜鹃花红得象一团团火焰”仿写一个句子。

(5)解决问题与创造,指在复杂情境中运用概念和命题解决问题,如学生通过《祝福》学了按照时间顺序划分文章段落的规则,然后把所学的知识用于分析鉴赏其它类似的课文。创造则是在与原先学习的情境不同的情境中运用概念和命题解决问题,这是解决问题的最高形式。如学生运用阅读教学中所学习的有关文章构思规则进行写作构思,生成一篇作品。

2. 加涅的学习结果分类

20 世纪 60 年代, 美国著名学习与教学心理学家 R.M. 加涅(1916—2002)明确认识到,人类学习现象极其复杂,不可能用一种理论解释全部学习现象,必须对学习作分类研究。1965 年他出版了《学习条件》一书,该书分别于 1970 年、1977 年和 1985 年三次修订再版,最后一版的书名改为《学习的条件和教学论》。该书将人类学习的结果分为五种类型:

(1)言语信息——指能用言语(或语言)表达的知识,其中又分三个小类:① 符号记忆,包括人名、地名、外语单词、数学符号等的记忆,如知道上海又名“沪”,苹果在英文中叫“apple”等。② 事实性知识,如知道“中国的首都是北京”,“北京将在 2008 年举办第 29 届奥运会”等。③ 有组织的整体知识,如物理学中有关压强的知识。

(2)智慧技能——主要指运用概念和规则办事的能力,其中又分五个小类。

① 辨别——区分事物的差异的能力。如区分两张不同的面孔,区分两个不同字母如 b 与 d 的音和形。

② 具体概念——识别同类事物的能力, 如从大量餐具中识别“碗”和“杯子”,从大量动物中识别“马”类。具体概念一般不能下定

义,其本质特征是人们在日常生活中逐渐发现并归纳出来的。

③ 定义性概念——指运用概念定义对事物分类的能力,如圆周率(其符号为 π),这类概念不能直接通过观察习得,必须通过下定义即 $\pi=c/d$ 即圆周率(π)是圆的周长与其直径之比,而且不论圆的大小,这个比值是固定不变的。学生如果按该定义办事,则他习得了定义性概念。

④ 规则——当原理或定律指导人的行为, 按原理或定律办事时,原理或定律变成了规则。如圆的面积(S)等于圆的半径(r)的平方乘以 π,即 $S=\pi r^2$ 当学生运用这个定律(公式)做事时,则该定律变成了指导人行为的规则。

⑤ 高级规则——由若干简单规则组合而成的新规则,如根据审题、选材、组材、构思等写作规则生成一篇新的作品。

(3)认知策略——指运用有关人们如何学习、记忆、思维的规则支配人的学习、记忆或认知行为,并提高其学习、记忆或认知效率的能力,例如,阅读心理学家提出阅读中可采用 SQ3R 方法。这里 S 指浏览全文,略知文章大意;Q 指提出疑难问题;"3R"中第一个 R 指带着问题阅读课文;第二个 R 指对重要文段进行诵读;最后一个 R 指回顾或复读课文。如果学生用这套方法(或规则)进行阅读,改进了自己的阅读方法,并提高了阅读效果,则可以认为,学生掌握了这种阅读策略并提高了阅读学习能力。

(4)动作技能——指通过练习获得的、按一定规则协调自身肌肉运动的能力, 如背越式跳高能力是以动作技能为主的运动能力。动作技能中含有两个成分:一是运动的规则,如背越式跳高这项技能中有如何助跑、单脚蹬地、腾空、身体过竿等复杂规则;二是肌肉协调,如背越式跳高中手、脚、身躯、甚至呼吸之间有复杂的肌肉协调。运动技能学习的实质上是通过练习,使运动规则支配学习者的肌肉协调,最后达到自动化。

(5)态度——指习得的对人、对事、对物、对己的反应倾向,例如,若父母给幼儿讲大灰狼假装兔妈妈,闯进小白兔家里,想吃小白兔的故事。故事中的大灰狼狡猾、凶残,而小白兔善良、可爱。故事多次重复以后,幼儿一听到大灰狼这个名称就感到憎恶,说要打死大灰狼;一提到小白兔,幼儿就表现出愉快,想接近它的神态。这两种反应倾向表明幼儿习得了对不同动物的两种不同态度。

上述五种学习结果中第一到第四种结果属于能力范畴。人的能力有天生成分和后天习得的成分。后天习得能力是由习得的语言信息、智慧技能、认知策略和动作技能构成的。这四种成分中前三种属于认知领域;第四种结果即动作技能,属于心因动作领域;第五种结果即态度属于情感领域。

3. 乔纳森等人的分类系统

建构主义心理学家 D.H.乔纳森等主张,应根据教学研究的最新发展考虑学习结果的分类问题。他把学习结果分为七种类型:

(1)结构性知识。指学生习得的概念或命题的既有多样性但又相互关联的语义网络。一个语义网络是相互关联概念的一个集合,也是这些概念之间的联结。

(2)心理模型。这是一种在结构性知识基础上建构而成的知识复合体,其中也包括程序性知识、表象知识、隐喻的知识和执行控制技能,它们是知识延伸、问题解决和远迁移所需要的。

(3)不良结构的问题解决。不良结构问题指真实情境中具有多种答案和解答途径,或根本不可解答的问题。在解决这类问题时,对于哪些概念、规则和原理是必要的,或者它们该如何组织等均具有不确定性。

(4)延伸技能。是指用于超越给定信息进行推理的技能,包括进行类比,作出解释,得出推论,建构论据等。延伸技能能够使学生可以在未经研究或训练的情况下生成新知识,从而使学习更高效、更适合个人特点和更具创新性。

(5)自我知识。是一种特殊的陈述性知识,是关于自我的知识或关于我作为一个学习者"是什么人"的知识,包括有关自我的学习方式、学习优缺点以及知识水平的自我意识等知识。

(6)执行控制策略。常常指反省认知策略,有两种类型:一类由学习计划活动构成,包括诸如评估任务难度、建立目标、选择或决定完成任务的策略、评估先前知识(也是自我知识的一部分)、评估目标达成中的进步、检查自己的操作方面的错误;另一类是理解监控,是指学习者评估学习中的进步。

(7)动机形成。包括学习的愿望,作出的努力和在学习任务上的坚持性。动机形成贯穿于整个学习过程、而不限于学习初始阶段。

4. 布卢姆等人的分类系统

半个世纪以前,美国著名教育心理学家 B.S. 布卢姆等人出版了《教育目标分类:认知领域》,将学习结果(即教育目标)分为认知、情感和心因动作技能三个领域。布卢姆等人从课程设计的角度以教育目标为出发点,将学习分为认知领域、情感领域和动作技能领域三大类,每一领域又包含一些子类别,具体如下:

(1)认知领域。包括知识、领会、应用、分析、综合和评价六级水平:知识,指人们获得的实际信息,学生必须知道确切的事实、术语和方法,能够准确的回忆;领会,指学生对事实、观念和理论的理解能力,如学生理解教材并从教材中获得信息、并用自己的话语加以解释的能力;应用,指学生将课中所学的原理、观点正确地运用到具体情境中去,解决具体的问题;分析,指学生进行分类或把教材分解成若干个成分的能力,以及理解各成分之间的关系,并认识该系统或组织的原理的能力;综合,指学生集合部分以构成整体的能力,主要包括:创作新产品的能力、融合多种观点形成新理论的能力、超越现有认识水平的能力、提出新见解的能力、独创交流成果的能力;评价,指学生就特定目的去判断概念、教材和过程等价值的能力,它处于认知技能的最高层次,包含了以上五种能力中的各种要素,学生要能够创造性地对客观事物进行判断、权衡、检验和分析。

(2)情感领域。包括接受、反应、形成价值观念、组织价值观念系统和价值体系个性化五个方面:接受,指学生专注于特定现象或刺激,教学可通过对学生注意的引起、保持和支配促进学生的接受;反应,指学生积极参加活动,以某种方式做出反应;形成价值观念,指学生对特定的对象、现象或行为的价值或重要性的认识,包括较简单的价值接受和承担较复杂的任务的行为;组织价值观念系统,指学生通过比较、联系和综合的方式,解决新学习的价值系统与原有的价值系统之间的冲突,以及建立一种内部协调的新价值系统;价值体系个性化,当学生具有了一种价值体系后,这一价值体系会自觉的控制着学生的行为,并使之形成独特的"生活方式",例如,有的学生认为数理化重要,便会把业余时间主要花在数理化的学习上。

(3)动作技能领域。包括:知觉、模仿、操作、准确、连贯和习惯化等六种:知觉,指学生通过感官,对动作、物体、性质或关系等的意识能力,以及进行心理、躯体和情绪等的预备调节能力;模仿,指学生按照提示要求行动或重复被显示的动作的能力;操作,指学生按提示要求独立进行操作、行动的能力;准确,指学生的练习能力或全面完成复杂作业的能力;连贯,指学生按规定顺序和协调要求,去调整行为、动作等的能力;习惯化,指学生自发或自觉地行动的能力,也就是学生下意识地、有效率地将各部分协调一致地操作。

半个世纪以后,美国当今一些布氏的理论传承者 L.W. 安德森(Lorin.W.Anderson)和 D.R.克里索尔(D.R.Krethwohl)等人运用现代认知心理学和教育心理学的新理论对布卢姆学习结果分类系统进行了修订,构建了知识维度和认知过程维度相统一的学习结果分类框架,并对原先的认知过程维度的学习结果充实了新的内容。新修订的布卢姆学习结果分类系统如下:

(1)知识维度的学习结果类型。该维度的学习结果着眼于描述学生将"学到什么",也就是学生的长时记忆系统将会获得"什么知识"。知识维度的学习结果由事实性知识、概念性知识、程序性知识和元认知知识等类型构成。其中，事实性知识是一种具体的单个信息组成的知识，包括名称、术语、事物的具体构成成分和事件的细节等知识；概念性知识是较为复杂的有组织的知识，包括类别的知识、原理的知识、理论知识等；程序性知识则是关于“怎么做”的知识，包括技能、算法、技术、方法等方面的知识；元认知知识是关于一般认知和意识的知识包括关于认知任务的知识、关于认知情境的知识和关于自我的知识。

(2)认知过程维度学习结果类型。该维度学习结果着眼于描述学生将“如何认知”，即学生的工作记忆系统将怎样加工信息，或者说将会怎样运用所学的知识与外界环境发生关系。认知过程维度学习结果由识记、理解、运用、分析、评价和创造构成。其中，识记指从长时记忆中提取相关知识，包括再认和回忆过程；理解指运用已有知识建构口头、书面和图像等信息的意义，包括解释、列举、分类、概括、推断、比较和解说等过程；运用指在特定的情境中运用一定的程序或规则的过程，包括操作过程和应用过程；分析指把一定的材料划分成若干构成成分并弄清各个部分之间以及各部分与整体之间的关系的过程，包括区分、组织和归因等过程；评价指根据一定的标准和原则进行价值判断的过程，包括审核和评判过程；创造指把事物的各个构成要素整合成新的有机整体或者生成一个新产品的过程，包括生成、计划和产出等过程。

(二)现代文学作品阅读鉴赏学习结果的分类

现代文学作品阅读鉴赏学习的结果将导致学生在如下几个方面发生朝向教育目标的变化。

1. 作品内容知识和文体(文学)知识

现代文的阅读能力首先涉及现代文的内容(题材)知识、文体知识和文学常识等。

(1)作品的内容知识是指所阅读文章的具体内容。对于小说、戏剧和叙事性散文，是指关于具体的人物、事物、景物、场景、事件等方面的知识；对于童话、寓言等，是指某种人物或事物中蕴涵的某种道理的知识。

(2)作品的体裁知识指作品的外在形态体式。如小说是以叙述、描写为主要表达方式来塑造人物，反映现实生活，表达作者思想感情的。叙述是小说的主体表达方式，其方法主要有顺叙、倒叙、插叙、补叙、分叙等。描写是小说中仅次于叙述的表达方式，是指运用形象的语言对人物、事件、环境的形态特征作具体的生动的描摹与刻画，使读者对描写对象获得真切具体的感受和印象，它重在表现细微之处。描写在小说中多有应用，是刻画人物形象的重要手段，包括外貌描写、语言描写、动作描写、心理描写等。

(3)作家(作者)知识和作品背景知识。作家知识包括作家的经历、主要创作成就、文学主张、在现代文学史上的影响以及创作相关作品时的工作生活和思想状况等；作品背景知识指作品产生的时代背景和作者创作背景以及作者创作时的心境等。

上述知识，如果只要求学生理解、记忆、回忆和陈述结果，一般称为“陈述性知识”，也称言语信息，它们的外在行为指标是“说出”、“陈述”、“说明”等，其测量方法是回忆或有线索的回忆。

2. 阅读鉴赏的基本技能

从某种意义上讲，现代文学作品是由字、词、句、段构成的含有特定信息的“言语符号组合”，它们体现着汉语言书面语言规则。阅读这些作品，面对特定的“言语符号组合”，要想从中获取特定的信息就必须掌握基本的语言材料(词汇)和语言规则，掌握了这些基本的语言材料和语言规则就意味着获得了语文基本技能。如能识别、辨认文章中出现的现代汉语普通话的字音；能识别现代汉字的字形，对于那些容易混淆的字能从笔画、偏旁、部首等方面加以辨识；能识别、辨认标点符号，对于句号、问号、叹号等句末点号，逗号、顿号、分号、冒号等句中点号，引号、括号、破折号、省略号、书名号等标号，这些标点符号在文中的具体作用能较好地辨识；能识别、辨认作品中出现的词语的含义，对于作品中的虚词、词语的附加义、近义词、反义词、多义词及成语等词语含义均能达到较好地识别；对于出现的词组（短语）的层次、结构、以至句子成分，特殊的单句，包括把字句、被字句、连动句、兼语句、是字句、存现句等，复句的类型及多重复句的分析等能力；能识别、辨认常见的修辞格并了解它们的一般作用等等。此外还包括能正确熟练地使用常用的语文工具书，如《现代汉语词典》、《成语词典》等，以及通过电脑、网络等现代化媒体查阅上述有关作品内容知识及有关文学常识知识。

上述这些基本的语文技能是属于回答"怎么办"之类问题的，可以称之为程序性知识，其特征是运用概念和规则对外办事，测量方法是设计问题情境，通过观察学习者的作业表现来推测。

3. 高级智慧技能和认知策略

现代文学作品学习还涉及到如何叙述、、描写、说明、抒情和议论等的智慧技能和与谋篇、布局等作品理解有关的策略。如学习散文，需要具备如下能力：

（1）概括文章要点，把握文章主旨。散文有记人的和叙事的两大类。记人的散文，学习时要分析人物的外貌、言语、行动、心理，分析人物之间的关系，旨在揭示人物的精神品质和道德风貌；记事的散文，就要分析事件的发生、发展过程，分析人物在事件中的表现，分析典型事件或场面等，旨在通过主题事件，揭示一定的思想意义。无论哪种类型的散文，都不能浮于表面文字的分析，要在对具体内容分析掌握的基础上，通过提炼文章要点、综合分析结果，从具体的人物、事件的记叙中，抽象出事件的本质意义和人物的品格特征，从而概括出文章的主旨。

（2）从把握篇章结构入手，理清作者的思路。概括和把握文章思路涉及到文本解读规则和思维规则的综合运用，而这是一种高级智慧技能。那么，学生在阅读鉴赏现代文学作品时该如何概括和把握作品的结构呢?

第一,明确要素,抓住线索,把握文章的整体结构。分析记叙散文结构,可首先找出记叙的六要素,即:人物、事件、时间、地点、原因、结果,并且要弄清它们彼此之间的内在联系,从而了解散文的基本内容。在此基础上,找出贯穿全篇、统领全文的线索,弄清文章的总体结构。

第二,研究层次段落,把握局部结构,理清局部思路。抓住了记叙散文的线索之后,还需研究其内部的布局和构造,进一步把握文章的层次段落,更深入地理清作者的思路。

第三,综合分析结果,品评作者的思路。学习记叙散文,在分析层次段落,掌握局部思路的基础上,再进行总体关照,细致地研究文章怎样开头、结尾,如何过渡、照应等问题,这样来进一步理清文中作者的思路。

(3)探讨表达方式,揣摩生动形象的语言。我们同样以散文阅读为例。散文的表达方式以抒情、叙述、描写为主,辅以议论,叙述是记叙散文的主要表达方式。在阅读中,学生要了解文章叙述人称变化的特点,同时掌握叙述的基本方式之间的区别及其作用。叙述人以作品中人物的身份出现,以"我"自称的是第一人称,采用第一人称叙述,可直抒胸臆,真切而自然;采用第三人称"他"叙述,作者以局外人、旁观者的身份出现,可以写得灵活、自由,更广阔地反映复杂的社会生活。叙述的方式多种多样,最常见的有顺叙、倒叙、插叙、补叙等。散文中的描写包括景物描写和人物描写等,阅读时通过对描写的分析,可以了解其在表达思想感情,展示人物性格,表现人物思想品质等方面所起的作用,可以了解其在交代背景、渲染气氛、烘托人物,揭示主题等方面所起的作用。

上述这些与作品理解有关的高级智慧技能和策略也是属于回答"怎么办"之类问题的程序性知识,与基本的语文技能相比较,这类知识的特点在于运用复杂的概念和规则对外办事或对思维进行调控。对思维进行调控的能力又称为策略,它的显著特点是进行反省认知监控,以确保阅读理解的顺利进行。测量方法也是设计问题情境,通过观察学习者的阅读理解情况来推测。

4. 现代文学作品阅读欣赏学习中的情感和态度

现代文学作品中蕴涵着丰富的思想道德和审美的因素。在思想道德方面,有的现代文蕴涵着爱国主义观点,如《谁是最可爱的人》通过几个片段的叙述或描写动之以情,激发学生的内心体验,使他们在想象中产生爱国主义情感所应指向的鲜明形象。在审美方面,现代文包容了众多的审美内容:从共同性来看,主要有语言文字描述展现的视觉美、听觉美等形式美,也有语言文字描述的内容美、情感美;从不同文体的特殊性来看,记叙文有所记事件的曲折美(如《驿路梨花》中围绕"小屋的主人是谁"展开的跌宕起伏的情节)、人物的形象美(如《阿长与山海经》中"阿长"无私而质朴的形象)、生动形象的语言美(如《斑羚飞渡》一文的语言)等。

(1)情感。情感是人类心理活动的重要组成部分,是一种复杂的心理现象。从心理内容方面看,情感主要可以分为三个层次:最基本的层次是与人的衣、食、住、行、性等生物性需求相联系的情感,这是人的自然属性在情感生活中的反映,如因品尝美味佳肴而产生的愉悦,因睡眠受到别人的干扰而恼怒,因人身安全受到威胁而惶恐等,这类情感更多与人的生理需求密切相关。较高层次是与人社会性需求相联系的情感,这是人的社会属性在情感生活中的反映,如对父母或养育者的依恋感,对朋友、亲人等的归属感,还有自尊感、好奇感和探究感等,这类感情既带有一定程度的先天性特点,同时又是在人类社会环境中自然发展起来的。最高层次的情感是与人的高级社会性需要联系的情感,所谓高级社会性需要是指主要受系统教育影响的、后天习得的社会性需要,如认知的需要、审美的需要、自我实现的需要和创造的需要等,这种与高级社会性需要相联系的情感即学习结果,是个体在以一定的标准对事物进行认知评价后产生的情绪体验，主要包括道德感、理智感和审美感。道德感——指关于自我或他人的观念、行为是否符合社会道德行为准则而产生的情感，如对祖国语言文字的热爱、民族尊严感和自豪感、集体荣誉感和社会责任感等；理智感——是个体在智能活动中形成的对是否符合一定的认知标准而产生情感，它与人的认知需求相联系，如学生读一本好书而产生的喜悦感，对课文某句话产生的怀疑感，在写作过程中产生的乐在其中的陶醉感等等；美感——是以美的标准对自然、社会和艺术中各种事物或现象进行感知、判断和评价而产生的情感，是与人的审美需求相联系的。美感在语文学习中非常普遍，如对诗歌美意境和散文美的语言产生的愉悦之情，对小说和戏剧中的不同人物的命运产生的同情和仰慕之情，在运用书面语言和口头语言表达过程中伴随的喜怒哀乐等复杂的感情等。

(2)态度。社会心理学家阿尔波特(G.W.Allport，1935)曾经为态度下了一个经典定义："态度是心理的和神经中枢的准备状态，它们通过经验来组织，并施加直接的间接的与所有对象或情境有关的个体反应。"[①]这一定义有三层含义：其一，态度是一种内部准备状态，它不是实际行为反应的本身，只是使某些行为的出现成为可能。例如一位语文学习态度认真的学生，在课堂教学中总是能够认真听课，课外总是能够认真读书、认真做作业。当然，学习态度与学习行为不是一一对应的关系，学习态度认真的学生，在课外偶尔也会出现不读书、不做作业，而是上网、看电视等情况。其二，态度有可能直接或间接地影响个体的行为反应。然而，态度对行为的影响与能力对行为的影响是有区别的，能力决定人们是否能够顺利完成某些任务，态度则决定人们是否愿意完成某些任务。例如在课外是否看电视或上网，这些不是由能力决定的，而是由态度决定的。其三，态度不是先天遗传的，而是通过后天的经验组织或学习获得的，是个体

① 转引自 R.M.加涅：《学习的条件和教学论》，皮连生、王映学、郑葳等译，上海：华东师范大学出版社 1999 年版，第 250 页。

在内在心理与外在环境的相互作用中逐步形成和改变的。因此,可以说,态度是后天习得的影响个体行为选择的内部状态。

二、现代文学作品阅读鉴赏教学案例的学习结果分析

为了进一步说明文学作品鉴赏学习的结果,让我们再来看一段特级教师洪镇涛先生的《天上的街市》课堂教学实录。[①]

师:好,大家读了一遍。现在我们来深入学习这首诗。你看这首诗不长,语句也通俗易懂,一看就明白。但是,我们深入进去,还有很多地方值得我们品味,值得我们揣摩,值得我们学习。

下面,我们采用这个方法好不好?我先提出两个问题,然后你们仿照我提问的角度和方法,你们自己来提出问题,自己来解决问题,好不好?

[生有的点头,有的说"好"。]

我们看第一节,(师读第一节后)我现在把"天上的明星现了",这"现了"两个字换一换,换成"亮了"。"天上的明星亮了,好像是点着无数的街灯",行不行啦?好,好多人举手了,你说。

生1:当夜幕降临的时候,如果用"亮了"就体现不出来,用"现了"就能体现出来。

生2:天上的星星一直都是亮着的,一直都发出亮光。只是平时是太阳的光芒把它们的光芒掩饰住了,当黑夜来临太阳被地球挡了,这个时候才能看见其他恒星的光芒,所以应该是"现了"而不是"亮了"。

师:(高兴、喜悦地)好!他运用了科学知识。因为星星

① 洪镇涛:《打开"学习语言"的大门》,武汉:湖北教育出版社2001年版,第108—110页。

没有由暗到亮的过程,只不过由隐到现的过程,对不对?回答得很好!而且既然称为明星,这儿用“亮了”好不好哇?(生齐答:“不好。”)明星就是亮的嘛,那不是重复了吗?

好,我现在提第二个问题。第一节有两句话,我现在把这两句话颠倒一下,行不行。(朗读)“天上的明星现了,好像是点着无数的街灯。远远的街灯明了,好像是闪着无数的明星。”

(略顿)换个位置,怎么样?哦,好多举手的呀,你说。

生:我觉得不行。因为他首先是由人间的街灯,联想到天上的明星;然后再由天上的明星很自然地联想到天上的街灯,又由天上的街灯又联想到天上的街市。所以不能颠倒。(在生回答时,师板书:街灯)

师:噢,他从作者联想的过程来看,说这样不妥当,是不是哇?(生纷纷答:“是。”)他说得有没有道理呀?(生纷纷答:“有。”)嗯,有道理。

……

那么,同学们发现没有,我刚才提的两个问题都是从作者怎么样运用语言的角度提的。第一个问题涉及到用词的准确性,第二个问题就涉及到这首诗构思的问题了。请同学们也从语言运用的角度,学习我提问的方法,我是运用了什么方法啦?

生:比较。

师:对,我就是用的比较揣摩法。现在请同学们也运用我提问的角度和方法,自己来提出问题、解决问题,下面,一桌子三个人为一个小组,可以互相讨论,好不好?大声说话没关系。怎么讨论不敢说话呢?

[以上用了 20 分钟时间]

从这一段授课实录可见,教师在进行“言语准确性”(提第一个问题)和"思维情感表达的逻辑性"(提第二个问题)两方面引导学生对作品进行鉴赏,所得到的学习结果是提高了学生语词使用的准确性和思考问题的逻辑性。这些结果是属于认知领域的智慧技能。下面再让我们看一段特级教师于漪的论述。①

教语文,千万不能把语言文字看作僵死的符号,搞令人目眩的排列组合。文章本是有情物,它反映的人、事、景、物,大至大千世界,小至针尖般的细微感情,都是作者智慧和心血浇铸而成,其中蕴藏着深邃的思想、精辟的见解、丰富的感情与运用祖国语言文字的功力。教师引导学生树立"宝藏"意识,学生见到课文就会一扫单纯的白纸上写黑字的观念,而是能感受到课文是活的,动的,有血有肉的,丰富多彩的,就会热爱教材,对课文有感情,从而产生探宝的愿望。

让学生树立"宝藏"的意识,靠说空话是不行的,教师须加以指点,让学生见到"宝",识别"宝",进而主动积极地探求宝藏。例如《林黛玉进贾府》中对王熙凤的语言描写有这样一句:"天下真有这样标致的人物,我今儿才算见了!况且这通身的气派,竟不像老祖宗的外孙女儿,竟是个嫡亲的孙女……"初看,只是恭维新来贾府的客人林黛玉,当然,这种恭维是高规格的,惊叹林黛玉是自己"见所未见"的标致人物,捧得高雅,捧得不见庸俗的痕迹。如果认识仅止于此,还谈不上"宝",语言描写把王熙凤内心刻画得入木三分还远远没有看到。

这句话把它放到特定的贾府人际关系里理解,这个绝妙佳笔的光彩就跃然纸上。王熙凤是贾府的铁腕人物,她貌美如花,但工于心计,心狠手辣。她在贾府大总管的

① 于漪:《语文教学谈艺录》,上海:上海教育出版社 1991 年版,第 102—103 页。

宝座要坐稳，最为重要的是讨老祖宗的欢心。因而，初见林黛玉时必然恭维林黛玉，贾母说过："我这些儿女，所疼者独有你母。"而今母又离世，其女当然更受厚爱。其实，称赞林黛玉只是由头，归根到底要让老祖宗舒服。让老祖宗心里舒服，又不能直说，更不能得罪在老祖宗身旁的邢夫人、王夫人与众多姐妹，于是便说了句"况且这通身的气派，竟不像老祖宗的外孙女儿，竟是个嫡亲的孙女"。用两个"竟"字说明又像又不像，妙极。内亲外戚本来有别，而今把林黛玉称赞为"竟是嫡亲孙女"，与上文老祖宗的"所疼者独有你母"暗合，讨得老祖宗的欢心。再者，这样说，又肯定了迎春姐妹等嫡亲孙女的地位，使她们感到荣耀，邢夫人、王夫人当然也就喜在心头。相对比直说"是"不知要高明多少倍。一话说出，举座皆乐，王熙凤工于心计、巧嘴利舌的特点真是刻画得入木三分。这种刻画形象、运用语言的能力怎能不是宝贝呢？一个句子尚且如此，通篇当然宝藏许多，用心采掘，就可丰收而归。

这一段话表明特级教师于漪主张在文学作品阅读教学中，教师须加以指导，让学生见到"宝"，识别"宝"，进而主动积极地探求宝藏。这里讲的探宝，就是引导学生进行文学作品鉴赏，包括识别"宝"，欣赏"宝"。于漪老师以鉴赏王熙凤讲的一句话为例，告诉教师如何引导学生进行鉴赏——这就是把人物言语置于复杂的人际关系中进行分析，透过人物的语言，揭示人物内心世界（如王熙凤"工于心计、心狠手辣"）；从文学作品人物的塑造、语言的使用等推测作者的写作目的，从而学习作者的思想、情感和写作方法。这样，学生的学习结果既有分析与鉴别能力的提高，也有思想和情感的陶冶。

总之，当学生阅读文学作品时，须带着三个问题进行阅读：

第一个问题是：课文讲了什么？回答这个问题，学生获得文章内容知识,即学生获得了陈述性知识(用加涅的术语是言语信息)。

第二个问题是:作者用了哪些值得借鉴的语言与构思技巧来表达他的思想?通过回答这个问题并进行适当练习,学生习得语文基本阅读与写作技能。

第三个问题是作者为什么要这样写?正如叶圣陶先生说:"文艺中间讲到一些事物,我们就得问:作者为什么要讲这些事物?文艺中间描写风景,表达感情,我们就得问:作者这样描写和表达是否最为有效?我们不但说了个'好'就算,还要说得出好在哪里,不但说了个'不好'就算,还要说出不好在哪里。这样才称得上文艺鉴赏。"[①]可见,文学作品鉴赏是在初步阅读,获得文章内容知识和掌握基本读写技能的基础之上,进一步深入展开阅读思考的结果。

第三节　现代文学作品阅读鉴赏学习过程和条件

现代文学作品阅读鉴赏的目标或学习结果明确以后,接下来我们要考虑的问题是,在阅读鉴赏过程中,这些目标是如何达成的,作为教师,应当采用什么方法来帮助、促进目标的达成。这两个问题,前者涉及学生学的规律,后者涉及教师教的规律,而教的规律要以学的规律为基础,故而本节我们先来介绍学生阅读鉴赏现代文学作品阅读过程的规律,而后再来论述相应的教学过程与方法。

一、现代文学作品阅读鉴赏的一般过程

阅读鉴赏现象很早就引起了心理学家的注意。据我国学者张必隐研究，美国心理学家卡特尔早在 1886 年就开展了阅读心理的有关研究。[②]随着心理学理论和研究方法的发展,心理学家对阅读心理的研究也不断深入。当前心理学家对阅读鉴赏规律的认识集中体现

① 叶圣陶:《叶圣陶语文教育论集》,北京:教育科学出版社 1980 年版,第 259 页。

② 张必隐:《阅读心理学·前言》,北京:北京师范大学出版社 1992 年版。

在对阅读鉴赏本质的认识上。

现代心理学认为,阅读鉴赏过程是动态的,是读者与作者之间的主动而有意义的交流,并将阅读鉴赏定义为:"读者根据其知识经验从文本中构建意义的过程。"[①]这一界定强调了阅读鉴赏过程的相互作用的特性,突出了读者在建构意义中的作用,它与我国语文新课程所强调的阅读是读者与文本之间对话的过程十分吻合。有关阅读鉴赏的规律都是围绕这一认识展开的,下面我们从两个方面对这一观点做进一步说明。

(一)阅读鉴赏过程是自上而下的加工和自下而上的加工的有机结合

自上而下的加工和自下而上的加工是心理学家研究发现的人类加工信息的两种方式。具体到阅读鉴赏来讲,自下而上的加工是将阅读鉴赏过程看作是由认读识字到词汇理解,再到句子理解,再到段落的概括,最后到篇章的概括等环节构成的,其具体加工过程是:汉字的解码—字词的字面理解—句子和段落的推理性理解—篇章的理解监控。自下而上的加工过程是由具体到抽象、由局部到整体、由概念到规则、由一般规则到高级规则的过程。自上而下的加工认为阅读鉴赏是读者利用自己已有知识和文章结构图式对文章内容作出预期,然后有选择地知觉文章的大小标题或开头与结尾的关键性句子,对自己预期的文章内容是否正确作出检验。其过程可以概括如下:看到文章标题—激活已有知识经验并作出预期—有选择地知觉文字材料—检验预期是否正确。自下而上的加工又叫数据驱动的加工,自上而下的加工又叫概念驱动的加工。

现代心理学认为,阅读鉴赏过程是自下而上和自上而下两种加

① Heilman, A.W. et al. (1994). Principles and practices of teaching reading. (8th.ed.). New York: Macmillan College Publishing Company. p.5.

工的有机结合，这两种加工方式的进行，就是读者与文本之间的对话过程，就是读者从文本中建构意义的过程。对具体的阅读鉴赏来说，不同年级和学生对作品内容与结构的熟悉程度不同，加工模式会有差异：低年级学生可能更多倾向于运用自下而上的加工过程；高年级学生对于熟悉的作品内容和结构可能倾向于运用自上而下的加工过程，但当他们遇到困难的内容和陌生的作品结构，他们有可能采用自下而上的加工。

（二）阅读鉴赏过程是陈述性知识与程序性知识相互作用的过程

陈述性知识与程序性知识是现代心理学划分的两种基本知识类型。这两类知识不是孤立的，而是相互作用、相互联系的：一方面，陈述性知识经变化条件下的练习可以转化为程序性知识，如学生习得了通过比较观察写出人物或事物的特点的陈述性知识以后，他就可以通过写不同的人或事物的练习而逐步形成运用这一知识进行描写的实际技能；另一方面，运用一定的程序性知识可以获得一定的陈述性知识，如学生具备了识字解词的技能，就可以运用这一技能去阅读鉴赏文学作品，从而获得作品中所传达的陈述性知识。此外，陈述性知识还是程序性知识运用的重要条件，如学生虽然掌握了构思的技能，但如果没有实际可写的内容，巧妇难为无米之炊，他也不能运用已有的技能而写出作品来。

在阅读领域中，陈述性知识是指作品内容的知识、作品体裁的知识以及有关作者、写作背景等方面的知识。此外，态度和情感中都涉及有认知的成分，即对态度或情感对象的认识，这种认识，本质上也属于陈述性知识。程序性知识则主要指阅读鉴赏的基本技能与高级技能，对中学生来讲，阅读鉴赏的基本技能基本上已经掌握。

从两类知识的角度看，阅读鉴赏过程生动地体现了这两类知识的相互作用。阅读鉴赏过程可以是学生运用基本技能（程序性知识),综合有关作者、写作背景的知识,获得作品内容的知识(陈述性知识)的过程。在此基础上,如果再教给学生有关文体的知识(陈述性知识),则学生就可凭借具体课文进行练习,从而形成阅读鉴赏的高级技能(程序性知识)。这种高级技能一旦形成,就可以用来阅读其他文学作品,获得有关作品的文体方面的知识(陈述性知识)。

从上述分析中不难发现,现代文学作品学习的结果之间还存在微妙的关系。作品内容知识、文体知识以及态度情感中的认知成分,是读者运用阅读鉴赏的基本技能与高级技能的结果。由于中学生已基本掌握基本技能,因而基本技能的学习已不是重点。这样看来,现代文学作品阅读鉴赏的学习结果是存在主次轻重的,高级阅读鉴赏技能的学习是学生学习现代文学作品的重点。高级阅读技能的习得与运用,尤其是带有策略性质的技能,要以学生对技能应用领域内容的熟悉为前提,因而高级技能的学习,要求学生先习得有关课文内容的知识。而内容知识的习得,又主要靠学生已有的基本阅读技能的运用。

虽然现代文学作品的阅读鉴赏是一个自上而下和自下而上相互作用的过程,可以从自上而下的加工开始,也可以从自下而上的加工开始,但现代文学作品的阅读鉴赏还是有规律可循的。综合以上论述,这些规律体现在如下几方面:

一是背景知识和基本技能的综合运用是学生获得课文内容知识的前提;

二是课文内容的熟悉以及作品体裁概念的获得是学生习得和练习高级阅读鉴赏技能的前提;

三是高级阅读鉴赏技能的练习会获得所读作品的体裁方面的知识。

由此也暗含了学生阅读现代文学作品的顺序:运用基本技能和背景知识——获得课文内容知识——运用和练习高级阅读鉴赏技能——获得所读作品的文体知识。当然,这一顺序也只是大体的顺序,随课文和学生的不同,还会有所变化。如学生对所学课文比较熟悉,又没有基本技能的学习任务,就可以直接运用高级技能进行阅读,获得和巩固相关文体知识。

二、现代文学作品阅读鉴赏的学习过程

现代文学作品阅读鉴赏学习过程是教学过程的依据。现代心理学研究表明，现代文学作品鉴赏能力是一个逐渐发展的过程,在小学阶段,学生在读懂一篇课文之后,教师常常要求学生划出好词好句,然后问学生:这些词句你们喜欢不喜欢?美不美?学生凭直觉回答:美或不美,好或不好。由于他们关于美与好的评价标准尚未形成,故只能作这么肯定与否定的回答。

到初中后,通过边学习,边鉴赏,教师不断渗透关于评价和欣赏文学作品的标准,学生逐渐接受了教师所提供的的标准,逐步能作出理性评价。评价和鉴赏先从字、词、句开始,然后扩展到篇章结构;从鉴赏人物的外部言语和行为,到鉴赏物的内心世界;从评价、鉴赏文学作品中的人与事,到鉴赏文章作者的写作目的、动机和高尚情操与品质。

学生所接受的这些价值标准,有的转化为他们阅读和写作的高级智慧技能,有的转化为指导他们如何做人的行为准则。所以,现代文学作品阅读鉴赏过程不只是一个人能力的提高过程,也是一个人人格发展过程。

三、现代文学作品阅读鉴赏的学习条件

现代文学作品阅读鉴赏学习条件包括内在条件和外在条件,其中内在条件和外在条件互为前提和基础。

(一)内在条件

现代文学作品阅读鉴赏学习的内在条件主要有以下几个方面:

第一,掌握阅读基本技能与作品内容知识。根据叶圣陶的观点,文学作品鉴赏能力用于回答“为什么要写这些事物”、“风景描写和

情感表达是否有效”等这么一些问题，要有理有据地回答这样一些问题，学生必须读懂课文。读懂课文涉及作品内容知识，掌握阅读鉴赏的基本技能和部分阅读鉴赏高级技能。据此，阅读鉴赏能力教学只能建立在对文学作品有了较完整的理解之后才能进行。

第二，学生掌握一定的鉴赏标准。根据布卢姆的教育目标分类，“评价”是认知目标的最高水平，先必须达到理解、运用、分析和综合等水平，最后才能达到最高级的评价水平。因此，学生对课文要有充分理解，如能够对课文进行分段和归纳中心思想，在此前提下，才能开展最高水平的鉴赏学习（即评价水平的学习）。另据布卢姆关于评价的解释，评价须有内在和外在两种标准：就文章鉴赏而言，内在标准是如文章前后呼应、逻辑严密、文情并茂等；外在标准是如独树一帜、不落窠臼等。内在标准是文内联系，外在标准是与其他文章比较而言的。

例如前文提到，洪镇涛引导学生评价《天上的街市》中的语言。当学生说：天上的星星一直都是亮着的，一直都发光。只是平时太阳的光芒把它们的光芒掩住，当黑夜来临太阳被地球挡了，这个时候才看见其他恒星的光芒，所以，应该是“呈现”，而不是“亮”了。老师听了很高兴，说学生用了科学知识。“用科学知识评价”可以作为评价或鉴赏标准之一。文学的描写如果符合科学，就被鉴赏为好的、美的；否则就被鉴别为假的、坏的。这条标准不在文章本身，而在学生头脑内，所以是外在标准。

第三，掌握文学作品阅读鉴赏的某些必要知识。例如本章下面要具体鉴赏的课文《荷塘月色》，文章中用了比喻、通感、叠字等修辞手法。为了欣赏课文的语言美，学生必须具备相关修辞学概念和知识。

（二）外在条件

现代文学作品阅读鉴赏学习的外在条件主要包括这几方面：

1. 学习的语言材料要有逻辑意义

所谓逻辑意义包含两层含义：第一，语言材料应该有一定的组织。无论是口头语言材料还是书面语言材料都围绕某个的主题构成完整的话语或文本，无意义的音节或一堆毫无联系的汉字，学生将无法进行意义建构；第二，语言材料应该有一定的结构。结构性强的材料学生易学易记，也便于理解，结构凌乱的文字材料则会干扰学生理解知识的意义。

2. 学习的语言材料要与学生的知识结构关联

材料在意义上要与学生已有的知识和经验相联系，完全脱离学生知识实际的语言材料是无法让学生顺利记忆和理解的。

3. 要提供必要的线索

这里的线索是指将输入的知识与大脑中已有的知识联系起来的桥梁获纽带；或者是激活大脑中命题与命题网络的触媒。例如，教材中的学习提示、先行组织者、注释、插图等都起到促进学生理解材料意义的线索作用。

4. 要提供必要的指导

语文教师的讲解分析和点拨、提供相关材料、提出启发性的问题、设计一定的板书和多媒体课件等也是促进学生学习语文内容知识的重要条件。

第二章 中学现代文学作品阅读鉴赏教学设计

现代教学论主张以学为依据，以学定教。明确了现代文学作品阅读鉴赏学习的有关规律，就可以依据这些规律来探讨现代文学作品阅读鉴赏教学的有关问题，包括教学目标的设计和陈述问题、教学过程的安排问题、教学方法和方式的运用问题以及教学结果的评价问题等。

第一节 现代文学作品阅读鉴赏教学目标及其陈述

现代文学作品阅读鉴赏教学目标是学生进行现代文学作品阅读鉴赏学习的指南，是语文教师进行现代文学作品阅读鉴赏教学设计的落脚点，也是教育主管部门和社会评价学校现代文学作品阅读鉴赏教学质量和效益的依据。与教学目标相关的理论问题包括教学目标的设置和陈述，就此分别展开探讨。

一、现代文学作品阅读鉴赏教学目标

设置现代文学作品阅读鉴赏教学目标要以语文课程标准中关于现代文学作品阅读鉴赏教学目标的有关规定为依据。作为新一轮课程改革的政策性文件，《全日制义务教育语文课程标准（实验稿）》和《普通高中语文课程标准（实验）》分别对初高中阶段学生文学鉴赏教学应达到的目标作出了明确的规定。

(一)初中阶段的现代文学作品鉴赏教学目标

义务教育课程标准的“总目标”中规定了整个义务教育阶段的文学教育目标,那就是:“能初步理解、鉴赏文学作品,受到高尚情操与情趣的熏陶,发展个性,丰富自己的精神世界”。

这个总目标明确规定了学生经过九年义务教育在文学鉴赏能力和情感态度方面应达到的“标准”,在鉴赏能力方面,要求“能初步理解、鉴赏文学作品”,在情感态度方面,是“发展个性,丰富自己的精神世界”。

在“阶段目标”的第四学段(七至九年级)也即初中阶段的阅读目标中,课程标准作了三点较为具体的要求。即第 7 条“能够区分写实作品与虚构作品,了解诗歌、散文、小说、戏剧等文学样式”;第 8 条“欣赏文学作品,能有自己的情感体验,初步领悟作品的内涵,从中获得对自然、社会、人生的有益启示。对作品的思想感情倾向,能联系文学背景作出自己的评价;对作品内容中感人的情境和形象,能说出自己的体验;品味作品中富于表现力的语言”;第 11 条“诵读古代诗词,有意识地在积累、感悟和运用中,提高自己的欣赏品位和审美情趣”。

第 7 条目标是对学生提出的基本知识和基本能力要求，第 8 条则在鉴赏能力和情感价值两方面提出了较高要求,第 11 条“提高自己的欣赏品位和审美情趣”目标则属于情感态度价值观方面的要求。

由此可见,初中阶段文学鉴赏教学目标是在能力目标和情感价值目标并重的前提下,更侧重情感价值目标的。

(二)高中阶段的现代文学作品鉴赏教学目标

前文谈到,《普通高中语文课程标准（实验)》“适当强化了文学作品阅读与鉴赏的目标要求”,为落实这一目标,分别在必修课程和选修课程中做了比较详细的规定。在必修课程“阅读与鉴赏”目标部分专列了第 6、7、8 三条,在选修课程“诗歌与散文”系列中规定了 5

条目标要求，在“小说与戏剧”系列中规定了6条目标要求。

关于鉴赏能力方面，基本要求，是“能鉴别和欣赏”。具体要求是：学习鉴别和欣赏古今中外诗歌、散文、小说、戏剧的基本方法，初步把握它们各自不同的艺术特征，“能感受形象，品味语言，领悟作品的丰富内涵，体会其艺术表现力，有自己的情感体验和思考”。即根据不同体裁的文学作品的特点，感受诗歌的热烈情感、意境、意象、结构，感受其意蕴美、音律美；感受散文舒展自如灵活摇曳的形式美；感受小说和戏剧紧张的情节，多变的叙事视角和极具个性化的精彩的人物语言等等。文学作品鉴赏的较高要求是“努力探索作品中蕴涵的民族心理和时代精神，了解人类丰富的社会生活和情感世界”。具体要求是：“注意从不同角度和层面发现作品意蕴，不断获得新的阅读体验”。古今中外的优秀文学作品特别是经典作品中所表现的作家情感，不只是纯粹的个人化的情感，它往往是时代精神的“折射”，甚至是一个民族乃至全人类的性格、精神、价值观的某一侧面的反映，如《阿Q正传》中作家对“精神胜利法”的思考就超越了时代和民族，具有了全人类性。像这种深层次的意蕴就不是“赏”所能解决的了，它必须经过更多的超越性的理性思考和解读，必须通过研讨和评价才能把握，这就是“鉴”。更进一步要求则是学写小说、戏剧评论，尝试诗歌、散文、小说、戏剧的创作。

关于情感态度和价值观方面，总要求是“学生鉴赏中外文学作品，具有积极的鉴赏态度，注重审美体验，陶冶性情，涵养心灵”。具体要求是，培养学生鉴赏古今中外诗歌、散文、小说、戏剧的浓厚兴趣，丰富自己的情感世界，深化对历史、社会、人生的认识，“形成良好的文化心态，学会尊重、理解作品所体现的不同时代、不同民族、不同流派风格的文化，理解作品所表现出来的价值判断和审美取向，作出恰当的评价。”鉴赏文学作品是一种积极的审美活动，学生只有精神投入、情感的活跃才能进入作品的“世界”，才能陶冶性情，涵养心灵，体验并提升人生境界，从而构建起健康个性和健全人格。

二、现代文学作品阅读鉴赏教学目标的陈述

现代文学作品阅读鉴赏教学目标的陈述既是一个理论问题，又是一个技术问题。作为理论，教学论中的有关教学目标陈述理论对我们有很大启示；作为技术，我们将探讨现代文学作品阅读鉴赏教学目标陈述的具体方法。

（一）现代文学作品阅读鉴赏教学目标陈述的理论

在教学论研究领域，关于教学目标陈述研究的核心问题是如何克服教学目标陈述的含糊性问题，在这方面，有许多教育心理学家进行了有益的理论探讨。他们的理论为我们探索克服现代文学作品阅读鉴赏教学目标陈述的含糊性的有效途径提供了很大的启示。特别是如下几种理论对我们尤有裨益。

1. 分类分层的目标理论

教学目标分类分层陈述是目前国际上比较通行的做法。国外在这方面最具影响的理论有两个：一个是以布鲁姆为代表的几位学者提出的“教育目标分类学”；一个是加涅的“学习的条件”理论。前者将教育目标分为三大类即认知领域、情感领域和技能领域。每大类又划分成若干个层次：认知领域分为知识、理解、应用、分析、综合、评价六个层次，情感领域分为接受、反应、评价、组织、品格五个层次，技能领域分为知觉作用、心向作用、引导反应、机械反应、复杂反应、技能调适、创作表现七个层次；后者将学习的结果分为五大类即言语信息、智慧技能、认知策略、动作技能和态度。同时，加涅又将学习分为八个层次即信号学习、刺激–反应学习、连锁学习、言语联想、多重辨别、概念学习、规则学习和问题解决。此外，奥苏贝尔的意义学习理论、现代认知心理学的知识分类理论等都强调在陈述教学目标时要对目标进行明确的分类，在此基础上，还要对每一类目标进行由简单到复杂、由低级到高级的层次划分。按照这些理论，我们

就可以对中学现代文学作品阅读鉴赏教学目标进行类别和层次的划分：首先将中学现代文学作品阅读鉴赏教学目标分为认知目标和情感目标两大类，再把每一类目标分成若干层。如下例：

(1)认知目标：

① 知识：记住记叙类文本的6要素。

② 理解：指出记叙文本在表达上的特点。

③ 运用：用"按照时间顺序记事"的规则写一篇小说。

(2)情感目标：

① 接受：选择读小说作为自己的休闲活动。

② 反应：抒发对家乡美丽景色的赞美之情。

2. 行为目标理论

行为目标（behavioral objectives）也称作业目标（performance objectives），是马杰根据行为主义心理学的刺激理论提出的，指的是用可观察、可测量的外在行为来陈述教学目标。它具体包括三个因素：一是行为因素，表述学生的作业表现，即教学之后学生的行为有哪些变化，学生能够做什么或者说什么。例如，用下面的形式进行陈述的教学目标便是行为目标："读出能够突出例文重点的句子；并能够用与例文语言风格相似的朴实的语言写一段话"；二是条件因素，规定学生行为变化的条件，即要求教学目标能陈述提供什么样的刺激使学生产生一定的行为（反应）。例如，"呈现一段材料（条件或刺激），学生能够根据材料写一篇作文（行为或反应）"；三是标准因素，规定学习的标准，指明学生达到什么程度才算合格。按照这项规定，下例教学目标便符合行为目标的要求："提供6篇有关治理环境污染的材料，至少运用4篇材料写一篇议论文"。

不难看出，行为目标在可操作性、可观测性上富有明显的优势，可以说是克服教学目标陈述含糊性的一剂良方。但是，它只强调行为的结果却忽视了内在的心理过程，这样往往会导致教师只注意到学生外在行为的变化，而忽视学生内在能力和情感态度的变化，使语文教学只是在表面形式上变换花样，这与培养学生的语文能力、培养健康高尚的道德情操的教学目的是不一致的。

3. 内在心理和外显行为相结合的目标理论

现代认知心理学认为，学习的实质是内在心理的变化，因此，教学的真正目标不是学生外在具体行为的变化，而是学生内在认知结构和情感态度的变化。教师设计教学目标的出发点应该是学生内在的心理过程，陈述教学目标应该着眼于知觉、记忆、理解、创造、热爱等内在心理的变化。然而，要做到这一点，教学目标又容易回到陈述含糊的老路上去。为了解决这个矛盾，人们提出，可以通过列举反映学生内在心理变化的外在行为样品作为教学目标。这样的教学目标既能够表述学生内在心理的变化，又便于人们直接观察和测量。例如：

认识劳动人民勤劳纯朴的品德，热爱劳动、热爱劳动人民的思想感情有所增强。

（内在心理变化目标）

（1）在有关例文中找出反映和赞美劳动人民勤劳纯朴品德的句子。

（2）写一篇歌颂劳动和劳动人民的文章并在小组讨论中发言。

（行为样品）

从本质上讲，语文学科是一门智力技能课，其学习结果主要是学生内在能力和情感的变化。因此，对语文学科来说，用内在心理与外在行为相结合的方式陈述教学目标是一种既能克服教学目标陈述的含糊性，又能充分体现本学科教学特色的两全其美的办法。

4. 表现性目标理论

在语文教学中，学生内在语文能力和情感态度的变化往往并非通过几篇例文的学习和习作的练习便能立竿见影。如，学生学完《雨巷》、《再别康桥》、《大堰河，我的保姆》等例文之后，并不能立即写出现代诗歌；仅仅靠学习一篇《母亲的回忆》也不能使学生形成热爱劳动、热爱劳动人民的思想感情。这种内在的语文能力和情感态度的变化是非常复杂的，通常要经历一个漫长的、迂回曲折的过程。这就使得教师往往很难确定:学生学完几篇体现一定听说读写规则的例文之后,他们的内在能力和情感态度究竟会不会产生变化、究竟会有什么样的变化?所以,教师在教学目标中所表述的对学生心理变化的预期往往并不能真实、全面地反映学生心理变化的实际。也就是说,教学目标的要求与学生的学习实际有一定的差距。为了掩盖这种差距,教师通常只好用空洞的语言来陈述教学目标,这就难以走出陈述含糊性的怪圈。心理学家艾斯纳(E.W.Eisner)所提出的表现性目标则可以在一定程度上解决这一问题。这种教学目标理论要求教师在陈述的教学目标中明确规定学生应该参加的活动,至于学生将会在这种活动中习得什么则没有必要规定,不同的学生在此活动中允许有不同的习得结果。例如:

(1)参加班级或小组有关治理环境污染的讨论,并写一篇讨论稿,在班级或小组讨论中发言。

(2)对学校周边的环境污染治理情况作调查,并写一篇调查报告。

诚然,表现性目标对学生的行为表现作了明确而具体的规定,具有较强的可观察性和可操作性;但是,它没有对学生在活动中应该具有的表现或表现的要求作出规定。如果教师完全依赖这种方式陈述目标则会把教学活动引导到"放羊"或"踩着西瓜皮,滑到哪儿都行"的盲目、随意境地。

(二)现代文学作品阅读鉴赏教学目标陈述的原则

综合上述的几个教学目标的陈述理论,可以看出,要想在现代文学作品阅读鉴赏教学目标陈述中克服含糊性和随意性,使教学目标做到明确具体、便教利学,那么,教师在陈述现代文学作品阅读鉴赏教学目标时应该遵循以下原则。

1. 重在表述学生外在的听说读写行为和内在理解与表达心理的变化

现代文学作品阅读鉴赏教学目标是在一个知识点或训练点的

教学活动之后，对学生听说读写行为和理解与表达心理变化的预期。因而，教师要在陈述的教学目标中反映出学生的行为和心理将会有怎样的变化、应该符合什么要求、达到什么程度。要做到这一点，教师首先必须弄清内在语文能力、情感态度与外在阅读、写作和口语交际行为之间的关系（直接的和间接的），在此基础上力求通过描述听说读写行为的变化来反映理解与表达心理的变化，使教学目标既不会抽象笼统，又能够充分体现学生学习语文的特点。因为，对语文能力来讲，心理变化是根，行为变化是叶，俗话说"根深叶茂"，换句话讲，叶之茂也反映了根之深。好的现代文学作品阅读鉴赏教学目标就是能够通过描绘"叶"的变化来反映"根"的变化。

2. 现代文学作品阅读鉴赏教学目标应该分类分层陈述

确立现代文学作品阅读鉴赏教学目标的基础是一个个知识点——听说读写概念和规则；但是，这些概念和规则不是抽象的，而是通常贯穿于一篇篇例文之中。用系统观点来看，每一篇例文都是一个独立的复合系统。在这个系统中包含着多种要素，各要素之间的关系纵横交错，形成一个立体网络。从横向来看，有字词句篇语修逻文的知识因素、听说读写的技能因素、思想情感的态度因素、方法技巧的策略因素等；从纵向来看，各个因素不是处在一个平面，而是有高低之分，共同构成了有诸多层级的"宝塔"。例如，对例文或有关文献材料的加工就有文字记忆的一般复述、字面理解的简单加工、意蕴挖掘的复杂加工、评价鉴赏的高级思维等不同的技能层级；《荷花淀》中水生嫂说的"你总是很积极的"虽然只有七个字，却蕴含着无比丰厚的知识内涵和情感内涵，不同知识结构的人在加工这句话时会有不同的感受和体会，建构不同的意义，获得不同的学习结果，正所谓"一千个读者就有一千个哈姆莱特"。教学目标只有将构成一定听说读写概念和规则的学习结果中的不同因素、每种因素的不同层级反映出来，才能给人以经纬清晰、脉络分明之感；如果不加区分，"煮一锅粥"，必然是眉目不分、一团乱麻。

3. 现代文学作品阅读鉴赏教学目标的措辞应该明确具体

模糊的语言必然使表达的内容模糊不清。传统现代文学作品阅读鉴赏教学目标中，过多地使用"认识、理解、掌握、领会、把握、培养"等抽象笼统的词语，是导致现代文学作品阅读鉴赏教学目标陈述含糊的一个重要原因，因此，教师在描述现代文学作品阅读鉴赏教学目标时，要尽量避免使用这类词语。"朗读、背诵、指出、默写、说出、详述、选择、剪辑、合并、划分、使用、运用、应用、叙述、阐述、阐明、描述、描写、描绘、说明、介绍、刻画、塑造、表明"等行为动词对语文学习结果则作了明确具体的规定，可以观察、测量，操作性强，在现代文学作品阅读鉴赏教学目标陈述中宜多用这类词；"辨别、区分、分析、比较、归类、综合、概括"等虽然反映的是内心活动，但是有相对应的外显行为，因而也是比较明确具体的。教学目标的语言当然要简洁精炼，但是，必要的限制性词语是不可随便省略的，例如对行为方式、活动条件、学习程度和数量等方面作出严格规定所需要的词语是不可或缺的。总之，要力求全面、准确而具体地将预期的学生学习结果表述出来。

（三）现代文学作品阅读鉴赏教学目标陈述的方法

1. 作品内容知识、文体知识目标的陈述

由于作品内容知识、文体知识和作家作品知识属于陈述性知识，所以，检验这类知识目标的行为指标是学生能"陈述什么"，如小说可有下列陈述法："学习本篇课文后，学生能复述文中记叙的事件；能说出文章作者的主要作品；能说出小说的要素有哪些……"

2. 现代文学作品基本阅读鉴赏技能目标的陈述

这类知识属于程序性知识，检验它的行为指标是学生会"做什么"。通过观察学生阅读过程的行为表现，教师判断学生是否掌握这些基本的阅读技能。对其可以如此陈述："学完本课后，学生能正确标出某某字词的读音；能正确选出某某字词的含义；能辨别某词的感情色彩、找出它的同义词、近义词和反义词；能找出课文所使用的修辞如比喻、比拟、借代、夸张、对偶、排比、设问、反问等；能仿照课文中某某句子的句式再造一个句子……”

3. 现代文学作品高级阅读鉴赏技能目标的陈述

阅读鉴赏的目的主要有两个：一个是要知道作品“写了哪些东西”，另一个是要知道那写出来的东西“是怎样写出来的”。要获得这两个方面的认知不具备高级阅读鉴赏技能是不行的。高级阅读鉴赏技能的学习一般要经过领会（初步理解）、在接受更多的例子后和更深入理解，再通过在多种情境下的变式练习，最后才能达到较熟练掌握的目的。如果把教材当作掌握文学作品高级阅读鉴赏技能的例子，那么，教材中的某一篇文学作品只不过是某个高级技能学习阶段的特定的“例子”，所以，对该类知识目标的陈述要突出阶段性的“会做什么”。如散文的高级阅读鉴赏技能的教学目标可以这样来陈述：“学习本篇作品后，学生能概括作品的主要内容……”

4. 现代文学作品情感态度目标的陈述

情感态度是指学生学习了作品之后，当面临一定的情境时可能会表现出来的个人行为选择。可以采用如下的陈述方式：“学完《驿路梨花》一文后，当身边的人需要帮忙时，可能会做出帮忙的选择。”

第二节　现代文学作品阅读鉴赏教学的原则、过程与方法

在对学生阅读鉴赏学习过程了解的基础上，我们可以据此提出促进学生现代文学作品阅读鉴赏的教学原则、过程与方法。

一、现代文学作品阅读鉴赏教学的原则

现代文学作品阅读鉴赏学习是极为复杂的多重对话过程，为阅读鉴赏学习而设计的教学，应遵循以下原则。

(一)阅读教学与鉴赏教学相互渗透原则

学生鉴赏文学作品首先接触到的就是作品的字、词、句、段、篇等外在形式,学生必须通过阅读学习,理解了字、词、句的意义和篇章结构之后,才有可能进入到高一级的欣赏。因此,一般的阅读教学重在对作品外在形式和思想内容的感知和概括,而鉴赏教学则重在"披文入情"和"析文析情",重在体现文学作品的多义性、模糊性和不确定性,重在情感的熏陶渐染。这是二者的区别,但它们又是彼此渗透,你中有我、我中有你地交融在一起的,例如,要求学生为《祝福》的五个部分拟定一个合适的小标题,实际上是一个语言文字运用的训练,而在学生完成这一训练的过程中,他脑海中必然要呈现祥林嫂、柳妈、鲁四老爷等人物形象,必然会产生一系列的情感反应,如同情、怜悯、痛恨,乃至对恶者的窃窃诅咒,这些情感体验又反过来加深学生对小说字、词、句的感悟。因此,文学作品的阅读与鉴赏是互相渗透、不可割裂的统一对话过程。

(二)阅读鉴赏教学的过程与结果并重原则

文学鉴赏学习目标是在教师、学生、编者、作品之间的多重对话过程中实现的。鉴赏能力的实质是有关鉴赏的高级规则的获得,因此,既要注重过程又要注重结果。这里不妨再来看看于漪老师的教学记录,虽然并不专门谈现代文学作品教学,但对我们仍有很大启示。①

学生初学契诃夫《变色龙》时,提出整篇文章没有一处提到变色龙,为什么要用变色龙做文章的题目呢?文章注释里只说是蜥蜴的一种,皮肤的颜色随着物体的颜色而改变,字典还解释为比喻在政治上善于变化伪装的人,课文中明明是第二种意思,为什么编书的人不注解呢?是不是编者故意留给我们学生思考的呢?

---

① 刘国正主编:《中国著名特级教师教学思想录·中学语文卷》,南京:江苏教育出版社 1996 年版,第 14 页。

很显然，这个片段里有教师的组织引导，有编者的预定目标，有作品（作家）留下的语义“空白”，当学生开始质疑思考时，围绕着词句的理解、谋篇布局和细节描写的技巧等鉴赏目标，复杂的多重对话过程就展开了。

情感态度和价值观目标则是以学生感受语言重建形象为基础，通过与作品发生情感共鸣等极为复杂的相互作用来实现的，它的习得须经历接受、反应和价值性格化等阶段，因此更应重视学习过程。例如，为了加深学生“对周总理的崇敬和爱戴，学习周总理对革命赤胆忠心，为人民鞠躬尽瘁的崇高品质”，于漪老师决心“花心血教好”《周总理，你在哪里》这一课，她“怀着上下求索的心情为总理唱颂歌，情动于中而言溢于外，要在感染学生心灵上下功夫”的决心，取得了学生对周总理那“激动”的一赞。同样，如果没有于老师那循循善诱、声情并茂、慷慨激昂的引导鉴赏过程，又哪里会有《最后一课》上学生那“激动”的一问呢？

这里将鉴赏能力的学习与情感态度价值观的学习分开阐述，是为了行文的方便，实际上二者是水乳交融地结合在同一个教学过程中的，只不过其习得规律各自有别，侧重点各有不同罢了。

（三）阅读鉴赏教学的认知与情感统一原则

文学作品是通过其丰富的历史人文内容实现其认识功能的，但它又具有强烈的情感内蕴，对学生的情感态度价值观具有巨大的影响，因此，鉴赏教学中必须坚持认知与情感的统一。例如，于漪老师引导鉴赏《藤野先生》[①]时，就文中鲁迅先生描写清国留学生丑态的“实在标志极了”一句话展开对话：首先理解“标致”的含义，要求学生列举与之相关的同义词、近义词、反义词，学生积极性高涨，举出美丽、漂亮、俊俏、婀娜、妩媚、潇洒、丑陋、难看等等，然后再讨论“标

① 刘国正主编：《中国著名特级教师教学思想录·中学语文卷》，南京：江苏教育出版社 1996 年版，第 16 页。

致”的表达效果,有的学生说这里是反话,“丑陋”“难看”不足以表达作者的感情,应该是“恶心”,词的前面加上“实在”,后面加个“极”,实在恶心到了极点,表现了作者对醉生梦死的清国留学生极端厌恶的感情。显然,学生列举同义词、近义词、反义词是一种认知学习,但学生高涨的积极性和对文中感情的体验又是一种情感熏陶。在鉴赏中国古典文学作品时优秀语文教师的做法我们也可以参考。例如,时雁行老师教学《梦游天姥吟留别》①就采取了学生逐段口译,师生互动鉴赏的方式达到了认知和情感教学的水乳交融。再如,欧阳黛娜老师教学《岳阳楼记》②确定了如下的“学习目的”:

(1)学习作者在文章中抒发出来的“先天下之忧而忧,后天下之乐而乐”的高尚的理想抱负。

(2)借景抒情、发表议论的写法和对偶修辞方法的运用。

(3)培养自读文言文的能力,认识“则”、“然而”、“乃”的运用。

稍加分析不难发现,目标(1)是情感态度价值观领域目标,目标(2)、(3)是认知领域目标。这也是一个认知与情感相统一的典型案例。

(四)阅读鉴赏与尝试写作相结合原则

在新课程标准中,关于学生在鉴赏学习中的写作有两种不同形式的规定。一种是要求学生尝试写作诗歌、散文、小说、戏剧的评论,目的在于使学生通过尝试表达自己对所学作品意义的理解和对它的艺术性的把握,来提高学生欣赏作品的能力,通过抒写自己鉴赏作品的新鲜感受或情绪情感体验,促进情感态度和价值观的学习。例如,有的老师在《祝福》鉴赏教学结束后,要求学生以“从祥林嫂捐门槛说开去”为题,写一篇评论,就有不少学生结合祥林嫂的迷信和赎罪意

① 刘国正主编:《中国著名特级教师教学思想录·中学语文卷》,南京:江苏教育出版社 1996 年版,第 240–253 页。

② 刘国正主编:《中国著名特级教师教学思想录·中学语文卷》,南京:江苏教育出版社 1996 年版,第 443–453 页。

识，对当今社会某些地区、某些阶层流行的现代迷信进行了强烈批判，这就既达到了思想价值观教育的目标，又促进了对课文的更深层次阅读与思考。另一种写作形式是学生尝试创作诗歌、散文、小说、戏剧作品，目的同样在于培养学生的写作兴趣，使学生在尝试创作中提高文学作品鉴赏能力，宣泄自己的情绪、情感，陶冶性情，涵养心灵。林炜彤老师在《小麻雀》鉴赏教学结束后，要求学生“选择一种常见的、熟悉的小动物，比如青蛙、燕子，写一篇小作文，要注意寄托自己的感情”，[①]这实际上就是一次借物抒情的文学小创作。

二、现代文学作品阅读鉴赏教学的过程与方法

对现代文学作品阅读鉴赏的教学过程与方法的揭示是建立在对现代文学作品阅读鉴赏学习的过程和条件基础之上的。基于前面所探讨的关于现代文学作品阅读鉴赏学习过程和条件的有关原理，我们认为，现代文学作品阅读鉴赏教学的过程与方法包括以下几个方面。

（一）提供背景知识，运用或激活学生的基本阅读鉴赏技能

提供背景知识是为了让学生更好地理解课文内容。如有些时代性较强的作品，教学时则要补充有关的时代背景知识，否则学生无法理解文章的主旨。如学习鲁迅先生的《记念刘和珍君》、《为了忘却的记念》等文章，如果不对鲁迅生活的时代特点、鲁迅的思想以及所写文章的特定时代背景作必要的介绍，学生的理解就存在不小的困难。背景知识的提供，可以是教师讲解，学生听；可以给学生印发有关材料，并提醒学生阅读；也可以课前布置学生查找资料，了解作者及写作背景方面的知识。

仅提供背景知识并不能让学生获得课文内容知识。获得这类知识的途径是让学生去阅读，这就要求学生运用已有的基本阅读鉴赏

① 刘国正主编：《中国著名特级教师教学思想录·中学语文卷》，南京：江苏教育出版社1996年版，第382—392页。

技能来进行。一般来说,基本的阅读鉴赏技能一旦形成,就可在遇到阅读材料时自动激活并执行,教师所要做的只是告诉学生去阅读鉴赏就行了。但在学生遇到不认识的字词时,就需要学习新的基本鉴赏技能。中学生一般具备了自学生字词语的能力,可以不经教师提示而自行解决,不过有时教师可以用言语提醒学生看课下注释、查阅词典等方式来引发和促进学生对基本技能的学习。此外,教师还要做好基本技能学习情况的督促和检查。有时教师激活基本阅读鉴赏技能时,会采用向学生提出有关课文内容的问题,要求学生阅读鉴赏课文后回答问题的方法。这些问题可以是“这个作品写了什么人和什么事”或者“这个作品表达了怎样的思想感情”等等。

(二)检查课文内容知识,促进高级阅读鉴赏技能的习得与练习

运用基本技能与背景知识熟悉课文内容后,接下来就进入高级技能的学习或练习阶段。如果高级技能需要学生新习得,则教师就要先以陈述性知识的形式让学生习得高级技能是什么。如对于现代文学作品的文体特点,教师在学生第一次学习阅读它们之前,要作必要的补充,以提供学生阅读的“先行组织者”。如纪传体散文,作为记叙文的一类,它的写法要求选取人物的典型事例,有的是通过一件事记述某个人的形象或特点,有的则通过几件事表现人物的品格或风貌。教师在学生深入阅读理解之前将这些知识告诉学生,以便学生运用这些知识去进行阅读理解。

如果学生已经具备了与高级技能学习有关的陈述性知识,则教师就可以以学习目标或学习重点的形式,或者以问题的方式,向学生提出练习的目标与任务,以引发学生练习高级技能。在进行高级技能学习之前和之中,教师还可以以言语的方式对高级技能的运用与练习提供辅助。针对涉及高级阅读鉴赏技能运用的任务如“探讨作品的主旨”、“理清作品的思路”等,教师可以告知学生一些具体的

阅读鉴赏策略,如“找出关键句”、“进行相关联想和想象”等,给学生以提示和帮助。

(三)引导学生明确所读作品的文体知识,为高级技能的练习提供反馈

在学生带着问题阅读的基础上,教师要引导学生明确问题的答案,即所读作品的体裁知识。为实现这一目的,教师可以安排学生讨论。合作讨论的内容主要集中在与高级阅读技能有关的阅读任务上,如对文章的内容主旨、结构思路、语言特色的讨论等。这时教师所要做的工作是:

(1)安排合作讨论的具体形式;

(2)以言语激励学生进行合作讨论;

(3)调控合作讨论的具体过程,使讨论不偏离主题;

(4)及时概括、总结讨论的成果,评价讨论的得失。

需要注意的是,许多教师在教学中往往注重最终结论的达成,认为学生达成了一致的结论,就完成了教学任务。我们认为,这一阶段教师要清醒地认识到自己肩负的另一个重要任务,即为学生高级技能的练习提供反馈。结论是学生运用高级技能而得出的,但讨论过程中,会有各种不同观点的碰撞。教师要将指导的重点放在有问题的结论上,从学生的回答和讨论中找出他们得出不当结论的问题所在,如“没有抓住关键句子”、“没有进行相关的联想和想象”、“没有考虑到作品的前后照应”等等。教师的这种点拨,是对学生的一种反馈,对于他们提高高级技能练习效率十分重要。

现代文学作品阅读鉴赏的教学过程大致如上。但这一过程并不是唯一的。学生的原有水平不同,教学的过程也会有所差异。如果学生对课文内容比较熟悉,则可以一开始就提出有关课文内容及高级阅读技能学习的问题,让学生直接阅读,然后回答问题,进行总结并给予反馈。又如,如果基本阅读鉴赏技能的学习对于课文理解的影

响不大时，可以先让学生运用已有基本阅读鉴赏技能去阅读，在阅读过程中，以自上而下的方式习得新的基本阅读鉴赏技能。但不管教学的模式如何变化，其中蕴含的技能学习与练习的主线是不变的，这也要求教师在纷繁的教学过程与模式中能把握重点，不迷失方向。

第三节　现代文学作品教学设计案例及分析

一、散文《驿路梨花》的教学设计①

（一）教学目标

教学目标根据语文学习结果设置和分类，目标1属于语文内容知识，目标2属于语文基本技能，目标3属于语文高级技能，目标4属于情感态度。用行为动词陈述教学目标，便于检测目标的达成情况。

（1）能复述“我”和老余的所见所闻；能说出或写出文章的主旨；能说出记叙的要素及顺叙、插叙的特点。

（2）能辨别有关生字、新词的读音、字形或意义。

（3）能指出文章生动形象的语言及其表达作用；能说出或写出本文的写作思路以及文章标题、结尾引文的作用。

（4）能结合文章所描写的一组人物形象及其助人为乐的美好心灵，谈谈自己的感受。

（二）任务分析

1. 学生的起点能力分析

学生已经具备较熟练的基本阅读技能，会自学生字新词；会按

① 本案例由安徽省六安一中杨永明提供。

尼小姑娘在解放军的影响下也在学习雷锋，更在文中写出“梨树丛中闪出了一群哈尼小姑娘”，梨花之妹在讲述小屋的来历时，先说明那是“十多年前”发生的事，这就表明了学习雷锋的人甚多，而且经久不衰。“是雷锋同志教我们这样做的”一句道出了思想真谛，这是全文的点睛之笔，是全文的文眼。解放军战士处处为人民利益着想，建造小茅屋，梨花和哈尼姑娘受这种精神影响，主动照料小茅屋。就是说本文写学习雷锋精神所做的事情，而且是你影响我，我影响他，一桩好事彼此传递，前后延续。这就生动地说明了：以雷锋精神为代表的全心全意为人民服务的精神，在我国广大人民群众中，已经深入人心，代代相传，而且正在发扬光大。这正是作者在本文所表达的主旨。

（以上是提供背景知识，运用和练习基本阅读技能，获得有关课文内容和主旨的知识，为下一步高级阅读技能的学习奠定基础。）

(6)教师引导学生就本文“插叙”进行思考、讨论。

“如果按照事情发生的原顺序，材料应如何组织？请按事情发生的先后顺序讲讲‘驿路上的故事’。谁来讲？”

——(略)

“请同学们比较一下书上的安排与按事件发生的先后顺序的安排哪种好，好在哪里？”(小组讨论，各组推选一人发言)

——按事件发生的先后顺序来安排，太平淡了，课文的安排情节曲折，引人入胜。

——按事件发生的先后顺序来安排，不能引起读者的兴趣。课文的安排能引起读者的兴趣。

——按事件发生的先后顺序来安排，前后十多年，拉得太长了，集中在头天晚上到第二天早上，集中而紧凑。

(7)提问：“能理出本文的写作思路吗？”(学生归纳总结)

——本文以“我”和老余一晚一早的所见所闻为线索，围绕“屋主人是谁”设置三次悬念和两场误会，揭示了雷锋精神处处开花、世代相传的主旨。(如下表所示)

“我”和老余所见	梨花、小屋	瑶族老人	一群哈尼小姑娘	主旨：雷锋精神处处开花、世代相传
“我”和老余所想	屋主人是谁（悬念）	（误会）不是。（悬念）是谁	（误会）不是梨花	
“我”和老余所闻	（插叙）是哈尼姑娘梨花	梨花是小屋主人	（插叙）是解放军（悬念）	

（8）老师提供陆游诗《闻武均州报已复西京》及解释，然后提问。

白发将军亦壮哉，西京昨夜捷书来。

胡儿敢作千年计，天意宁知一日回。

列圣仁恩深雨露，中兴赦令疾风雷。

悬知寒食朝陵使，驿路梨花处处开。

这是公元1161年12月，武均州将军率军抗击金兵，收复洛阳，陆游得此消息时写了这首充满激情的诗。

“联系全文和前面的补充内容介绍，想一想文章的标题是‘驿路梨花’，字面的意义是指驿路上的梨花，实际上是一语双关，它还指什么？用“驿路梨花”作标题并在文章结尾引用诗句有什么含义？”

——“梨花”还指梨花其人、梨花精神即雷锋精神。用“驿路梨花”作标题的含义是：①以物喻人，使自然的梨花同小茅屋的主人相互辉映。②梨花是全文的线索。结尾引用诗句“驿路梨花处处开”歌颂了雷锋精神已经在边境地区军民中发扬光大。

（这是对高级阅读技能的练习，练习的结果是学生能说出课文的思路及标题和引文的作用。）

5. 进行巩固和迁移训练

（1）对全文故事情节作一回顾复述，可以以“我”和老余的见闻为序复述，也可以时间的先后为序复述“驿路上的故事”；

（2）填空：本文的作者是______；叙述的方式有顺叙、倒叙、插叙、平叙等几种，本文典型地使用了______。

(3)给下列加点字注音：

①A 驿路(　　) B 荆棘(　　) C 陡峭(　　)；

②A 竹篾(　　) B 简陋(　　) C 恍惚(　　)；

③A 麂子(　　) B 修葺(　　) C 讴歌(　　)。

(4)抄写下列词语各两遍

“撵”、“驿路”、“陡峭”“竹篾”、“简陋”、“悠闲”“恍惚”、“修葺”。

(5)解释下列词语：

陡峭、修葺、恍惚、修长、折损、悠闲。

(6)用“修葺”、“悠闲”、“恍惚”作口头造句。

(7)“找出文中描写梨花的语句，看看哪些写的是自然界的梨花，哪些写的是人，揣摩这些语句倾住了作者怎样的感情？”(讨论)

(8)口头作文：

题目：《原来如此》

要求：学习运用本文的设置悬念和插叙手法。

(这是对教学目标的检测。)

二、对教学案例的评析

上述教学案例教学目标的设置从语文知识、语文基本技能、语文高级技能和情感态度与价值等维度进行，符合语文课程标准的要求；教学目标的陈述主要采用了内部心理与外显行为相结合的方式，符合现代文学作品阅读鉴赏教学目标陈述原理；教学任务分析着重分析了学生的起点能力和教学目标蕴涵的学习结果类型，为本课教学重点和难点的确定、教学过程的安排以及教学方法的选用提供了依据。课堂教学各个环节的设计都是按照“知识意义习得——知识练习转化——知识迁移运用”的思路进行。在教学方法的运用上，通过提问、讨论，为学生创设问题情境，引导学生进行探究性学习，促进学生建构意义；通过练习和变式练习，为学生创设知识转化的条件，促使学生将所学的规则转化为阅读技能。这些都符合阅读学习的一般原理。

第三章　中学现代散文教学设计

季羡林先生认为,中国是世界上最大的散文国。诚然,中国是一个散文非常发达的国家,中国传统奉散文为正宗。散文在中国可谓源远流长,从先秦特别是百花争鸣的战国时期的诸子散文、史传散文,到汉代司马迁的《史记》、汉末魏晋的"魏晋文章建安骨"、唐宋的古文、明朝的"前七子""后七子"的古文、清朝的桐城派文章,真可谓:浩浩如长江大河,注之不盈,汲之不竭;妍妍若芳菲嘉禾,缤纷夺目,葳蕤生辉。就体裁而言,有书、表、序、赞、奏、议、谏、疏、论、说、记、传、诔、志、碑等等百余种;就内容而言,或述怀咏史,或言志抒情,或记游写景,或忆远思乡,或信札往来,或悲悼友朋等,不一而足。两千多年里无数作家的心血的结晶,为华夏儿女留下了极为丰富而宝贵的散文文化遗产。到了"五四"时期,作为历史现象产生的古代散文,完成了它的历史使命,但一批现代作家,批判地继承古代散文遗产,大胆创新,于是一篇篇脍炙人口的现代散文应运而生,让读者们耳目一新。

第一节　中学现代散文概述

一、中国现代散文

现代散文和诗歌、小说、戏剧并列,是我国现代文学中的重要的文学形式。"五四"以来,许多知识分子受到共产主义和新民主主义思想的影响，倡导新文化运动，主张用文学来教育人民，鼓舞人民的革命情绪。他们用白话文写作，宣传科学和民主的思想。“当时以反对旧道德提倡新道德、反对旧文学提倡新文学，为文化革命的两大旗帜，立下了伟大的功劳。”（毛泽东《新民主主义论》）的确，现代文学为人民革命事业服务，革命前进一步，深入一步，现代文学也前进一步，深入一步。现代文学反映革命运动各个时期的斗争，用革命民主主义思想教育人民，对新民主主义革命作出了很大的贡献。在这贡献里，作为现代文学四大成员之一的散文自然功不可没。鲁迅在其《小品文的危机》中曾经说过，“五四”以后，“散文小品的成功，几乎在小说、戏曲和诗歌之上”。朱自清在《论现代中国的小品散文》中也认为，现代散文的发展，“确是绚烂极了，有种种的样式，种种的流派，表现着、批评着、解释着人生的各方面，迁流曼衍，日新月异”。

现代文学里的散文，继承且发扬了我国古代散文的丰富多彩的传统，传记、随笔、杂文、特写、游记、书信等各种形式都有。其中杂文和特写是在现代发展出现的新的散文样式。

二、中学语文教材中的现代散文

中学语文课本（初中：江苏教育出版社，高中：人民教育出版社）中，课文共273篇，其中现代散文27篇，分别是阿累的《一面》，鲁迅的《从百草园到三味书屋》、《记念刘和珍君》、《为了忘却的记念》、《藤野先生》、《雪》、《拿来主义》、《灯下漫笔》，朱自清的《背影》、《春》、《绿》、《荷塘月色》，邹韬奋的《我的母亲》，丰子恺的《给我的孩子们》，巴金的《繁星》、《灯》，老舍的《济南的冬天》，茅盾的《白杨礼赞》，郭沫若的《石榴》，陆蠡的《囚绿记》，郁达夫的《故都的秋》，李乐薇的《我的空中楼阁》，周瘦鹃的《杜鹃枝上杜鹃啼》，钱钟书的《读伊索寓言》，朱光潜的《咬文嚼字》，毛泽东的《纪念白求恩》、《改造我们的学习》。这些被选入教材的现代文学大师们的作品，都是现代散文中的精品，占教材所有篇目的比例近10%。其中出现频率最高的是鲁迅的文章,共有7篇;其次是朱自清的文章,共选用4篇。

进行现代散文教学,首先应了解现代散文的特点。现代散文种类丰富,可以分为叙事性散文、抒情性散文、议论性散文三种类别。

叙事性散文,以记人写事为主,记述的对象是客观事物。客观事物的发展总是按其本身的逻辑顺序有头有尾有过程的,而且事物发展本身的逻辑顺序总是与时间、空间密切联系的。这类散文虽然常常只记叙片段生活,但其事件的发生、发展也涉及到时间、地点问题。这类散文虽然不像小说那样多方面刻画人物形象和铺陈曲折的故事情节,但人物和事件却相对完整,有头有尾,不支离破碎。一般说来,这类散文多从记叙人物活动和事件发展的过程出发,按时间的推移和空间的转换来结构文章,组织脉络,像《从百草园到三味书屋》就是这类。

抒情性散文,以写物抒情为主,内容强调抒发作者的主观感受。表达方式上除了叙述、描写、议论之外,大量采用抒情笔法。或直抒胸臆,或托物言志,或借景抒情。这类散文往往依靠强烈的感情和丰富的联想连缀片段的人物、事件和景物,文章的脉络和作者感情的发展相一致,作者的主观感情总是随着他所描述的客观事物呈现出千变万化的情态,它像一条曲折的河流,随着风力的大小和地形的变化,有时涌起滚滚波涛,有时绽开朵朵浪花,有时浩浩荡荡,有时细流潺潺,有时暗流脉脉,或疾或缓,时断时续,忽隐忽现,以感情荡漾出一幅幅人物或景物的画面, 以画面表现出细腻丰富的感情,像《白杨礼赞》就是这类。

议论性散文,侧重于说明事理、发表议论。和用事实和逻辑来说理的论说文不同,它除了事实和理论之外,还要运用文学形象来进行说理,使议论和抒情相结合,理论和形象相结合,是一种文艺性论文。它不拘一格,迅速反映生活事变和人们的思想感情。它可以像投枪和匕首,抨击坏人坏事,揭露、打击敌人;它能够如颂歌和赞美诗,讴歌新思想、新品格、新风尚。它熔逻辑力量与战斗激情于一炉,寓精辟论述于生动形象之中，短小精悍、明快锋利，具有深刻的思想性、尖锐的战斗性和充分的艺术说服力。鲁迅的杂文是这类散文的典范，像《拿来主义》就是这类。

现代散文短小精悍。短小精悍是好的现代散文的共同特点，也是它们的共同优点。所谓短小精悍，是相对于多而繁杂而言的，即少而简练的意思，即如“删繁就简三春树”。“短小”是就文章的篇幅而言，具体说，它体现在文章中就是文字精练，结构单纯，层次不多。但是“短小”并不意味着“短而空”，篇幅虽然短小，内容却非常充实，能充分满足读者在繁忙的生活间隙阅读完毕，获得知识、受到教育、得到启发的需要。“精悍”是就文章的内容而言，是指观点正确、鲜明，思想性强，材料准确、具体、精到、能以一当十，有说服力和感染力；也就是说，要言之有物、言之有力。在优秀的现代散文作品里，短小和精悍相辅相成，是密切不可分割的统一体。

现代散文取材宽广。由于它应用的领域宽广，在艺术上的要求又没有其他文体那么严格，所以选材的道路非常宽畅，可以反映社会生活中任何有意义的事物。鲁迅说：“题材应听其十分自由选择，风景静物，虫鱼，及一花一叶均可。”的确，现代散文或取材于变幻莫测的国际风云，波澜壮阔的民族运动，你死我活的解放战争，激烈微妙的思想交锋；或取材于出类拔萃的发明创造，征服自然的壮举伟业，芸芸众生的恩怨情仇，市井里巷的生活琐事；或取材于亘古永恒的日月星辰，壮丽多娇的江河山岳，生机盎然的树木花草，趣味横生的鸟兽虫鱼。它们或取材于古代的和外国的有益的借鉴和启示，或取材于现代的和中国的复杂的生活和感受。它们或取材于时代的新人新事、新思想、新风尚，或取材于社会的劣根痼疾、陈风陋俗。它们或取材于真人真事，或者在真人真事的基础上进行艺术加工。它们或取材于大的、卓异的事物，或取材于小的、平凡的事物。它们或取材于有头有尾、有因有果的完整的人物事件，或取材于零散的片段，点滴的感受。因此，可以说，现代散文的题材包裹古今，跨越中外，收纳大小整散,兼容新旧真“伪”,并用抽象具体,涵盖社会自然。

现代散文写法灵活,自由便捷,千姿百态。可以像诗歌那样直接抒发作者的强烈感情,又不必讲究韵律;能像小说那样叙述事件,塑造形象,多方面地刻画人物性格,又无需结构完整的故事情节;可以像戏剧那样表现矛盾冲突,又不要求时间、空间的高度集中;还可以像论说文那样说理、议论,但不一定运用抽象概念进行推理和论证。它写作笔法自由疏放,灵活自如。鲁迅在《怎么写》中说:“散文的体裁,其实是大可以随便的。”冰心在《谈散文》中说:“散文比较自由。”但是这“随便”“自由”不等于漫不经心、胡诌乱写,它是指写作方法灵活多样,成法不严,限制不多,可以随意命笔,正如厨川白村说的那样:“装着随便的涂鸦模样, 其实却是用心雕心刻骨的苦心的文章。”具体地说,这种灵活自由首先体现为表达方式的灵活自如:叙述,描写,抒情,议论,说明,兼采并用,可以以其中的任何一两种为主,也可以把这几种方式熔于一炉,综合使用。其次体现为组织结构的多种多样:纵式、横式,对比、并列,递进、连贯,总分、包孕;以事物为线索,以活动为线索,以感情为线索,以时间的转移为线索,以空间的转换为线索,以作者联想的思路为线索,以观点的逻辑联系为线索等等。这样,表达自由灵活,结构布局开合无定,所以收放随意,撒得开,又收得拢;既用墨如泼,又惜墨如金;既纵横驰骋、波澜迭起,又婉转自然,浑然天成。正如苏轼所说:“常行于所当行,常止于不可不止。”

现代散文具有形散而神不散的特点。由于它取材广泛,组织材料、结构成篇比较自由,表现方法不拘一格,因而形式上具有“散”的特点。但从立意上看,它却有明确而集中的主题,即“神不散”。清人刘熙载说,主题即神是“文之总持”。优秀的现代散文,除了具备鲜明而深刻的主题之外,还抓住表面看来似不相关的人、事、景、物的内在联系,通过深刻寓意,运用多种手法,经过严密的构思和精巧的布局,把它们组成一个有机的艺术整体,使之结构严谨,层次分明,首尾一贯，语不离宗。就像郑君里描述的那样：“海洋中的岛屿，一个个孤峙于水面，不相关联，然而在水平线下，却潜伏着一条蜿蜒的山脉，它不知道经过多少曲折起伏，才在远远的海面上冒出一点头来，像这样一个继一个地形成了群岛。”也如有人所说，如果“形”是高飞云天的风筝，那么“神”就是紧牵在手中的绳索；如果“形”是散落各处的珍珠，那么“神”就是穿起它们的丝线。这种散又不散的写作中的辩证法的运用，使得现代散文有散有聚，有放有收，舒卷自如，摇曳多姿。

进行现代散文教学，其次要了解现代散文名家的风格、特色。“文如其人”，现代散文体现着作家的立场、世界观、特殊的生活体验和审美理想、特有的个性气质、喜好以及不同于众的艺术素养，打着作家创作个性的印记，所以呈现出作家各自的风格、特色。当代散文家晓雪在《关于散文〈白鹭〉》中说：“我喜欢读各种风格的散文，喜欢鲁迅的深沉冷峻、巴金的自然真挚、茅盾的淳厚质朴、冰心的婉约清秀，也喜欢林语堂的幽默隽永、徐志摩的浓艳奇丽、汪曾祺的恬淡纯净、秦牧的博识睿智。”进行现代散文教学，不能不了解现代散文名家的作品特色。

第二节　中学语文教材中现代著名作家的散文作品

一、鲁迅散文作品

鲁迅是中国现代文学的奠基人。郁达夫说：“中国现代散文的成绩，以鲁迅、周作人两人的最丰富、最伟大，我平时的偏嗜，亦以此二人的散文为最所溺爱。”鲁迅著有散文集《朝花夕拾》，散文诗集《野草》，杂文集（议论性散文集）《坟》、《热风》、《华盖集》、《华盖集续编》、《而已集》、《三闲集》、《二心集》、《南腔北调集》、《准风月谈》、《伪自由书》等。

《朝花夕拾》是鲁迅1926年2月至11月间追怀往事而写下的十篇“从记忆中抄出来”的散文,带有自传的性质。它追怀青少年时代的往事,既描写了他对童年生活的回忆和对师友的诚挚的怀念,又真实地抒写了戊戌政变和辛亥革命前后作者所经历的种种生活。从农村到城镇,从家庭到社会,从中国到日本,每一篇都生动地反映了那个时代的社会生活的一角。这一组文章基本以作者的童年和青年的生活轨迹为依据进行先后安排,它们有丰富的思想内容,在以儿童的目光追忆往昔、抒写童年和青少年时期的生活感受的同时,又以成年人的眼光作出新的评论,对封建习俗和封建思想文化给予尖锐的讽刺和批判。但它们首先是以儿童天然的、正常的兴趣和爱好作为对人和事的评价尺度的,它们提供了一个关于风俗、琐事和人物美丑的价值观念。故乡的自然风物,童年生活中的人和事都给作者留下了许多美好的回忆。“因为是回忆,因为是说个人的事情,所以我们感觉到亲切,就像当着春秋的佳日吧,在森林里被轻风吹拂着一般,我们所见的便是安详、平和。只是也当像在耳朵里送来了清泉的湍响似的,这就是鲁迅在文字中常不能忘怀的对于那些伪善、奴性、繁复和乖巧的攻击。”(李长之《鲁迅批判》)对童年生活描写得最为详尽的莫过于被选入中学课本的《从百草园到三味书屋》,它写得幽默充盈、妙趣横生。百草园是他童年的乐园,里面有菜畦、皂荚树、桑葚,还有鸣蝉、黄蜂、叫天子、油蛉、蟋蟀等等,那里是他的整个世界。冬天,闰土的父亲还教他如何在雪地里捕鸟。但终于要告别他的蟋蟀们、覆盆子们和木莲们,去最严厉的书塾也就是三味书屋念书了,先生是极方正、质朴、博学的老人,但先生似乎很不高兴他问“怪哉”虫的事情。在三味书屋虽然要认真读书,却也仍然可以在后面的小园里折腊梅、寻蝉蜕,也可以在先生读书入神的时候,用“荆川纸”蒙在小说的绣像上画画。文章写得充满童趣,生气盎然。《朝花夕拾》以叙事记人、咏物抒情为内容,是漫谈式的,像和朋友相对,娓娓而谈,似天马行空,任意道来,却如行云流水,有一种刚健、质朴、清新的格调。作品中的时代风貌、世态习俗、风土人情、人物神态，很大程度上都是由大量真实的细节构成；它所写的事件和细节是经过作者精心的选择和提炼的，常常能揭示事物的本质具有典型意义；它通过简洁的叙述和描写来描画场景、勾勒灵魂；它大多采用对比、夸张、烘托、比喻等表现手段来强化主题；它将多种表达方式有机地融为一体，充满诗情画意；它将对往事的回忆和对时弊的议论结合得自然恰当，天衣无缝；它把相关的童话、传说和典故插入叙事和议论中，增添了阅读的趣味；它意在叙事，却志在写人，为中国现代散文画廊提供了长妈妈、寿镜吾先生、范爱农、藤野先生等许多动人的形象；它语言清新流畅、洁净优美、亲切感人，而且色彩纷呈，有的尖锐辛辣，有的质朴清新，有的精辟，有的机警。它是现代回忆散文的典范之作。

孙席珍说："鲁迅的作品，始终贯彻着倔强的气味，无情地剥露着一切，幽默而辛辣，可以说是针针见血。"我想这种特点特别体现在鲁迅的杂文上。李长之说："杂感是他在文字技巧上最显本领的所在，同时是他在思想情绪上最表现着那真实的面目的所在。就中国十七年来的新文学论，写这样好的杂感的人，真也还没有第二个。现作家之中，写杂感多的，没有超过鲁迅的，鲁迅自己的作品之中，为量之多，也没有超过杂感的。"又说："他的杂感文的长处，是在常有所激动，思想常快而有趣，比喻每随手即来，话往往比常人深一层，又多是因小见大，随路攻击，加之以清晰的记忆，寂寞的哀感，浓烈的热情，所以文章就越发可爱了。"鲁迅是杂感艺术独具匠心的开拓者。他的杂文从各个方面联系社会现实，是社会思想和社会生活的艺术的记录：写复杂的斗争，写阶级力量的变化和消长，表现从"五四"到抗日战争爆发前整个历史的进程；描写人民的苦难和斗争，愿望和理想，铭刻着对人民的关爱和对敌人的憎恨，具有鼓舞人们前进的力量。鲁迅说，杂文应该"是匕首，是投枪，能和读者一同杀出一条生存的血路的；但自然，它也能给人愉悦和休息"。杂文是鲁迅一直运用到生命最后的武器。环绕着每一历史时期的中心斗争，从“五四”当时打倒封建势力和传统习惯开始，经过对反动军阀以及资产阶级右翼的长期鏖战，特别是十年内战时期在狼烟遍地、短兵相接的反文化围剿中，杂文以其挥洒的自由，接应的迅速，涵容的广泛，在鲁迅的运用下发挥了极大的威力。鲁迅的杂文是他在吸收外国的随笔和中国古代的散文小品的特点基础上创造出的文学体裁，它析理严密，行文舒卷，于清峻中寓朴茂，于简约中见恣肆；它“论时事不留面子，贬痼弊常取类型”；它往往采用对比、暗示、取譬、借喻的手段，通过客观的叙述揭发内在的矛盾，使人从事物的相互关系中得到启发；它有时还用象征手法，通过对某一常见现象的综合和描摹，合乎逻辑地引起人们对更大问题的联想；它借助于生活的形象，写出“类型”，突出矛盾，加强论点，深化论述。鲁迅杂文在语言上博采众长，口头语、文言词、外来语兼收并蓄，有的简辣，有的沉痛，有的含蓄，有的幽默，有的凝练紧凑，有的疏落雍容，有的曲折细微，有的干脆丰盈，风格变化多端。这种精密活泼的语言不但有助于理论逻辑的准确展开，而且使抽象的概念血肉丰满，给人以难以磨灭的印象，再加上鲁迅幽默的才能和貌似冷峻而内实热烈的气质，就使他的杂文具有非常突出的个人风格。诚如李长之所说：“谁都知道鲁迅的杂感文有一种特殊的风格，他的文字，有他的一种特殊的方式。倘若说出来，就是他的笔常是扩张又收缩的，仿佛放风筝，线松开了，却又猛然一提，仿佛开水流，却又预先在下流来一个闸，一张一弛，使人的精神有一种快感。读者的思想，先是随着驰骋，却终于兜回原地，也即是鲁迅所指定之所。”

二、朱自清散文作品

朱自清是“五四”以来的重要学者、杰出作家。他的作品最脍炙人口的是散文，他的多篇散文被选入中学语文课本中。在人们的意识里，要了解我国现代文学的白话风格，读先行者之一的朱自清的散文是种必需。朱自清的散文题材丰富,大体可分为四类:一是描写个人和家庭生活,表现父子、夫妻、朋友之情,具有真切的人情味,如《背影》;二是反映社会生活,抨击黑暗现实的,如《生命的价格——七毛钱》;三是以自然环境为主借景抒情的,如《荷塘月色》;四是介绍风土人情的,如《威尼斯》。无论哪一类散文,从结构方式看,线索组织基本是顺时针发展,有条不紊,平铺直叙,稳重扎实,很少采用倒叙或柳暗花明的手法。

朱自清散文大多在诗化和平实风格中呈现意境,但点题基本是直截了当的。但由于朱自清自幼受士大夫家庭的教育熏陶,恪守传统,性情拘谨,因而常常在狷态中显出一种压抑的情调,某些内涵需要读者意会。如《背影》中的背影和眼泪的意象,是封建父权的一种折射——儿子竟然不习惯在父亲面前表露情感;又如《荷塘月色》的开头,究竟是什么使他不宁静?他为什么采用隐曲的写法?如果读者不能领略,至少可以窥见千百年来文人骚客难以摆脱的情绪指向、审美趣味。

朱自清的散文,无论记人、叙事、说理还是抒情,都如实地抒发思想和感情,“如实”是他散文的神。他的描写个人和家庭生活类散文给人一种非常温暖的感觉,被人称为至情文学,就在于他真挚的态度、敦厚的性格和朴素的表达。他对人间最真最深最美的感情的叙说是朴素的,却又是真切的。朱德熙先生在《漫谈朱自清的散文》中说:“他的散文严谨不苟,风格平易而且自然。朴素的文章,不像大红大绿那么显眼,它的好处要细心玩味才能够体会。粗心的读者往往是发现不了的……朱自清的散文能够在朴实自然的风格中,立新意,造新语;在平淡之中显出神奇,平止通达,可是又富有创造性。”朱自清的写景散文风格优美,具有描写细腻、情随景生的特点;而叙事散文以精练客观为主,主观情感蕴藏在对人物、事件的叙述中。但不管哪种形式,语言的总体风格是朴素自然,温厚细腻,真挚恳切,怨而不怒,哀而不伤,自然中寓真情。正如作家李广田在《最完整的人格》里评论《背影》时说的:“《背影》论行数不满五十行,论字数不过千五百言,它之所以能够历久传诵而有感人至深的力量者,当然并不是凭借了什么宏伟的结构和华赡的文字,而只是凭了它的老实,凭了其中所表达的真情。这种表面上看起来简单朴素,而实际上却能发生极大的感动力的文章,最可以作为朱先生的代表作品,也正好代表了作者之为人。”

朱自清的散文里细节的运用给读者能留下深刻的印象。如《背影》里,写父亲拖着肥胖的身体为儿子买回橘子后,“于是扑扑衣上的泥土,心里很轻松似的”。这一细节描写似乎毫无惊人之笔,但细加体味,则父亲买橘之艰难,装出轻松样子来安慰儿子的用心,为儿子又做了一件事后的心安理得,全都表现了出来。又如,临分别,父亲“走了几步”,又“回头”看我,这一细节,使父亲眷恋不舍、依依惜别的情态跃然纸上。于是,一位充满爱子之心的慈父形象深深地印在读者的脑海中,久久地令人不能平静。朱自清还好用比喻和叠词来烘托气氛,营造氛围。如《春》的结尾,用三个比喻句构成排比,形象地说明了春天的新鲜、欢快和健壮,春天的活力一下子就感染了读者。他善用叠词,传神地描摹出眼前之景,增添了文章的亲切感和韵律美。如《绿》中,岩石是“湿湿”的,云是“微微”的,水花是“朵朵”的,水花落下是“纷纷”的,绿水是“汪汪”的,水波是“闪闪”的,水光是“滑滑”的,水色是“清清”的,既精练考究又朴实无华,读者就这样见到了潭水的色质和感触。

三、老舍散文作品

在中国现代文学史上,老舍是个个性十分鲜明的作家。老舍的散文事真,情真,义真,“真”是老舍散文的魂。老舍叙事,事情是什么就写什么,知道多少就写多少,实事求是,不捕风捉影,不漫夸以自诩,不攀附以沾光,表现出一种现实主义的创作态度。老舍的散文情真意切,“把一切好听好看的字都浸在自己的心血里,像杜鹃似的啼出北平的俊伟”(老舍《想北平》)。他爱山水之美,爱象征着生命活力的绿色,爱品质好的人,爱谁也不欺侮谁的社会。他的情常常和“义”联系在一起。他本人胸襟高阔,舍己为人,有一种崇高的思想境界,和这种境界相符的人,不论地位高底,也不管是大名人还是小人物,只要对民族、国家、人民有奉献精神,他就都由衷地尊敬、赞美,在他的散文里,真情已经升华为民族大义,一股民族的浩然正气。老舍总希望有个平和的社会,干净、美丽的自然环境与智勇双全、勤勉、文明的人三者相结合的生存空间。他总是把社会、自然和人放在一起来写。

老舍思想深刻,有一颗哲人的心,考虑得深、细、透。他观察敏锐,有一副画家的眼,看得准、远、全。他技艺超群,有一双绣工的手,绣得精、巧、美。他把写景和写人都当作重要的艺术手段和审美对象以“图象感诉”,巧夺天工,描绘出了比现实还真实的第二自然,他的风景散文,就是一幅幅中国画。被选入课本的《济南的冬天》就是这样一篇写景散文,作者笔下的济南的冬景就是一幅小水墨画:从大处说,有安适的阳光,古老的城池,环绕的小山,宽敞的郊野;从细部着眼,有顶着一髻白花的矮松,一道白一道暗黄的山坡,山坡上的小村庄,村庄屋顶上的残雪;此外,还有清泉绿藻,黄草山,红屋顶,灰树影。画面安适,静谧,秀美,色彩鲜明,真实亲切,给人身临其境之感。老舍写景,不仅如实描述所见之景,而且掺入了主观想象和感情因素。如在《济南的冬天》里,写小山,讲它“好象把济南放在一个小摇篮里,它们安静不动地低声说:‘你们放心吧,这儿准保暖和。’”这便是想象之词。又如写济南人看到小山会想起:“明天也许就是春天了吧?这样的温暖,今天夜里山草也许就绿了吧?”又如,“看着看着,这件花衣好象被风儿吹动,叫你希望看见一点更美的山的肌肤。”这简直把小山想象成一个美丽的仙女了。这些描写,真切地表达了作者对济南四周的小山的无限亲切感。这正如老舍自己说的:“以实物为主,而略加抒情的描写,使文章生动空灵些。"(《出口成章》)老舍想得深刻,看得透彻,说得俏皮,因而形成了他的散文的幽默。"老舍的幽默是理智的成分多些的,那幽默往往是发自一个居高临下的知识分子的知识, 他是把事情看松活。"(李长之《鲁迅批判》)老舍在泰晤士河畔看到西方科学、民主和社会的进步后,感到了自己故土的许多事情的乖戾、不合理、违背自然、可悲可笑。于是他半恨半笑地看世界,用幽默的笑来批判那些不合理的愚昧的东西,用笑来抨击坏现象、攻打旧世界。他的笑声里有嫉恶如仇的愤懑,对愚昧落后的人们哀其不幸、怒其不争的遗恨等多种成分,这方面和鲁迅相一致。读老舍的幽默散文,不仅能使你松活脑子,而且能让你眼睛一亮,每一篇都有闪光点,有益智开窍的作用。读这些文章, 可以听到智者——老舍的各种笑声:温和的笑,鄙夷的笑,愤怒的笑,酸楚的笑,友好的笑,无奈的笑。笑的是傻人、傻事、傻风俗、傻习惯、傻传统,但没有傻笑,因为他是站在"崇高"上来看鄙俗的,他的笑是武器,带有批判力。

老舍的散文,题材无所不包,体式无所不有,但不论什么题材、体式,在用语上都做到了随类赋彩。老舍说:"语言不可随便抓来就用上,而是经过我们的组织,使它能与思想感情发生骨肉相连的关系……必须用浅显的、生动的话,说起来自然亲切有味,使人爱听,这就增加了文艺的说服力量。"(《我怎样学习语言》)老舍作品的语言就有这种力量。他散文语言的最大特点是自然、率真。他的朴实简练、通俗风趣、颇有口语韵味的语言,读来自然亲切。《济南的冬天》是这样开头的:"对于一个在北平住惯的人,像我,冬天要是不刮风,便觉得是奇迹;济南的冬天是没有风声的。"多么自然,好象作者就站在面前,跟你轻言慢语地絮叨家常,一下子就把读者带入了描述的境界。又如像"请闭上眼睛想……""最妙的是下点小雪呀。看吧……""就是下点小雪吧,济南是受不住大雪的,那些小山太秀气!"这些句子读起来真令人如见作者其人,如闻作者其声。语言极通俗、平常,极清浅、素淡,但又凝练、深刻,色彩斑斓。这种"俗"是大雅若俗的俗，俗得有味道，有诗意；这种“淡”是淡中有真味的淡，淡得有深味，有意境。

四、茅盾散文作品

茅盾是我国现代文学的先驱之一。早在上世纪30年代，就有不少读者认为茅盾的散文是“认识人生，学习写作”的最好课本。今天，阅读和欣赏茅盾散文，不仅可以对过去的历史重新获得“诗情的领会”，也是提高学生文学素养所必需。郁达夫在《〈中国新文学大系·散文二集〉导言》中说：“茅盾是早就在从事写作的人，唯其阅世深了，所以行文每不忘社会。他的观察的周到，分析的清楚，是现代散文中最有实用的一种写法……中国若要社会进步，若要使文章和现实生活发生关系，则像茅盾那样的散文作家，多一个好一个，否则清谈误国，辞章极盛，国势未免要趋于衰颓。”这段话，一般的散文研究者包括茅盾自己，都认为最确切地评价了茅盾散文的独特价值和特色。

茅盾的散文基本上反映着茅盾生活的时代和社会的前进轨迹，体现着茅盾的思想历程。大革命时期，用散文愤激地勾勒出绅士太太们的丑态，热情洋溢地歌颂人民群众的斗争精神；第一次国内革命失败后，他的散文流露出不少惆怅的滋味和幻灭的哀伤；1934年开始，他的散文表现出积极探求、勇敢进取的思想以及对革命的殷切向往和热烈期待，还描绘了30年代一幕幕烦嚣愁闷的景象、一幅幅骚动不安的图画。美日资本对中国金融的操纵，美国棉麦对中国工业的侵袭，日本商人对中国工厂的控制，公债市场的拼死搏斗，酒馆舞场的纸醉金迷，农村经济的萧条衰败等；抗战时期，他用散文画民族战士的英姿，描汉奸卖国贼的嘴脸，喊出在日军铁蹄下同胞们的愤怒，申诉人民保家卫国的决心和热忱，反映抗战后方国统区的黑暗，抨击国际法西斯的罪行，礼赞中国共产党领导下的北方敌后抗日军民。茅盾的散文的现实性和战斗性强，正如阿英指出的，在中国，“除茅盾、鲁迅而外，似乎还没有第三个人”(《茅盾小品序》)。

从茅盾的散文作品中，既能看到作者思想发展的脉络、时代演变的征候，也能看到作者不断探求的艺术功力。他的散文，内涵无比深厚。或表现某个生活片断，或反映一己一时的情绪，但几乎可以当作史诗来读，因为它们展现的是现代革命史和社会政治文化史，抒发的是时代的苦闷。他的散文的艺术风格总体说来是：深沉精细、劲健爽朗。但在表现题旨、叙事状物中又能回黄转绿、掩映多姿，呈现出多样的变化。如早期散文多用象征手法，构成幽丽朦胧的意象和境界。后期散文写实成分增强，转换成现实主义的表现手法，虽以记叙为主，但议论抒情渗透其中，而且做到叙中夹议，议中有叙，理中见情，寓情于理，议论带情韵以行，记事有形象印证，因而又独标了一种娓娓有致，刚柔相济的散文风格。40年代写的《白杨礼赞》，虽又使用了早期写作的象征手法，但格调明朗高昂，诗意充溢磅礴，完全焕发着新的时代气息和革命精神，这却说明作者风格的进展和艺术的成熟。

茅盾的散文章法整饬，布局严谨。如《白杨礼赞》，立意高远，形象鲜明，以图貌写神。文章不过千余字，却结构严谨而又跌宕生姿，笔墨洒脱而又简洁修炼：开头激越高昂，中间铺陈直说，最后高声赞颂，紧凑之中富有变化；加上景色的变幻和感情的起伏，波浪层生，峰峦叠出；另外中间几处赞美白杨树的句子，承上启下，使全文环环相扣，节节相连，而结束一句与作品开头一节回环照应。全篇布局之美由此可见，可谓严谨修整的范例。

茅盾的散文文字洁炼，语言丰美。正如有人评论的：“茅盾的散文，有些地方是言简意深，引人思索；有些地方又以精微的刻画，浓墨挥洒，现出动人的形象。这里，不独可见语式的变化，同时也表现了语言丰富；这语言可以说是优美的，但又不失之浮丽。”他的“每一句精微的文字，都是形象的深化，诗意的浓染而显示着语言的姿色韵味”(孙中田《论茅盾的生活与创作》)。

五、巴金散文作品

小说家巴金写作生涯里散文写作从未间断，仅1949年以前的二十多年里，到目前为止能看到的各类散文就近四百篇（书信、译作、日记除外），洋洋百余万言，内容丰富，品类繁多。其中主要的和写得最为出色的是叙人述怀、托物抒情、记游写景的作品和序跋。这四类散文的共同特点是：真挚灼热、畅达自然。这是巴金散文的基本"风骨"，是巴金区别于其他散文大家的独特个性，也是巴金一贯主张的"写作同生活的一致"、"作文和人的一致"的生动体现。

巴金的现代散文是传记式的，作家的经历、感情、个性、气质，以及欢乐、痛苦、理想和追求，都渗透在作品里，作品里始终跳动着、燃烧着一颗爱国爱民、救国救民和反对封建专制、反对侵略战争，以及探索真理、寻求光明的火热的心。他记叙亲身经历的所见所闻，一颗火热的心因同情或憎恨而燃烧得更加热烈。他控诉敌人暴行，呕歌抗战精神，记事抒情着眼于"振动人心"，致力于"照亮人心"，文章里闪耀着作者的人格和信念的光辉。巴金的散文重情、重情理并茂，但又有自己的个性特色，即融真诚、淳朴、灼热于一炉。在用情方面真挚、自然，往往用童心般的真诚和炭火般的情感去感人心，他写得痛快，不追求含蓄，但只要有话要说，有感情要吐露，马上文思泉涌。巴金的一些散文写得感情真挚又有深度，这表现出两个鲜明的特征：对所写内容从整体上饱含激情地加以提炼和开掘；用点睛之笔照亮和升华全篇。如1937年，巴金写了《死》、《梦》、《醉》、《生》一组散文。《死》由一些似乎互不关联的"死"结构成篇，似乎颂扬"死"的安逸，实际上颂扬了"为信仰而牺牲"、为更多的人的"和平和欢乐"而死的"死的精神"，以写死来表现人生不朽的价值，情感真挚而有深度。《梦》透过梦中的安宁和美好动情的回忆，诅咒社会的黑暗。《醉》揭示对信仰、对希望的"醉"是"将个人的感情消溶在大众的感情里，将个人的苦乐联系在群众的苦乐上"。《生》从生物进化规律，写到阶级社会里为多数人的生存而视死如归的人生才能长存在子孙后代的心里；又从人的生存写到民族的生存和繁衍，认为这是不可抗拒的生存的法则：是一篇“生”的热情颂歌，更是一篇声讨侵略战争的檄文，有作家独特的感受和见解，有不可抗拒的力量，情真意也深。巴金的散文擅长于水到渠成、春暖花开式的点睛。或一个富有特征的动作，或几句醒人耳目的对话，或一幅动人魂魄的画面，或几句含血带泪的抒情，便使文章从情真到理深，情理并茂，体现了作家浓烈的情感和深厚的睿智的巧妙融合。

巴金散文的特有风骨，不仅表现在作品的思想内涵和情感抒发上，而且表现在行文构思和语言文字上。巴金认为：“写作的最高境界是无技巧。”他的一些散文，很少凝思积虑、精心裁剪，行文构思皆在情理之中，毫不突兀，毫无斧凿之痕，但“看似寻常最奇崛，成如容易却艰辛”，凭借作家文学创作的禀赋、气质、素养和日臻深厚的功力，文章天成，妙手偶得，具有自己独特的、灵活的、自然的巧思和结构，达到了“无技巧”的最高境界。这种无技巧表现在语言文字上是真情为文，说话为文。巴金散文的语言虽然有时水分多，但也自成家数：朴素、自然、平易、亲切、流畅。他很少引经据典，几乎没有整句；他从不堆砌辞藻，从不渲染铺排。他让文字从心底自然流出，如清泉汩汩而下，澄澈天然；如芙蓉出清水，纯净清新；如风行于水上，畅达流利；写出一种动态，表达一种情趣，构成一种意境；有的像工笔画似的精细，有的如写意画般的简练，有的如油画般的的浓重，有的像水墨画似的隽永；令人如游其境，如闻其声，如观其景，如悟其趣。

第三节　中学现代散文教学设计

一、中学现代散文教学目标

现代散文教学是中学语文教学中极其重要的一个环节。语文作为最重要的交际工具和人类文化的重要组成部分，要求中学语文课程担当起培养、发展和提高学生的语文素养，使学生具有较强的语文应用能力和一定的审美能力、探究能力，形成良好的思想道德素质和科学文化素质，为学生全面发展、终身学习和个性的发展奠定基础的重大使命。散文教学因散文得天独厚的特点与优势，当仁不让地分担起这一使命；而现代散文由于既经历了一定时间的淘洗，又比较贴近当代生活，自然而然在中学语文教学中备受青睐。

在新的语文课程标准的贯彻、实施中，这些文质兼美的现代散文，对学生品质、能力的形成可以起到不可低估的作用。学生能够通过对现代散文的学习，了解并掌握这一文学体裁的基本特征和主要表现手法；从整体上把握文本内容，理清思路，概括要点，理解文本所表达的思想、观点和感情；发现问题、提出问题，对文本作出自己的分析判断，努力从不同的角度和层面进行阐发、评价和质疑；根据语境揣摩语句含义，运用已有知识，帮助理解结构复杂、含义丰富的语句，体会精彩语句的表现力；通过对有关知识、能力、学习方法和情感、态度、价值观等方面要素的融汇整合，切实提高语文素养，发展独立阅读的能力。

学生能够通过对这些优秀现代散文作品的阅读，品味语言，感受其思想魅力，体会大自然和人生的多姿多彩，培养、深化热爱祖国语文的感情，激发珍爱自然、热爱生活的感情，陶冶性情，不断充实精神生活，完善自我人格，提升人生境界，逐步加深对个人与国家、个人与社会、个人与自然关系的思考和认识，追求健康、高尚的情趣，提高思想品德修养。

学生能够通过对现代散文的阅读和思考，领悟其丰富内涵，探讨人生价值和时代精神，以利于形成自己的思想、行为准则，增强明辨是非的能力，树立积极向上的人生理想，形成积极、健康的心理素质，增强为民族振兴而努力的使命感和社会责任感。

学生能够通过对现代散文的个性化的、多角度的、多层次的思考、领悟和探究，养成思考、质疑探究的习惯，尝试方法的创新，追求思维的创新、表的创新，获得新的体验和发现，发展思辨能力和想象能力，增思维的严密性、深刻性和批判性，不断提高独立思考能力、探究作能力，逐步养成严谨、求实、求新的学风。

学生能够通过对现代散文的阅读、鉴赏，感受其艺术魅力，发展想象力和审美力，提升审美境界。一些现代名家大师的散文作品，既是真和善的典范，又是美的标本。它们有的严谨细腻，有的朴实清新，有的淡雅高远，有的华妙艳美，有的雄浑豪放，有的沉郁幽婉，让学生在欣赏其灵活多变、不拘一格的形美的同时，也体味到了凝练集中的神美。学生在欣赏、品味中，会逐步形成提高感受美、理解美的能力，陶冶自己高雅的审美情趣，丰富自己健康的内心世界，激发起发现美、创造美的欲望。

现代散文教学，能实现以上语文新课标的诸多目标，这决定了现代散文教学在中学语文教学中的举足轻重。可以说，要了解中国文学，不能不了解中国现代散文；要研究中国文学，不能不研究中国现代散文；要培养中国新世纪全面发展、素质高强的人才，更不能不教学中国现代散文。

二、中学现代散文教学方法和技巧

根据总结我国一些优秀中学语文教师的现代散文教学经验，进行现代散文教学除了要运用常规的语文教学方法如提问法、讨论法、练习法和现代教学媒体教学法以及运用自主学习、合作学习和探究学习等学习方式以外，还要根据现代散文自身特点展开教学。教师可以从以下几个方面来引导学生学习现代散文。

（一）引导学生了解散文常用的表达方式及其作用

散文的表达方式一般是叙述、描写、抒情、议论，使用中常常融合在一起。记叙性散文虽以叙述为主，却时时会有描写、议论和抒情；抒情性散文以抒情为主，却需要以叙述和描写作为基础，以议论深化情感；议论性散文的议论，也要借助于叙事和抒情。分清表达方式，了解各种表达方式的作用，有利于阅读现代散文。

叙述就是把人物的经历和事物发展变化的过程表达出来，侧重对人物、事件的介绍和交代，使之清楚明白。有概括叙述和具体叙述两类。在记叙性散文中，常运用记叙的方式来介绍事件发生、发展的过程以及人物的经历和事迹，能够使读者对整个事件有完整的印象，对人物有全面的了解。在抒情性散文中，叙述是抒情的基础，为抒情作铺垫。议论性散文中，可运用叙述来概括某些事实，从事实中引出论点，或以事实为论据来论证论点。记叙性散文和抒情性散文里，概括叙述和具体叙述兼用；议论性散文使用概括叙述。记叙性散文的叙述方法有顺叙、倒叙、插叙、补叙、平叙。按照事件发生、发展的先后次序来进行叙述就是顺叙，这种叙述方法可以使叙述的事件有头有尾，条理清晰，来龙去脉清楚。倒叙是把事件的结局或事件中最突出的片断提在前面叙述，然后再从事情的开头进行叙述。这种叙述方法能够造成悬念，抓住读者，突出重点，使故事波澜起伏。插叙就是在叙述过程中，由于某种需要，暂时中断主线而插入有关的另一事件的叙述。插叙的内容是多种多样的：或回忆过去，追述往事；或对情况或事件作解释或说明；或由近及远、由今到古的介绍人物、叙述事件等。使用这种方法，能使叙述曲折有致，充实、丰富文章内容，更充分地表现主题。补叙是在叙述过程中对情况或事件作某种解释或说明，这种方法能使事件合情合理，表现人物的性格特点，突出中心。平叙即叙述同一时间内不同地点所发生的两件或两件以上的事，也就是俗话说的“花开两朵，各表一枝”。运用这种方法，可以把头绪纷繁、错综复杂的事写得眉目清楚，有条不紊。

描写是用生动形象的语言把人物或景物的状态具体地描绘出来，侧重对人物、事件、环境的描绘和刻画，使之生动传神、历历在目。记叙性散文和抒情性散文中常用描写。描绘人物的形貌、动作和内心世界，可以使人获得栩栩如生的形象，表现人物性格特点，表现主题；描绘自然景物，可以再现景物的自然风貌，使读者有身临其境之感；描绘一定的场景可以把人物活动的具体环境再现出来。议论性散文中使用描写，能增强文章的说服力和生动性。

从风格分，描写有白描和细描两种。白描是一种用质朴的文字，抓住事物特征，粗线条的勾勒出事物形象的写法。这种方法能达到简洁、传神的效果。细描对事物的主要特征作细致入微地刻画，它文字绚丽，色彩斑斓，常运用修辞手法，细腻动人，给读者留下深刻印象。从技法分，描写有直接描写和间接描写。直接描写是对描写对象(人、景、物)进行正面、直接地描绘。这方法的长处是，可使描写对象具体、鲜明、生动地呈现在读者面前。间接描写是通过描绘与特定对象有关的人和事、景和物，制造气氛，烘托特定对象，从而达到表现特定对象的目的。这种方法能充分调动读者的生活经验和想象力，收到一箭双雕的效果。从对象分，描写有人物描写和景物描写。人物描写有肖像描写、语言描写、行动描写和心理描写。这些人物描写方法都有反映人物性格的作用，其中肖像描写特别能以形传神，语言描写特别能展示人物个性，行动描写特别能使人物形象丰满、具有立体感，心理描写特别能展现人物的精神世界。景物描写主要包括自然风景描写、社会环境描写和场面描写，这有多方面的作用，如，提供人物活动的环境，显示社会生活的特色；衬托人物心情，表现人物性格，突出主题；创造气氛，串连情节；丰富诗情画意，增强艺术感染力等等。

抒情就是抒发感情。抒情的方法有直接抒情和间接抒情两种。把思想感情直接抒发出来的直接抒情，感情直白、坦露、浓烈，能深深地打动读者。间接抒情是依附于事、依附于理、依附于景的抒情。在抒情性散文中，感情的抒发常常比较直接，比较鲜明，比较强烈；在记叙性散文中，抒情大多和叙述、描写、议论等结合进行；在议论性散文中，很少直接抒写感情，一般通过对观点的论证，体现作者的爱憎情感。

议论是对客观事物进行评论，以表明自己的观点和态度。记叙饰、跳跃，又不像小说那样平易、缓慢，就处于这雕饰与平易、跳跃与缓慢之间，自然中流露着潇洒，抒情的深情款款，议论的娓娓动听，记事的如叙家常。疏密相间，疾徐有致，从容不迫，挥洒自如，如行云流水；抑扬顿挫，回环激荡，流转自如，如珠落玉盘，听来悦耳，读来顺口。

现代散文语言的简洁、凝练，优美、生动、含情，潇洒自然、语调和谐的特点，形成独特的散文笔调：精练或繁丰，鲜明或含蓄，严谨或疏放，朴素或绚丽，新奇或循古，豪壮或委婉，庄重或幽默。这些文章如一朵朵奇葩，盛开在散文的百花园里，争奇斗艳，仪态万方。学生在学习中，应细加品味、区分文章的语言特点，才能领会语言特点和表情达意间的关系。

欣赏散文的语言，还要指导学生品味作者怎样遣词造句、怎样运用修辞手法，使语言产生特殊的审美效应。现代散文常运用比喻、比拟、排比、夸张、对偶、借代、设问、反问等修辞手法，使文章语言精彩纷呈。

比喻是用一种事物或情景来比作另一种事物或情景，可分为明喻、暗喻和借喻。比喻用在记叙、描写中，能使对象具体、生动、形象，给人以鲜明、深刻的印象；用在议论中，能使抽象的道理变得具体，使深奥的道理 变得浅显，增加文章的文艺性。

比拟有拟人和拟物两种，把物当作人来描写是拟人，把人当作物或把此物当作彼物来描写是拟物。比拟能使描写的人、物、事表现得更形象、生动，促使读者联想，让人印象鲜明，产生强烈的感情，引起共鸣。

排比是把内容紧密关联、结构相同或相似、语气一致的几个句子或短语接连说出来。它可增强语言气势：用来说理，能把道理阐述得更严密，更透彻；用来抒情，可把感情抒发得淋漓尽致。

夸张是对事物的形象、特征、作用、程度等作夸大或缩小的描述，能更好地突出事物的本质和特征，引发丰富的联想，或起到讽刺的效果。

对偶是用结构相同、字数相同的一对句子或短语来表达两个相对或相近的意思。它形式上整齐匀称，节奏感强，具有音律美；内容上凝练集中,概括力强。

借代是借用相关的事物来代替所要表达的事物,它可用部分代全体,具体代抽象,特征代对象,有生动、具体、凝练、含蓄的效果。

设问是先问后答,自问自答。它能引起读者思考。在开头使用能带动全篇;在中间使用能承上启下;在结尾使用能深化主题,令人回味。

反问是用疑问的形式表达确定的意思,可以强调内容,加强语气,引发思考,表达强烈感情。

运用修辞手法、遣词造句是为作品的意境服务的,因此它们一定和作品显现的意境相吻合。

(四)引导学生体会散文美的意境

林纾说:"意境者,文之母也,一切奇正之格,皆出于是间,不讲意境,是自塞其途,终身无进道之日矣。"杨朔说:"不要从狭义方面来理解诗意两个字,杏花春雨,固然有诗,铁马金戈的英雄气概,更富有鼓舞人的诗力。你在斗争中,劳动中,生活中时常会有些东西触动你的心,使你激昂,使你欢乐,使你忧愁,使你深思,这不是诗是什么?"现代散文具有诗画般的意境。作者通过丰富的想象,将思想感情与作品的生活图景融为一体,形成一种诗画般的意境。如《春》,描绘了春草图、春花图、春风图、春雨图和迎春图,让我们仿佛置身于万物复苏、争奇斗艳的春景之中,又仿佛在欣赏一轴流动的、立体的、清新明丽的水彩画,和作者一样,产生了对春天的盼望和欣喜之情。

优秀的现代散文,就是这样凭借其诗的意境魅力而保持旺盛的生命力。它们如陈年美酒,经历岁月愈久,愈醇厚芬芳、动人心魄。这些优秀的现代散文家,无不在作品中刻意追求诗情画意,他们将诚挚的情与艺术的境高度融合,创造出诗的意境。抒情性散文,或直抒胸臆,或借景抒怀,或托物言志;叙事性散文,即事以寓情;议论性散文,以感情的热力熔铸理念:浓郁的抒情色彩酿造出散文的诗意,创造出散文的艺术境界。有了美的意境,现代散文才如一朵朵奇异的、永不凋谢的鲜花,风情万种,魅力四射。学生体会了散文的诗情画意,也就读懂了散文。

(五)引导学生把握散文深邃的思想和丰富的感情

散文是长于抒情的文体，抒情性散文自然富有真挚浓厚的感情,记叙性、议论性散文也同样激荡着情感。要把握作者的思想感情,可从以下方面入手:

(1)看直抒胸臆的语句。这样的句子里明白无误地表达了作者的喜怒哀乐和对事物的褒扬贬抑,注意这些情感句,就能准确把握作者的感情。

(2)看叙事、说理、写景、咏物时带有明显感情色彩的词句。记叙性散文里,作者的感情往往依附于事,作者因事而动情,寓情于事,叙述含情;议论性散文里,作者的感情往往依附于理,作者将情和理紧密结合,情是蕴含了理的情,理是情化了的理,情通过说理的形式表达出来,真挚、深沉,富有思想性、哲理性,情的感染力越强,理的说服力越大;写景抒情性散文里,作者的感情往往依附于景,作者将景物描写和抒发感情糅合在一起,景语即情语,寓情于景,借景抒情,情景交融;咏物抒情性散文里,作者的感情往往依附于物,作者托物以言志,寄情于物,借物抒情。学生透过这些句子的褒贬情感,可以把握作者思想感情的脉搏。

(3)从比喻、比拟、借代等修辞手法里体会作者的感情。散文里运用一些修辞手法,也是抒发感情的一种方式。如比喻中的喻体、比拟中的拟体、借代中的代体等都带有作者的主观感情色彩,引导学生弄清这种感情色彩,学生也就能正确把握作者对于本体的感情了。

(4)整体把握,注意感情的丰富、复杂性和发展性。人的感情是丰富、复杂的,人对事物的认识有时是发展变化的,因此,要提醒学生整体把握作者的感情。如《荷塘月色》里,开始写心里“不平静”、郁闷;中间受用月下荷塘美景,心情略开朗;后来对树影、蛙声淡漠、不欣赏,感情又低沉下来;最后惦记江南,对理想世界热烈向往,否定生活的现实。作者的感情丰富、复杂、发展变化，学生只有从文章的全局着眼，才能把握完备。

（六）引导学生概括散文所表达的主旨

1. 抓关键部位

对文章中心而言，文章标题、开头、结尾，文中的议论、抒情，文眼等都是特别应该注意的关键部位。文题常能反映作者立意或命题角度，从不同方面与文章中心相关联。文章开头或开门见山，或设例引譬；文章结尾或卒章显志，或回顾全文、引申开拓，都与中心密切相关。记叙性、抒情性散文中的议论、抒情，或揭示材料的深刻内涵，或表明作者的内心感想，往往紧紧围绕中心，与中心意思相去不远。文眼更是作者思想感情的凝聚点。抓住这些关键部位，不失为分析归纳文章中心的好途径。

2. 结合层意和内容要点

从文章中分解出要点，归纳各层意思，进而提炼中心，是分析归纳文章中心的最实在、最有效、最一般的方法，也是一种传统方法。

3. 结合文体特点

不同的文体运用不同的方法来表达中心：记叙性散文通过写人记事，抒情性散文通过写景状物，议论性散文通过摆事实讲道理。运用文体知识可以帮助学生确立归纳中心的着眼点和归结点：记叙性散文应看写了什么人，记了什么事，表现了什么精神、人格；抒情性散文应看写了什么景，咏了什么物，抒发了什么感情或阐发了什么哲理；议论性散文应看肯定了什么，否定了什么，表明了什么观点。

4. 作恰当的纵横联系

作者的人生经历及思想状况，作品产生的背景，甚至与文章运用的材料有关联的一些情况，都是学生分析归纳某些文章的中心所不能不了解的，通过纵横联系，可以帮助学生揣摩作者意图，给文章内容正确定位，从而归纳出中心。

需要强调的是，进行现代散文教学，要遵循科学规律。按照“鉴赏性阅读”规律，就应该大体使用从指导学生整体感知，到指导学生揣摩领悟语言到指导学生展开联想和想象，明确意象、建构意境到指导学生分析评价到学生独立探究鉴赏的阅读步骤。先指导学生整体把握文章的结构脉络、形象特征、主旨及感情基调，并对文中重点语句、语段进行深入思考和赏析，寻觅出文章各部分之间在言情表意上的内在联系；再指导学生进行“从主观的体验和感受入手，由此及彼或由表及里，使阅读内容和空间因读者的再创造而丰富起来，并使鉴赏语言过程中，融入作者和读者的双重感受，结合作者的情感、创作背景、读者的真切体验，建构起符合文章主旨又体现读者个性的意境来；其次指导学生在了解作者的创作背景和写作情感的基础上，调动自己的生活积淀，对文章语言进行分析评价式的鉴赏阅读，对文章进行宏观和理性的思考，得出体现自己个性的结论；最后在教师的指导下，使学生尝试着按照赏析性阅读的步骤，独立鉴赏某篇文章，进行探究性学习。这四个步骤，可以在同一个作者的两篇散文里进行（前三步用课文，后一步选课外的）；也可以在同一课本或同一单元的四篇散文中分别实施。

第四节　中学现代散文教学设计案例

一、《荷塘月色》的教学设计①

（一）教学目标

1. 欣赏课文的语言表达技巧

（1）能准确划出文中运用比喻、通感、叠字手法的语句。

① 本案例由安徽省淮南一中徐宏杰提供。

(2)能合理地说出自己的理解。

2. 品味课文美景中蕴含的情思

(1)能准确划出文中描绘景色的语句。

(2)能合理地说出自己的情绪情感体验并加以评价。

(二)任务分析

(1)起点能力分析。学生已经学过朱自清的散文《春》、《背影》等,对朱自清及其创作风格已初步了解;学生已经具备了借助注释或工具书感知课文内容大意的能力。

(2)教学目标的学习类型分析。目标1是一种语文高级技能的学习。其前提条件是学生先行掌握有关概念和简单规则,如对比喻、通感、叠字等概念以及借景抒情,合理展开联想、想象等艺术技巧的先行理解;目标2是情感态度的学习,其前提条件是对课文内容的先行感知。

(三)教学过程

第一课时 品味作品景中寓情之美

1. 导入新课

师:我们在初中欣赏过现代著名文学家朱自清先生的散文《春》和《背影》,请问哪位同学能领着大家背一遍?

(师生一齐试背《春》全文和《背影》中写我看父亲翻过站台铁路买橘子的那一段。)

师:哪位同学能说一说这两篇课文表达出来的情绪是高兴的还是忧伤的?

生齐答:《春》是高兴的情绪,《背影》是伤感的情绪。

师:你们是怎么体会到的?

生(小声议论后)回答:是通过景物描写和细腻的叙事表现出来的。

师:对,《春》主要是通过描写春草图等几幅图景来表现对春天的无限喜爱之情。《背影》主要是通过描绘父亲为我买橘子的细节来表达漠视父爱的愧疚，充满了深深的自责，透露出一种伤感的情绪。通过精细的景物描写来表达自己心中深藏着的那份真实情感，是朱自清先生散文的一大特色，如我们今天要学的《荷塘月色》一文。（板书课题）

2. 阅读课文

师：下面请大家自由阅读课文，可朗读，可小声读，也可默读，边读边划出生字词，读完后停下来。

（学生自由阅读课文，教师巡回答疑。）

3. 研讨交流

师：刚才大家用了将近 15 分钟欣赏了课文，感觉课文写得美不美？

生齐答：美！

师：能不能告诉我美在哪里？

生：景物描写得美！

师：我也有同样的感觉。现在请大家再细读课文，划出你认为写得美的语句。

（学生细读课文，划写景语句。教师巡回答疑。）

（师生研讨）明确：

（1）写月色中的荷塘：

田田的荷叶——亭亭的舞女的裙；

零星的荷花——袅娜地开着，羞涩地打着朵儿，一粒粒的明珠、碧天里的星星、刚出浴的美人；

缕缕的荷香——远处高楼上渺茫的歌声。

（2）写荷塘里的月色：

月光如流水一般，静静地泻在这一片叶子和花上；

叶子和花仿佛在牛乳中洗过一样，又象笼着轻纱的梦；

灌木落下的斑驳的黑影，峭楞楞如鬼一般；

弯弯的杨柳的稀疏的倩影,却又象是画在荷叶上;

塘中的月色并不均匀;但光与影有着和谐的旋律,如梵婀玲上奏着的名曲;

阴阴的树色像一团烟雾;

没精打采的路灯光,是渴睡人的眼;

薄薄的青雾,淡淡的层云,隐隐约约的一带远山,幽僻寂寞的煤屑路,蓊蓊郁郁的许多树……

师:很好,找得很准确,这说明大家刚才读得很仔细,像这样优美的写景抒情散文,就应该这样细细地读。古人就说过,"一切景语皆情语"(教师板书),那么,大家不妨再仔细琢磨琢磨,在这些优美景致的背后,蕴藏着"我"什么样的情绪或者心情呢? 请大家同桌间讨论讨论,交流交流。发表你的观点,要持之有据,说得合理。

(学生讨论,交流,教师巡回答疑。)

(师生研讨)明确:

对于作品中"我"的思想情绪,历来有不同的看法。有的认为表现了愁闷的心境,有的认为表现了闲适的心情,有的认为表现了对现时不满的愤激之情,有的认为表现了对美好生活的向往,但总的基调是既有淡淡的忧愁,又有淡淡的喜悦。不论持哪一种观点,都必须是在细读课文的过程中生成的。

4. 积累练习

(1)熟读背诵课文第 4~6 段。

(2)写一段借景抒情的文字,字数在 300 字左右。

(3)鉴赏作者运用叠字的技巧。

塘中的月色并不均匀;但光与影有着和谐的旋律,如梵婀玲上奏着的名曲。月色、光影本来都是眼睛看得到的,可作者却用耳朵"听"到了它们,不仅看到了美景,还听到了仙乐,岂不是赏心乐事?这就是通感的妙处。

师:本文语言美不仅体现在比喻和通感手法运用方面,还体现在字词的“择练”上，最突出一点就是叠字的运用。现在请大家浏览课文，圈出“叠字”，并选择一、二处加以分析，谈谈妙处。

（学生浏览课文，圈画叠字，师生互动）讨论明确：

① 曲曲折折的荷塘上面，弥望的是田田的叶子。

“曲曲折折”不可替换为“曲折”，“田田”不可替换为“相连”，因为二处叠字是描绘性的，既能传递出一种画面，又可使语句有一种韵律和谐的音乐感，而改为“曲折”和“相连”则索然无味了。

② 荷塘的四面，远远近近，高高低低都是树，而杨柳最多。

“远远近近，高高低低”极富有描绘性，它展示的是树多而密的画面，同时产生抑扬顿挫、和谐流转的音韵美。如改为“远近高低”或“到处”则画境全无，语言的音韵美也荡然无存了。

5. 迁移运用

师：我们这节课鉴赏了《荷塘月色》的语言美，通过观察，我发现大家对通感更感兴趣，现在给大家几个片段，[①]请大家选择其中一处加以赏析。（投影显示以下补充材料）

（1）促织声尖尖似针，更深刺着旅人心。
独言独语月明里，惊觉眠童与宿禽。

（2）剪剪轻风未是轻，犹吹花片作红声。
一生情重嫌春浅，老去与春无点情。

（3）芳声随风结，哀响馥若兰。

（4）风随柳转声皆绿，麦受尘欺色易黄。

① 参见王耀辉：《文学文本解读》，武汉：华中师范大学出版社 1999 年版，第 58—60 页。

二、对教学案例的评析

本课的教学目标陈述符合现代教学论有关原理;但是"能合理地说出……"这种要求不够明确,有待改进。从课堂教学过程来看,本课主要有以下几个教学环节:首先,教师联系课文相关的背景知识,引导学生在比较阅读中展开新的鉴赏学习,并为下面的鉴赏学习提供了条件;其次,教师通过引导学生认读和感知课文的语言文字,让学生在自行探究中发现作者运用的艺术技巧——即作者所运用的构思和行文规则,这是属于例-规法教学;再次,教师又引导学生从规则到例子进行具体研究,促进学生加深对规则的理解;最后,教师提供适量的通感用例,以供变式练习,促进规则的迁移。

从整体上看,本课教学实质上是引导学生学习借景抒情这一文学表现技巧,只不过采用了潜藏式教学,不是明示规则,而是让学生在具体的鉴赏活动中"悟"出规则。此外,在鉴赏能力的培养过程中始终不忘情感态度价值观的学习要求,一方面强调语言的积累和运用,同时寓情感态度学习于其中,整节课引导学生从景语中"悟"出情。

三、现代散文单元教学设计案例①

设计提要:以单元教学的方式,把四篇散文融为一体,进行"欣赏性阅读"的认识规律训练,每篇课文重点训练一个欣赏点,合起来是一个较完整的欣赏阅读的教学过程。

(一)第一课时　整体感知《故都的秋》

1. 指导学生初读文章,理清行文脉络

(1)文章描写的故都的那些秋景?

(2)作者思路所及并且笔触点到的还有哪些内容?

① 本案例由安徽蚌埠三中余春玲提供。

教师点拨：

(1)散文的特点是"形散而神聚",本文围绕"秋",描写了故都的"秋晨天空"、"秋之牵牛花"、"秋槐的落蕊"、"秋蝉的残鸣"、"息列索落的秋雨"、"秋天枣树的奇景"。

(2)还有南国的苏州、上海、杭州或厦门、香港、广州的秋味,扬州的 "廿四桥的明月","钱塘江的秋潮","普驼山的凉雾"、"荔枝湾的残荷",还有关于秋的议论中涉及到的中外文人及作品。

2. 指导学生细读文章,整体把握文中的景物特征

(1)全文从哪几方面写故都的秋？各具怎样的特点？

(2)纵观全文,用简练的文字概括北国秋和南国秋的特点,文中为何多次提到南国的秋？

教师点拨：

秋光：高远柔和而又清冷。

秋声：凄凉哀惋、高亢幽远清亮。

秋色：火热与冷漠的统一。

秋味：朦胧落寞凄凉。

北国秋：清、静、悲凉。

南国秋：慢、润、淡。

提南国之秋是为了烘托对比北国秋的特色,以南国秋天"草木凋得慢,空气来得润,天的颜色显得淡",来烘托故都秋色的味道醇厚、浓郁;以南国秋天的"色彩不浓,回味不永"来烘托北国秋的色彩浓重、天之高远,使人处于其中,回味隽永。

3. 指导学生精读文章,深层把握作者的情感和文章主旨

(1)故都秋的景物应是丰富多彩的,作者为什么只选取了几处景物来写？

(2)作者分别从不同角度描绘了故都的秋景,是按什么顺序描写的？

(3)你认为作者是颂秋还是悲秋？

教师点拨：

（1）“一切景语皆情语”，作者笔下的景物是自然界的客观色彩和作家内心的主观色彩的融合，选取的是适合自己主观感情色彩的景。

（2）写景无序，缘情写景，以情组景，形散而神不散。

（3）对故都眷恋、向往，主观感情中又有秋的落寞，基调忧伤、悲凉，是一曲悲凉的颂歌。

（二）第二课时　揣摩领悟《故都的秋》的语言

1. 选择重点语句设疑，进行揣摩

（1）我的不远千里，要从杭州赶上青岛、更要从青岛赶上北平来的理由，也不过想饱尝一下这“秋”，这故都的秋味。

揣摩点：作者饱尝了故都怎样别具一格的秋味？

（2）在北平即使不出去吧，就是在皇城人海之中，租人家一椽破屋来住着，早晨起来，泡一碗浓茶，向院子一坐，你也能看到很高很高的碧绿的天色，听得到青天下驯鸽的飞声。从槐树叶底，朝东细数着一丝一丝漏下来的日光，或在破壁腰中，静对着像喇叭似的的牵牛花的蓝朵，自然而然地也能感觉到十分的秋意。

（3）像花而又不是花的那一种落蕊，早晨起来，会铺得满地。脚踏上去，声音也没有，气味也没有，只能感出一点点极微细极柔软的触觉。

揣摩点：从这“落蕊图”中，你能品味出作者怎样的情感？

（4）这秋蝉的嘶叫，在北平可和蟋蟀、耗子一样，简直像是家家户户都养在家里的家虫。

揣摩点：作者称秋蝉为家虫是何意？

（5）在北国秋雨图中，作者特意加入了雨中“都市闲人”的对话，用意何在？

提示：以人物丰富自然风物，用京味烘托北国秋味。

（6）足见有感觉的动物，有情趣的人类，对于秋，总是一样的能

特别引起深沉、幽远、严厉、萧索的感触来的。

揣摩点：作者在后文为什么强调中国的文人与秋的关系特别深？与其自身有何用意？

(7)秋天，这北国的秋天，若留得住的话，我愿意把寿命的三分之二折去，换得一个三分之一的零头。

揣摩点：这样的结尾，体现了一个怎样的抒情主人公？

(8)秋并不是名花，也并不是美酒，那是一种半开半醉的状态，在领略秋的过程中，是并不合适的。

品评：秋与名花、美酒在欣赏角度上有何不同？

(9)比起北国的秋来，正像是黄酒之于白干，稀饭之于馍馍，鲈鱼之于大蟹，黄犬之于骆驼。

品评：比喻的作用。

2. 指导学生品读文章

语调：舒缓、深厚、沉静、无奈。

目标：读出深远的忧虑和孤独的冷落及渗透在秋景中的淡淡的悲凉。

(三)第三课时　就《我的空中楼阁》展开联想和想象

1. 师生共同尝试对文章的“绘画美”进行联想和想象欣赏实践：找出关于山中小屋的一幅幅画卷，用自己的话描述出来

(1)山如眉黛，小屋恰似眉梢的痣一点……山上有了小屋，好比一望无际的水面飘过一片风帆，辽阔无边的天空掠过一只飞雁，是单纯的底色上一点灵动的色彩，是山川美景中的一点生气，一点情调。

提示：抓住关系想象比喻描述的事物的特点。

(2)小屋后面有一棵高过屋顶的大树，细而密的枝叶伸展在小屋的上面。美而浓的树阴把小屋笼罩起来。这棵树使小屋给人另一种印象，使小屋显得含蓄而有风度。

提示:抓住特写和拟人,想象大树和小屋的形象。

(3)那些树把小屋遮掩了,只在树与树之间露出一些建筑的线条,一角活泼翘起的屋檐,一排整齐的图案式的屋瓦。一片蓝,那是墙;一片白,那是窗。我的小屋在树与树之间若隐若现,凌空而起,姿态翩然。

提示:抓住远景特写和色彩,想象小屋灵动自由的神韵。

(4)有形的围墙围住一些花,有紫藤、月季、喇叭花、圣诞红之类。天地相连的那一道弧线,是另一重无形的围墙,也围住一些花,那些花有朵状,有片状,有红,有白,有绚烂,也有飘落。也许那是上帝玩赏的牡丹或芍药,我们叫它云或霞。

提示:抓住观察角度想象作者在小屋的生活情景。

(5)只有破晓或入暮,那时山上只有一片微光,一片柔静,一片宁谧。小屋在山的怀抱中,犹如在花蕊中一般,慢慢地花蕊绽开了一些,好象层山后退了一些。山是不动的,那是光线加强了,是早晨来到了山中。当花瓣微微收拢,那就是夜晚来临了。

提示:抓住光线的变化和新奇的比喻,想象出静美的画面的动感。

(6)每个夜幕深重的晚上,山下亮起灿烂的万家灯火,山上闪出疏落的灯光。山下的灯把黑暗照亮了,山上的灯把黑暗照淡了,淡如烟,淡如雾,山也虚无,树也缥缈。小屋迷于雾失楼台的情景中,它不再是清晰的小屋,而是烟雾之中、星点之下、月影之侧的空中楼阁!

提示:抓住关键词语,想象小屋"空中楼阁"的景象。

2. 引导学生欣赏作家的"形象美":让学生调动自己的文化积淀,用知道的文人并结合其作品为本文作者画像

陶渊明《归园田居》:怡然自乐的世外桃源,和平安宁的田园生活,正是诗人心中的向往之景。

王维《山居秋暝》:"明月""清泉""竹""莲"构成了大自然清雅静美的画面,暗示了诗人向往自然、追求归隐的人生理想。

李白《独坐敬亭山》:山人相亲,山成为诗人的知己,使诗人精神上得到莫大的安慰。

欧阳修《醉翁亭记》:作者目接山水之美而乐,娱情山水,悠然自适。

3. 拓展思维,领会本文的情感美,畅想作者的快乐和幸福观:重点品读文中直抒胸臆的一段文字

"我出外,小屋是我快乐的起点;我归来,小屋是我幸福的终点。往返于幸福与快乐之间,哪儿还有不好走的路呢?我只觉得出外时身轻如飞,山路自动地后退;归来时带几分雀跃的心情,一跳一跳就跳过了那些山坡。我替山坡起了个名字,叫幸福的阶梯,山路被我唤做空中走廊!"

揣摩点:作者为什么有如此好的心理感受?

提示:可以认为作者除外满怀希望,归来满载成功。山路是一种象征,是理想中的生活之路、幸福之路,可体现作者积极、乐观、自信的生活态度。

可以认为作者是为了表现崇尚自然的纯净朴实,追求超然物外的独立安静的生活,向往淡泊宁静的境界,厌恶尘世间追逐名利的浑浊和喧闹,只有独处于自然美景之中,才感受到人生的快乐和幸福。

可以认为作者对人生的超然态度,有其积极的一面,即对现实的厌恶和失望,对名利社会的彻底否定;也有其消极的一面,即超凡脱俗、清心寡欲的遁世思想。

(四)第四课时　就《我的空中楼阁》进行明确意象,建构意境的欣赏训练

(在理解的基础上,再通过读来重现山中小屋的优美意境,建构学生心中的小屋意境。)

(1)要求:读时注意节奏和情感,与作者达到共鸣。

(2)具体指导:

第1~3段,小屋全景、远景图,以轻松舒缓的语调进入,产生与作者一起欣赏小屋的愿望,语气逐渐加强,为全文定下欢快活泼的主旋律。

第4~8段,拉近镜头,描绘树对小屋的烘托景象。4、5段的语调要从上文的舒缓变得急促、高重;6、7段语调变为轻快的节奏中逐渐舒缓、亲切;第8段语调轻快。

第9~11段,是作者站在小屋欣赏自己的"领土"和"领空"。读有关"领土"的文字要欢快、满足,读有关"领空"的文字应欢快、激动。

第12~13段,是一幅静美、清丽、充满柔情的画面。语速应舒缓,情绪应轻松、平和、陶醉。

第14段,直抒胸臆,语调节奏应激荡起伏,富有炽热的情绪。

第15段,写小屋夜景图,一方面要注意语言的整散变化,舒卷自如、错落有致;另一方面要走进朦胧飘渺的意境,语调要满怀深情。

第16~18段,如乐曲尾声,情感惊喜、充沛、炽热,语气应欢快、肯定。

(五)第五课时　分析评价《灯》

1. 指导学生研读文章,分析全文的线索和思路

(从"窒闷"到"微笑"的心路历程。)

明确:眼前(灯)?回忆(灯)?联想(灯)?眼前(灯)。

2. 分析评价文中灯光所蕴含的哲理

设疑:综观全文,作者赋予灯怎样的内涵?

明确:联系写作背景和作者当时的思想,从政治层面看,灯给人们照明,指路,使人感到祖国的希望和光明,作者以此来给全国人民点燃心中希望之灯,从而表达了作者对抗战必胜的信念。若脱离背景,灯则象征光明、温暖和不断进取的生活信念。

设疑:作者的心路历程,实际就是灯的具体含义逐渐升华的历程，综观全文，作者是怎样使灯的内涵逐层升华的？

明确：作者开始写自己半夜从房内走到廊上，看见眼前平房的几点灯光把黑暗扫淡，点出灯的照明本能；然后有黑暗中摸索的行路人联想自己在风雪泥泞中迷途、借助灯光找到了归途的一段经历，揭示出灯的指路作用；再回到眼前的灯时，写自己没有在迷途中却也感到心情逐渐舒畅起来，也感到安慰，得到鼓舞。这是第一次升华：由灯的照明、指路作用升华为给人带来勇气、带来温暖的心灵的灯。

作者又拓展思路，引入欧洲古代传说中的哈里希岛的长夜孤灯、古希腊女教士希络的火炬这两盏海上导航灯，赋予灯以亲情意蕴，并联系自身，感到仿佛自己的心也常在海上漂浮，正是因为灯光的指引，才没有迷失航向，使灯的意蕴又升华为精神的灯、人生导航之灯，并又通过一位友人因灯获救的故事，使灯的内涵再次深化，这时的灯已成为拯救生命、改变人生的灯，完成了灯的内涵的第二次升华，使作者的感情也逐步推向高潮。

3. 结合一些意味深长的语句，体会语言的含蓄美

(1)我半夜从噩梦中惊醒，感觉到窒闷，便起来到廊上去呼吸寒夜的空气。

(2)夜是漆黑的一片，在我的脚下仿佛横着沉睡的大海。

设疑：“噩梦”“寒夜”“沉睡的大海”有何深层含义？

明确：“噩梦”“寒夜”暗示当时社会环境的黑暗和险恶，“沉睡的大海”比喻黑暗的浓重和无边无际，暗示作者心中希望的渺茫，因而作者感到窒闷，形象地揭示了作者找不到理想出路的压抑苦闷的心情。

(3)傍山建筑的几处平房里射出来几点灯光，它们给我扫淡了黑暗的颜色。

设疑：写灯光从“平房里射出”有何用意？“扫淡”能否换为“照淡”“减淡”？

明确：灯光来自平房，一方面暗示光明、希望在人民心中，人民的“星星之火可以燎原”。另一方面暗示要从平凡的人生中去探索光明的理想和信念。“扫淡”突出灯光主动搏击、迫使黑暗变淡的精神，用得十分有力，其他词没有此表达效果。

(4)这些深夜还燃着的灯，它们默默地在散布一点点光和热，不仅给我，而且还给那些寒夜里不能睡眠的人，和那些这时候还在黑暗中摸索的行路人。

设疑：联系后文，文中强调哪种人最需要灯光？为什么？

明确：强调“在黑暗中摸索的行路人”更需要灯光。因为后文作者特意写了眼前一个黑夜中急于赶路的人，和自己在风雪之夜，在泥泞的土路中，靠着“一点豆大的灯光”把自己从“迷阵”中引领出来。目的在强调灯的指路作用的重要性，它使在漆黑的夜晚，孤独的赶路人“眼里、心上”感到明亮温暖，能挺直身子向前迈步。

(5)现在我站在廊上望山脚的灯光，那灯光跟好多年前的灯光不是同样的么？我看不出一点分别！为什么？我现在不是安安静静地站在自己楼房前面的廊上么？我并没有在雨中摸夜路。但是看见灯光，我却忽然感到安慰，得到鼓舞。

设疑：作者为何有这样的感受？在全文中起到了什么作用？

明确：这段话把灯的物质作用升华为精神作用，使灯的象征意义显露出来。也就是说，国民党反动统治的腐朽黑暗，日本帝国主义的侵略所造成的严重的民族危机，给作者的打击实在是太大了，作者在这崎岖的人生道路上摸索着前进，有时感到迷惘，像进入了迷阵，找不到出口，然而却靠这灯光，这理想、希望、信念之光，才坚定地行走，而且靠着它的指引，找到了归路，这是由实写转为虚写。这时的灯有了明确的象征意义，是人生道路上的指路明灯。

(6)研读9、10段中引用的欧洲和希腊的古代传说故事

设疑：两则传说从取材范围上似乎游离于文中所揭示的象征意义之外，是多余的败笔还是为我们提供了更深层的含义？

明确:哈里希岛上的孤灯,不仅寄托了姐姐对弟弟的深挚的爱,而且使不少捕鱼归来的邻人得到帮助。它指引航行,同样能给人温暖、安慰、勇气和希望,是指路的灯,是温暖、光明、生命的灯。希络的火炬是爱情的象征,这爱情之火永远不会熄灭,永远闪耀着理想之光、希望之光。两则传说既分别颂扬了骨肉之情和坚贞爱情,又暗寓着作者对灯的象征意义的深层理解:无论古代还是现代,中国还是外国,人们对灯光的感情都是一样的。凡是有人类的地方,就会有灯光,只要有灯光,就会给人类带来温暖、希望、光明,就会给人们指出前进的方向,使人们去执着地奋斗、追求、前进。因此,两则传说的插入,丰富和深化了文章的主题,深化了灯的象征意义。

(7)光驱散了我心灵的黑暗,热促成了它的发育。

设疑:这句话的深层含义是什么?

明确:希望代替了悲伤,心里重新明亮起来,理想的光和热驱散了心灵的黑暗,沉沦变为了振奋,希望和理想使心中的苦闷消失,使心灵由空虚变得充实。

(8)我的心常常在黑暗的海上漂浮,要不是得到灯光的指引,它有一天也会永沉海底。

设疑:联系文中友人的故事,说说"我的心"为什么会"永沉海底",友人为什么由自杀到最终活到现在还很健壮?

明确:我的心在黑暗的海上漂浮和友人在人生旅途怀着满心难治的伤痛和必死之心一样,都是已经走到人生绝路,对生活失去了信心,没有了希望,充满着悲观和绝望。陌生人家桌上的油灯和那几张诚恳、亲切的脸,象征着人间的温暖和美好的情意,象征着对生活的信念和希望,给了友人生活的信心和力量,治愈了他心头的伤痛,使他改变了生活态度,变成了一个热爱生命的人。

第四章　中学现代诗歌教学设计

新的课程标准倡导在现代诗歌教学中要重视培养学生自主学习、自我体验和合作探究的意识和能力。根据这一基本教学理念,我们可知,新课程下的现代诗歌教学,强调在现代诗歌教学中营造浓厚的诗歌情感氛围,创设出与所教诗歌相适应的真实情境。提倡让琅琅的读书声充满诗歌教学的课堂,引导学生通过各种形式的朗读或颂读去体会、感悟诗歌的意境。注重引导学生对诗歌的整体感知,强调学生在阅读过程中自行发现和体验,建构起诗歌语言蕴涵的意义。主张设法让学生鉴赏诗歌创作的基本方法,把握现代诗歌的艺术特性,注意从不同角度和层面发现作品意蕴,不断获得新的阅读体验。品味诗歌独有的语言艺术,进而分析语言的音乐美和图画美。通过引导学生展开丰富的想象和联想，激活学生创新思维的火花,提倡多角度、有创意的阅读和欣赏诗歌。这些教学理念对我们改革传统的现代诗歌教学方法、构建科学有效的现代诗歌教学模式是有很大启示作用的。

第一节　中国现代诗歌概述

在深入研究中学现代诗歌教学的有关问题之前,有必要首先对与现代诗歌教学密切相关的一些问题如现代诗的功能和特点等展开讨论。

一、现代诗歌及其功能

诗歌是以凝练而富有韵律和节奏的语言、强烈的感情和丰富的艺术想象,高度集中地反映社会生活的一种文学体裁。诗歌历史悠久,源远流长。世界是诗的海洋,公元前6世纪就有用文字记录下来的《荷马史诗》。拜伦、雪莱、歌德、海涅、普希金、泰戈尔等诗人的诗篇风靡世界,脍炙人口。我国则是一个诗的古国,早在春秋时代就诞生了第一部诗歌总集《诗经》,以后又涌现了李白、杜甫、白居易、陶渊明、陆游、苏轼、辛弃疾等饮誉中外的伟大诗人。在现代文学史上,也出现了像郭沫若、闻一多、戴望舒、艾青、余光中、卞之琳、徐志摩等一批富有盛名的大诗人,他们的诗作在现代文学史上产生了深远的影响。

培根说过:"诗歌使人灵秀。"读一首好诗,不仅能够启发人们展开想象和联想,给人以美的熏陶和美的享受,还能够陶冶人的情操,净化人的心灵,启迪人的智慧,塑造人的品格。此外,诗歌优美凝练的语言对人的语言表达能力也有潜移默化的影响,经常读诗,会使人说出诗一样的语句。因此,新的高中语文课标确明规定,语文教学要培养学生鉴赏诗歌的浓厚兴趣,丰富学生的情感世界,养成健康高尚的审美情趣,提高文学修养。作为一种优秀的文学遗产,现代诗歌在新编高中语文教材中占有一定的比重,入选的课文中既包括现代著名诗人如戴望舒、艾青、徐志摩等的诗作,也包括当代诗人舒婷、海子、梁小斌的作品。所以,搞好现代诗歌的教学就显得尤其重要。但是,作为中学语文教学内容必不可少的一部分的现代诗歌,却往往不被人们所重视,一些语文教师认为是教材的"边缘后方",在实际教学中,有的教师花在现代诗歌教学上的时间很少,有的教师甚至在这上面不花时间,有的老师尽管在现代诗歌教学上花费了一些功夫,但教学方法陈旧,习惯于照本宣科,层层剖析,"把阅读作为肢解作品的过程,忽视对作品的整体把握和美的感受",这样"学生阅读的兴趣往往被好的作品调动起来,又往往被支离破碎的肢解搞得无趣味”,使学生觉得诗歌难以领悟、无法理解。这种现状与新课程标准的要求和现代诗歌对学生发展所具备的功能、在中学语文教材中的地位等都是极其不相称的。

二、中国现代诗歌的特点

我们知道,诗歌的语言是简洁的、诗歌的思维是跳跃的、诗歌的意味是多重的,尤其是现当代诗歌作者特偏爱甚至可以说是更善于运用多种修辞手法,造成了诗歌情绪层次的跳跃性和诗歌意蕴层面的朦胧多义性,显示出与一般文学作品甚至也与古诗词截然不同的风格和特色,这些特色表现在意境、意象、结构、语言、手法等方方面面。就入选到中学语文课本中的现当代诗歌而言,主要有如下几个鲜明的特点。

(一)高度集中,凝练概括

一切文学作品都是对生活的艺术概括,而诗歌的概括性更为突出,因此它被认为是一种最凝练的文学形式。诗歌的这种高度集中、凝练概括的特征,主要表现在它一般不要求有完整的故事情节和具体的人物描写, 而往往从广阔的社会生活中选择那些最精彩动人的、最能反映生活本质的场景,抓住具有典型意义的细节,加以提炼和升华,在不长的篇幅中,以高度集中的艺术形式去概括反映社会生活,去表达复杂的思想感情,从而收到特殊的艺术效果。如韩东的《山民》,在寥寥数句诗行中,诗人平静地叙述了丰富而复杂的人生感悟。读者在阅读这种高度浓缩的诗篇时,需要在跳跃的诗行中运用自己已有的知识去建构意义,通过想象联想去填补空白。

(二)感情强烈,直抒胸臆

《毛诗序》云:“诗者,志之所之也,在心为志,发言为诗。情动于中而行于言。”白居易也说过:“诗者,根情苗言。”可见,感情是诗的生命。其实,一切文学作品都是社会生活在人大脑中反映的产物,在反映的过程中,自然也熔铸着作者的立场、观点、思想感情,即他对于生活的感受,对于事物鲜明的爱憎情感。而诗歌主要是通过诗人感情的抒发来反映生活、表达思想、感染读者的,因此,它的这种感情就表现得更为强烈,更为明显,更为直接。可见,诗歌需要的是“入情”,它要求读者把握诗歌感情的底蕴,能与诗人一起或喜或悲,或怒或奋,或褒或贬。正因为一切优秀的诗歌都饱含着诗人的激情,燃烧着动人情感的火花,因此,它的抒情性很强,情感极深挚。无论是叙事诗,还是抒情诗,诗人都以抒发情感为主旨,或借景抒情,或借物抒怀,都用饱含着丰富的思想感情的笔触,表达自己强烈的意志和情趣。因此,人们都把情感比作诗歌的生命。这种强烈的情感从何而来?它就是客观事物在诗人头脑中的反映。例如柯岩的《周总理,你在哪里?》就是客观事物在诗人反映的产物。诗人从一开始就把总理和人民紧紧地连在一起,寄予总理深切的热爱与怀念之情,不忍心让这样一位好总理离人民而去,于是从心底发出了“你在哪里呀,你在哪里”的呼喊。这是周总理光辉的一生强烈震撼诗人心灵的结果,代表着千千万万人民的共同心声,因而引起了读者的情感共鸣。

(三)想象丰富,意境奇特

诗歌的激情总是和想象联系在一起的。因为诗歌不仅有丰富的思想感情,而且总是通过生动优美的形象来感染读者,这就需要丰富的联想、大胆的想象和幻想,强烈的情感促使作者进行想象和联想,而想象和联想又加深和强化了情感。现代诗歌中表现出的丰富的想象力,可以推动情感的飞驰,“精骛八极,心游万仞”,使情感的表达得更为丰富多彩。诗人的想象和所抒发的情感是密切相连、相辅相成的。汹涌澎湃的激情,常常使想象放纵奔流,而飞驰的想象,又激发情感奔腾激荡。正因为诗歌有着丰富的想象,所以它能创造出奇特的意境。这种意境是诗人将思想感情与作品中描绘的生活图画融为一体的结果。毛泽东的《沁园春·雪》,就以丰富的想象和博大的胸怀,使二者高度统一,创造出崇高、新奇、优美感人的意境。

(四)语言精练,语意含蓄

诗歌要高度集中地反映生活,表达强烈的思想感情,它的语言必须精练而富于表现力。它要选择那些最富有概括力并具有形象性的语言来表现广阔的内容和深刻的诗意。臧克家说:“我坚决地认为,以经济的字句去表现容量较大的思想内容,这是诗歌的一个重要特点。草率、罗嗦,是诗的致命伤。”现代诗歌精练的语言和深远的意蕴,主要是通过字、词、句的锤炼加以表现的。例如鲁迅悼念左联五烈士诗中的两句“眼看朋辈成新鬼,怒向刀边觅小诗”,其中“眼看”后来改成了“忍看”,“刀边”改成了“刀丛”,虽然一字之差但反映的思想感情却大不一样,可以更准确、更深刻地反映出国民党反动派的狠毒和凶残。

(五)节奏鲜明,韵律和谐

“谁家吹笛画楼中,断续声随断续风”,音乐是美的化身,同样,诗歌也是美的化身,因为它与音乐有着天然的联系。这种联系不仅在它的内涵,而且也在于它的表现形式。现代诗歌大多具有音乐的节奏和韵律。郭沫若说:“节奏之于诗是她的外形,也是她的生命,我们可以说没有诗是没有节奏的,没有节奏的便不是诗。”现代诗歌的节奏,是一种有规律的运动所形成的节拍,即强弱、长短相同的音节所形成的节拍,或者说声音的强弱、句式的长短在诗歌里有规律地出现,就形成了诗的节奏。如舒婷的名篇《祖国啊,我亲爱的祖国》:“我是你河边上破旧的老水车 / 数百年来纺着疲惫的歌;/ 我是你额上熏黑的灯,/ 照你在历史的隧洞里蜗行摸索 / 我是干瘪的稻穗; 是失修的路基;/ 是淤滩上的驳船 / 把纤绳深深勒进你的肩膊 /——祖国啊! / 我是贫困,/ 我是悲哀。/ 我是你祖祖辈辈痛苦的希望啊 / 是‘飞天’袖间千百年未落到地面的花朵/——祖国啊!"短短数行诗句,声调曲折变化,节奏明快优美,句式长则近二十个字、短则三四字一行,构成一曲委婉动听、抑扬顿挫的歌,读来琅琅上口,声情并茂。

第二节　中学现代诗歌教学设计

现代诗歌教学设计包括教学目标设计、教学过程设计和教学方式方法设计等。

一、中学现代诗歌教学目标设计

新的语文课程标准从知识与技能、过程与方法、情感态度和价值观等三个维度规定了语文课程目标。设计作为阅读教学重要组成部分的现代诗歌教学目标,其出发点也应该落实到三个维度之上。

(一)知识目标

现代诗歌的知识目标包括诗歌内容知识和背景知识。内容知识主要有:

(1)诗歌中所描绘的景物、事物和人物等,如上述《祖国啊,我亲爱的祖国》中的"破旧的老水车"、"干瘪的稻穗"、"失修的路基"等。

(2)诗歌中叙述的事件,如《王贵与李香香》中的爱情故事。

背景知识包括诗歌内容所涉及到的有关知识和诗人创作诗歌时的生活和心理背景知识。前者如《王贵与李香香》这一故事发生的时代背景知识;后者如诗人写这首诗时的思想状况、生活状况和情感状况等。

现代诗歌知识目标的达成重在理解和记忆。理解的本质是对诗歌语言文字所表达的思想感情的接受和意义建构;记忆的本质是对诗歌所表达的思想、塑造的意境、抒发的情感等在长时记忆中的储存。

(二)技能目标

技能包括动作技能和智慧技能两种类型。诗歌阅读的动作技能主要指朗读和颂读技能,其本质是口腔和气管肌肉根据一定规则的协调运动。诗歌阅读的智慧技能指运用概念和规则对诗歌语言和意境的感悟、理解和把握。设计现代诗歌教学的技能目标,也应该从两个方面进行:

(1)现代诗歌阅读的动作技能,如学习《祖国啊,我亲爱的祖国》一诗,能够根据诗歌的感情基调有节奏地朗读全诗。

(2)现代诗歌阅读的智慧技能,具体指以下三个方面的技能。

其一,词语的认读技能。这是一种基本的智慧技能,主要是能够感知、领会诗歌词语的意义和色彩。

其二,诗句的感悟技能。由于诗句高度凝练,一个句子包含着日常口语一个甚至几个句群所能表达的内容。因此,诗句的感悟技能与一般的语感技能是不同的,后者可以达到自动化水平,因此属于基本技能;而前者需要读者根据上下文语境进行分析、推理和想象,因此需要意识的监控,属于高级技能。

其三,是诗篇意境的感悟技能,这也属于高级技能,其本质是根据一定的规则对诗篇的主旨、感情、意象等进行分析探究。

(三)认知策略目标

现代诗歌阅读方法运用的心理本质是一套策略性知识支配着读者对诗歌的认知解读活动,因此,方法目标的实质就是认知策略或称诗歌阅读的策略性知识。具体包括:

(1)意境探究策略;

(2)诗眼揭示策略;

(3)主旨把握策略;

(4)风格与写法归纳策略;

(5)诗篇记诵策略。

(四)情感目标

情感目标是现代诗歌教学的重要目标,这是由诗歌的自身特征和学生阅读诗歌的心理特征所决定的。如前所述,诗歌是诗人情感的外化,诗歌的内核是情感。同时,学生学习诗歌的过程是一个"披文以入情"的过程,或者说是一个通过语言文字的解读,领悟作品中所表达的思想感情,从而与诗人产生共鸣的过程。因此,通过现代诗歌的教学使学生的情感产生变化是现代诗歌教学的主要目标。

情感的本质是个体对事物的一种情绪体验。现代诗歌的情感教学目标,也就是要让学生通过诗句的学习获得与诗人相同或相近的情绪体验。这种体验的获得包括:

(1)接受。能够通过语言文字了解诗歌中包含的思想和情感内容。如,学习《祖国啊,我亲爱的祖国》一诗能够了解本诗所表达的是一种深沉的爱国之情。

(2)反应。能够对诗歌中表达的思想感情进行价值判断。如,学习《祖国啊,我亲爱的祖国》,能够明确诗人的爱国之情是一种高尚的、正确的感情。

(3)共鸣。形成与诗人相同或相近的情感体验。如,学完《祖国啊,我亲爱的祖国》后,学生增强了对祖国的热爱之情。

二、中学现代诗歌的教学过程设计

总体上说,现代诗歌的教学过程是教师通过引导学生认读诗句建构意义、探究诗歌蕴涵的意境、体验诗人抒发的思想感情并对诗歌的语言、结构、意境的塑造的手法等进行评价鉴赏的过程。这个过程具体包括如下几个阶段。

(一)了解诗歌的创作背景,整体感知课文

创作背景是帮助我们理解作品的重要因素。我们只有把作品与作者创作的时间、地点及其当时的生活、思想感情联系起来,才能体会个中“滋味”。如《再别康桥》的写作时间和缘起,一直以来就有几种不同的说法。《教师教学用书》上说,写作时间有两种说法。一种说法是,1920 年徐志摩远渡重洋,从美国到英国研究文学。在伦敦剑桥大学,他以一个特别生的资格,随意选科听课,度过了一年多真正悠闲自在的日子。临到他要离开伦敦的前夕,在一个美丽的黄昏,他在康桥上漫步,流连忘返,写下了这首诗。另一种说法是,此诗作于徐志摩第三次欧游的归国途中,时间是 1928 年 11 月 6 日,地点是南中国海。准确的说法,应该是第二种。其理由如下:

1. 据赵遐秋先生的《徐志摩传》载:“他在 1923 年发表过《康桥,再会吧》。不过,两年的康桥生活太使他魂牵梦萦了。写完那首诗,显然是意犹未尽。1928 年再访康桥,他于是在归途的南中国海上,又倾注一腔深情写了《再别康桥》。”赵先生写这本传记,历经六年,他说,1983 年陪老母去香港会亲,有其胞弟鼎力相助,得以广泛搜求海外出版的徐志摩的作品和论著及一切有关的种种的资料。《徐志摩传》中列举了徐志摩的作品要目:如《志摩的诗》(诗集之一)出版于 1925 年 8 月,收 1922 年至 1925 年诗 55 首;《翡冷翠的一夜》(诗集之二)出版于 1927 年 9 月;《猛虎集》(诗集之三),出版于 1931 年 8 月。如果赵先生收有这些诗集,那么,是不难从各时段的诗集中确定《再别康桥》的写作时间的。

2. 从诗题来看,既然是“再别”,当属第二次离别。第一次离别时间是 1922 年 8 月,对康桥,徐志摩深信,此去身虽万里,梦魂必常绕其左右,他下决心还要回来。8 月 10 日,他写诗《康桥,再会吧》就说:“任地中海疾风东指,我亦必纡道西回,瞻望颜色”。他在诗的结尾写道:“我今去了, 记好明春新杨梅 / 上市时节, 盼我含笑归来,/

再见吧,我爱的康桥!”可见,《再别康桥》一诗,是对《康桥,再会吧》的呼应。

当然,关于诗歌创作背景知识的介绍,作者知识也是必不可少的。再拿《再别康桥》为例,其作者为现代诗歌的奠基者——徐志摩,接下来就要向学生介绍作者——徐志摩了。这个时候,我们不能简单地按照课本或教案上讲的介绍:徐志摩,1896年生,笔名云中鹤,浙江海宁人。现代诗人、散文家,“新月”派盟主。1921年开始写诗。1922年回国,历任北京大学、清华大学教授。他的诗、散文以及艺术观,受英国浪漫主义影响较深,被称作是“浪漫潇洒的资产阶级诗人”。1931年11月19日,从南京飞往北京,在山东开山遇难,年仅35岁。著有诗集《志摩的诗》、《翡冷翠的一夜》、《猛虎集》、《花雨》、《云游》等。代表作有《再别康桥》、《雪花的快乐》、《沙扬娜拉》等等。如果这样介绍,学生对徐志摩是有一些了解,但这些对学生理解诗歌又有多大帮助呢?学生对于诗人灵感的闪光——诗歌,又会有多大兴趣呢?答案恐怕不能令人满意。如果教师换一种方式,从徐志摩与三个女人(张幼仪、林徽茵、陆小曼)的故事入手进行讲解,也许效果就会好得多。我们知道,作为一代才子的徐志摩,他所经历的爱情波折也许比他留下的诗篇更令后人感兴趣。同时,我们通过讲述徐志摩与三个女人的故事,可以把徐志摩从杭州中学时代,欧洲留学时代;北京、上海教书,出版刊物时代一直介绍到他去世。这样,不但能调动学生的听课积极性,也对学生理解《再别康桥》有很大帮助。当然,这样一来,对教师的要求就会大大提高。教师不光要读《徐志摩小传》、《徐志摩与陆小曼》、《林徽茵与梁思成一世情缘》等书,还要了解梁启超与梁思成、梁启超与徐志摩、徐志摩与梁思成以及林长民与梁启超、林长民与林徽茵、张幼仪与张君璈和张君劢、陆小曼与王赓等众多人物的复杂关系。不熟悉这些,上面的故事便无从讲起,结果也就可想而知了。不过,我想,作为一个合格或者进一步说优秀的中学语文教师应该具备这些知识。

（二）把握诗歌的构思，探究诗的题旨

解读诗歌要找出诗的主旋律，认识诗的题旨，就必须把握诗歌的构思。如上所述，诗歌感情强烈、思想深邃、形象鲜明。而把感情、思想、形象三者连缀统一起来的是诗歌的艺术构思。由于诗歌的题材不同，诗人的艺术风格不同，表现于诗歌里的艺术构思就多种多样。有的以故事情节的展开进行艺术构思，如《王贵与李香香》；有的以一定的线索连缀几个生活画面的方式进行艺术构思，如《天上的街市》；还有的以两幅画面对比的方式进行艺术构思，如《青纱帐——甘蔗林》。

了解诗歌的艺术构思，不但可以把握诗人感情发展的线索，捕捉引起诗人创作的契机，而且能够把握诗歌中的画面，并分清画面的疏密、浓淡、远近、巨细、动静的搭配方式，进而体会诗歌的感情。例如解读毛泽东的《沁园春·雪》，只有把握描写北国雪景的壮丽是为了抒发诗人热爱祖国的思想感情，评论古今英雄是为了表达诗人救国的豪情壮志这一艺术构思，才能理解其意境，领会诗人的思想感情。

（三）抓住诗眼，探究意境

所谓诗眼就是指诗歌的精要部分，即诗歌重点描写的意象。什么是意境呢？王国维在《人间词话》中说："境非独为景物也。喜怒哀乐，亦人心中之亦境界。故能写真景物，真感情者，谓之有境界。"他在《宋元戏曲史》中又说："何以谓之有意境？曰：'写情则沁人心脾，写景则在人耳目，述事则如其口出是也'。"可见，"情和景是构成意境的两个基本要素。从哲学范畴说，意境也就是主观对客观的反映，是主客观的一种对立统一。"诗歌的意境，就是诗中主观感情的抒发和客观事物的描写所形成的和谐统一的艺术境界。意境的核心在于

"真",即"能写真景物,真感情"。以此把读者带入诗歌所描写的境界中去,与诗人同忧同乐、同悲同喜,引起感情的共鸣,从中受到感染。把握诗歌的意境,要透过具体事物的描写明晓意境。创造意境离不开对客观事物的描写,或以景为主,或以情为主,或情景交融。以景为主,即以写景来寄意。解读这类诗歌时,要先领略诗中的事物,即"入境",然后在"境"中体会它的"意"。以情为主,即以意取胜。解读这类诗歌时,要从情与景的互相配合和交织中去领会、感受诗人的思想感情。

（四）品味语言，分析鉴赏全诗

诗歌的语言凝练、含蓄、优美。它意蕴深沉、丰富,往往字里行间既有言内之意,又有弦外之音。因此,读诗必须挖掘和推敲诗的语言,这样才能理解诗歌蕴含的深意,深入领会诗歌中丰富的内涵。

把握诗歌的语言,要抓住表现意境的关键词语,抓住传神的诗眼,细细咀嚼玩味,以利于诗歌艺术形象的再现和意境的把握。如《回延安》中"手抓黄土我不放,紧紧儿贴在胸口上",这一"抓"一"贴",就写出了"我"对故乡延安——母亲的亲切、热爱之情。"……几回回梦里回延安,双手搂定宝塔山。千声万声呼唤您——母亲延安就在这里!"这"搂",这"唤",都表达出诗人歌颂延安、热爱延安、热爱革命的真挚感情。抓住关键词语进行品味,能唤起读者的联想和想象,产生一种似乎看得见、摸得着的内心视象,真正领会诗歌的内容,感悟诗歌语言的魅力。

把握诗歌的语言,还要懂得诗歌的修辞手法。诗歌常常运用生动的比喻、拟人和 合理的夸张等修辞手法,来表达诗人丰富的思想感情,增强语言的艺术性和感染力。如《回延安》中把延安比作母亲,就自然贴切, 它将诗人对延安的思念升华为儿子对母亲的思念,感情浓烈,真挚动人;又如《周总理,你在哪里?》用拟人的手法把高山、大地、森林、大海写成周总理为革命、为人民辛劳一生的见证人,表现出周总理博大的胸怀和为党为人民鞠躬尽瘁的思想感情。有的诗歌还运用对偶、排比等多种修辞手法来增强语言的艺术魅力。解读时需要加以分析和欣赏。

另外，教师不能忽视引导学生深入分析诗歌。前些年，语文教学受到了“少慢差费”的指责，于是出现了片面求多求快的现象，进而又把“精讲多练”这个口号中的“精讲”理解为少讲，把“多练”理解为只是语言练习，忽视了引导学生深入分析文章。甚至有的教师认为，只要引导学生深入分析典范文章和优秀作品怎样运用准确语言、恰当表达了深刻的思想内容，就是嚼得太烂、繁琐哲学。其实，“精讲”的“精”，不只包含着数量，更包含着质量。“精”不等于少，虽然讲得“精”往往体现为讲得少，也不一定都体现为讲得少，讲得多也不一定就讲得不“精”。所谓“精”，主要地应该体现为抓住文章的精要处，讲出文章的精华，讲得精彩（这里说的是广义的讲，包含着指点、启发学生学习文章）。“多练”的内容非常广泛，语言练习固然是练，预习课文是练，学生在课堂上的听说读写都是练，引导学生分析文章也是练，而且是一种更重要的练。引导学生分析文章，体会文章形式的优美、内容的深刻和内容形式的完美统一，是发展学生的智力，培养学生独立分析解决问题的能力的重要途径。只有具体体会到典范文章、优秀作品描述怎样优美，表达怎样有力，才能提高阅读能力，并进而借鉴此写法，提高写作能力。只是浮光掠影地泛泛涉猎文章是不能切实提高写作能力的。许多名家都很注意深入品味文章。陶潜说他读书，“每会有意，便欣然忘食”。这“欣然忘食”就是深入品味文章才能进入的境界。杜甫总结他的读书和创作说：“读书破万卷，下笔如有神”更道出了他反复研读诗文的经历和巨大效果。

要引导学生深入分析诗歌，并不是要对诗歌进行逐字逐句的分析，也不应通篇平均使用力量进行分析；而要引导学生抓住精要部分进行深入分析，其余部分可用略讲方式带过。比如分析《再别康桥》这篇文章。《再别康桥》是一首优美的抒情诗，宛如一曲优雅动听的轻音乐。1928年秋，作者再次到英国访问，旧地重游，勃发了诗兴，将自己的生活体验化作缕缕情思，融汇在所抒写的康桥美丽的景色里，也驰骋在诗人的想象之中。全诗以“轻轻的”“走”“来”“招手”“作别云彩”起笔，接着用虚实相间的手法，描绘了一幅幅流动的画面，构成了一处处美妙的意境，细致入微地将诗人对康桥的爱恋，对往昔生活的憧憬，对眼前的无可奈何的离愁，表现得真挚、浓郁、隽永。开头概说：“全诗以离别康桥时感情起伏为线索，抒发了对康桥依依惜别的深情。”然后逐节分析：第一节写只身悄悄来到和离开康桥时的情景，连用三个“轻轻的”，使我们仿佛感受到诗人踮着足尖，像一股清风一样来了，又悄无声息地荡去；而那至深的情丝，竟在招手之间，幻成了“西天的云彩”，同时透露了难分难舍的离情，给全诗定下抒情的基调；第二节写岸边柳树倒映在康河里的情景，浸透诗人无限欢喜和眷恋的感情，将“河畔的金柳”大胆地想象为“夕阳中的新娘”，使无生命的景语，化作有生命的活物，温润可人；第三节写康河的水草，将清澈的潭水疑作“天上虹”，被浮藻揉碎之后，竟变了“彩虹似的梦”。第四节写榆树下的清潭，诗人融情入景，诗人的留恋全都融入康桥的风光中，正是在意乱情迷之间，诗人如庄周梦蝶，物我两忘，直觉得“波光里的艳影，／在我的心头荡漾”，并甘心在康河的柔波里，做一条招摇的水草。这种主客观合一的佳构既是妙手偶得，也是千锤百炼之功，写出诗人对康桥的永久恋情；第五节，诗人感情达到了高潮——写诗人挥篙泛舟，寻他“彩虹似的梦”，晚归时情不自禁地要放声高歌，快乐到达顶点；第六节，诗人由幻想回到现实，想到今晚要和康桥离别，情绪低落下来;借用“梦／寻梦？”，“满载一船星辉，／在星辉斑斓里放歌”，“但我不能放歌”，“夏虫也为我沉默，／沉默是今晚的康桥”四个叠句，将全诗推向高潮，正如康河之水，一波三折！而他在青草更青处，星辉斑斓里跣足放歌的狂态终未成就，此时的沉默而无言，又胜过多少情语啊！第七节跟开头呼应，表露出诗人不愿惊动他心爱的康桥的一片情意，并融入更多的不得不离去的哀愁。以三个“悄悄的”与首阙回环对应。潇洒地来,又潇洒地走。挥一挥衣袖,抖落的是什么?已毋须赘言。既然在康桥涅槃过一次,又何必带走一片云彩呢?全诗一气呵成,荡气回肠,是对徐志摩“诗化人生”的最好的描述。胡适曾言:“他的人生观真是一种‘单纯信仰’,这里面只有三个大字:一个是爱,一个是自由,一个是美。他梦想这三个理想的条件能够会合在一个人生里,这是他的‘单纯信仰’。他的一生的历史,只是他追求这个单纯信仰的实现的历史。”(《追悼徐志摩》)果真如此,那么诗人在康河边的徘徊,不正是这种追寻的一个缩影吗?

这首诗表现出诗人高度的艺术技巧。诗人将具体景物与想象糅合在一起构成诗的鲜明生动的艺术形象,巧妙地把气氛、感情、景象融汇为意境,达到景中有情,情中有景。诗的结构形式严谨整齐,错落有致。全诗7节,每节4行,组成两个平行台阶;1、3行稍短,2、4行稍长,每行6至8字不等,诗人似乎有意把格律诗与自由诗二者的形式糅合起来,使之成为一种新的诗歌形式,富有民族化、现代化的建筑美。诗的语言清新秀丽,节奏轻柔委婉,和谐自然,伴随着情感的起伏跳跃,犹如一曲悦耳徐缓的散板,轻盈婉转,拨动着读者的心弦。

诗人闻一多在20世纪20年代曾提倡现代诗歌的“音乐的美”“绘画的美”“建筑的美”,《再别康桥》一诗,可以说是“三美”具备,堪称徐志摩诗作中的绝唱。

这样分析文章,主要是抓住作者在每一节里所描写的主要意象进行讲解,没有必要把每一个词语都讲解到位。这就是要把精讲与略讲结合起来。

强调引导学生深入分析文章,并不是反对学生博览。博览可以开阔视野,丰富知识,也是提高学生阅读和写作能力的一种重要途径。但却不能因为需要博览而反对引导学生深入分析文章。引导学生深入分析文章可以培养学生良好的读书习惯和读书方法,可以唤起学生课外阅读的兴趣。以阅读课的形式引导学生深入分析文章带动他们课外阅读的博览，把课内与课外结合起来，容易收到良好的效果。

引导学生深入分析文章的教学方法多种多样。可用谈话法，可用讨论法，可用点拨法，也未尝不可用串讲法。但运用任何教学方法都应引导学生抓住原作的精要，品味原作的精华，体会作品文质的兼美。否则，就谈不到引导学生深入分析文章，运用什么教学方法也就失去意义了。

（五）变式练习，拓展思维

训练的方法是多种多样的，教师应该怎样选择和运用这些方法呢？选择训练方法的根据是：

（1）教学目的。这是选择训练方法的主要根据。阅读教学的主要目的在于培养学生的阅读能力，而阅读能力的形成主要依靠阅读的练习和实践。夸美纽斯说过："一切语文从实践去学习比用规范学习来得容易，这是指听、读、重读、抄写、用手用舌头去练习，在可能的范围以内，尽量时时这样去做。"因此，阅读训练应该选择让学生多动脑、动眼、动口、动手的训练方法。

（2）教材特点。方法是为内容服务的，没有超脱内容的方法。因此，在选择训练方法的时候，必须考虑训练内容的需要。例如诗歌，可多用朗读法，反复朗读会加强综合感受，使学生体会诗的意境和韵味。

（3）学生特点。一般地说，年龄小的学生，注意力较难集中，应多变换教学方法，以帮助集中注意力。根据少年爱动不爱静的特点，让他们当众朗读、复述、答问。注意发挥他们形象思维优于抽象思维的特点，也要适当地加强抽象思维的训练。对于高中学生，可以适当地多用讨论法、划批法，鼓励他们独立思考，并给他们发表见解的机会。

怎样运用训练的方法呢？

(1)要灵活驾驭方法。阅读训练的方法是根据实际需要在教学中创造出来的。在运用这些方法时，要因人、因文、因时、因地制宜，使其为"我"所用。

(2)要组成方法的体系。教学是一个整体，应该从整体上研究和运用方法。例如：一篇课文教学，或一堂阅读课，往往不只用一种教学方法，这样几种教学方法要互相配合组成方法的体系，如讲读法：读读、讲讲、议议、练练法；读划批写法；十字法(点划查批注问摘读背默)等，这样，使语文教学呈现多种形态。

(3)要扬长补短。在阅读训练过程中，教师不仅作方法指导，还要作必要的示范。但是，教师不是全能的人，有的善朗读，有的善分析，有的善勾画，有的善评写。每个教师都应该发挥自己的所长，使教学富有特色。同时，也应不回避自己所短，或向同行学习，以提高自己；或利用现代化的教学手段补其不足。总之，扬长补短，力争达到最好的教学效果。

另外，布置作业要有针对性。下面就还以徐志摩的《再别康桥》为例探讨作业的布置。

(1)研究性作业(全体学生完成)：

① 如何看待徐志摩的人生观、价值观对他作品的影响呢？有人说，人是情绪的奴隶，文为心声，但人性是复杂的，所谓文未必如其人，比如英国作家培根；比如诗人海子写"陌生人，我也为你祝福"但两个月后，他却自杀了……如何看待为文与为人的关系？能否举例谈谈。

② 中国现代文坛流派纷呈、群星闪烁，你觉得有哪位诗人能与徐志摩进行比较，试从作品的语言、思想，作家的人生观、价值观等方面作比较鉴赏。自选角度，写一篇小论文。

(2)个性化作业：

① 请某同学思考：徐志摩的作品有没有受到"五四"精神的影响？

② 请某小组的同学重点思考：徐志摩的诗歌风格对卞之琳的影响。

三、中学现代诗歌教学设计原则

在中小学语文教育中，相比古典诗歌而言，现代新诗似乎更难理解，也更难讲解，所以"读不懂"、"讲不好"的问题在现代诗歌教学中普遍存在，现代诗歌的教学也成了很多教师颇感棘手的教学难题。以笔者浅见要解决现代诗歌教学中现存的这些问题，教师至少要贯彻以下三个方面的原则。

(一)要有宽广的诗歌背景知识

在教学中，教师不能机械地就诗论诗，而应通过知识性的扩展讲解使学生达到扩展阅读的目的。扩展阅读可以充分调动学生的学习主动性，也培养了学生查阅资料的习惯。扩展讲解的内容不必面面俱到，应尽量简单准确，点到实质，但切忌语焉不详。具体内容应包括诗人简历、诗歌常识等，对于现代新诗中的术语名词，如什么叫象征主义，什么叫浪漫主义，什么叫感伤主义，什么叫现代主义；一些特殊的诗歌形式如十四行的美学原则是什么。在目前学生普遍喜欢徐志摩诗歌的情况下，可以讲讲"新月诗派"及其主张的格律诗的"三美"原则，并结合具体作品解释清楚这"三美"具体的内涵。讲到舒婷的《致橡树》时，也应该扩展讲一讲"朦胧诗"的名称来源及其思想艺术特征。如果按照主题划分为爱情诗、乡愁诗、爱国诗，或者按照艺术特征划分为抒情诗、叙事诗、史诗等，可以尽量归纳、总结同类主题或同类形式的一些诗歌；如果按照流派划分，可以对各个流派的特色以及同中之异、异中之同作出归纳分析。因为很多诗歌需要放在具体大背景和新诗史中阐释，所以诗歌背景和简单的诗史也应有所涉猎，比如讲授韩东、于坚的诗时，应该提及第三代诗歌运动，而对于郑敏的《金黄的稻束》，则应该讲讲"九叶诗派"、西南联大诗人的概况。

(二)要进行开放式的解读与赏析

古代文论中所说的“诗无达诂”,并不是说丧失标准任意而为,而是说对于一些具有丰富复杂内涵的诗歌可能会有多重解释,可以从不同角度进行分析,力求找到最符合原意的“可能性”解读,这是靠近式的解读,而不是远离或僵化的就诗论诗。笔者以为,这种开放式的可能性解读首先应该是一种深度而准确的讲解,不能只是泛泛而谈,更不能是离题的解读,而应是一种“细读”。这就需要考虑到时代背景、历史现实和文化内涵等因素,以及字句中复杂幽微的意蕴,当然,丰富的轶闻史事也可以从旁充实。比如闻一多的《色彩》,这首诗写的虽是“色彩”,其实是在写“生命”,“色彩”的丰富多彩(红黄蓝黑等)就是“生命”的丰富多彩(爱恨生死等),关键的诗句是“生命是张没价值的白纸”,“从此以后,/我便溺爱于我的生命,/因为我爱他的色彩”。就我所知,有些教师对这首诗的解释很肤浅僵化,居然让学生把各种色彩对应代表的意思背会,考试中居然会给出“红黄蓝黑”各代表什么意思的考题,想到学生在“绿——发展、红——热情、黄——忠义、蓝——高洁、粉红——希望、灰白——悲哀、黑——死”之间划上对应号,我觉得这样的诗歌教学是失败的。其实,对这首诗在色彩上的隐喻运用,教师也可以结合闻一多绘画的功底讲讲他诗歌中的绘画美,也可以讲讲色彩的主观性。而现在有些教师往往把一些饱含情感、极为感性、意味无穷的诗歌给程序化了,把传达丰富细腻感情的灵性美简单化为枯燥无味、死记硬背的符号,恨不能把学生的大脑当做一个知识的硬盘全部拷贝储存进去,而思想的深沉、语言的美感、情感的撞击、精神的愉悦等等都被稀释掉了。所以,深度准确的解读应放在第一位,不是浅显的阐释,更不能是离题的阐释,或是断章取义、只顾字面意思的解释。开放式的解读不等于随意的解读,而是切近原意的解读,所以应尽量减少曲解原意的误读。比如对于海子《面朝大海，春暖花开》这首诗的讲解，就不能简单停留在诗句表面，而应结合诗歌创作背景、诗人的文化心理进行分析。这首诗语言明白如话，意象单纯明净，诗风清新明朗，全诗基本是以质朴明朗的笔调和直抒胸臆的情感剖白为主，表达诗人对尘世幸福生活的憧憬与弃绝，以及对理想生活执著而孤独的追求。诗中比较好理解的是对得到幸福的喜悦和对尘世中亲人、友人以及陌生人的祝愿，流淌着一种温暖清丽的气息。但是这首诗人自杀前两个多月所写的作品，看似单纯、平淡，却寄意幽深，温婉平和中透露出诗人对都市物欲生活的拒绝和对乡村纯净生活的向往。"大海"构成诗中的核心意象，成为诗人理想的象征和灵魂的皈依，诗人的一切向往和全部的人生理想就是"面朝大海，春暖花开"。全诗最关键的、最能泄露诗人内心秘密、反映诗人最真实感情的是最后一句"我只愿面朝大海，春暖花开"，这是诗人情感与生命的最终归宿。诗人非常清楚地知道"尘世中的幸福"与自己所追求的理想和幸福即"面朝大海，春暖花开"在根本上是异质的，是无法相合的，言外之意是：我自己不在尘世，尘世的幸福不属于我，是给予别人甚至陌生人的，因为，"我只愿面朝大海，春暖花开"。诗人把美好的希望和祝福留给尘世，而诗人自己追求的幸福却是超越弃绝了尘世幸福的永恒幸福。全诗有几组隐含的对比关系：人物关系是"你"（"我"之外的尘世中人）与"我"的对比；"从明天起"暗含的是时间关系上"明天"与"今天"的对比；在精神追求中，"尘世"代表的"现实世界"和"世俗世界"暗含的是与"理想世界"的对比。对比关系使海子的诗歌意蕴显示出一种悖逆色彩与双重意蕴，在诗中交织成一种理想与现实、瞬间与永恒、单纯与悲伤、宁静与绝望、祝福与弃世交织的情感张力，这正是这首诗的复杂性和矛盾性所在。

（三）要注意运用归类、比较等多种方法进行教学

教师可以把授人以鱼与授人以渔的方法相结合，从各种角度比

较不同诗歌作品的共性或相异的特征，从主题角度、性别角度、历史时代文化角度，以及诗歌构思的方式，提供一种立体式、多角度而非单一化的解读方法。比如，同样是爱国主题，讲艾青的《我爱这土地》、闻一多的《七子之歌》和舒婷的《祖国啊，我亲爱的祖国》应是不同的，可以比较不同的时代背景，不同的历史环境，不同的诗美诗意，而共同的地方又体现在什么地方。又如，在讲解余光中《乡愁》和席慕容《乡愁》时，可以让学生比较、总结从古到今中国诗歌（文学）中的"乡愁"主题，并体会"羁鸟恋旧林，池鱼思故渊"的普遍情感，教师可以把古代边塞诗与田园诗相比较，把现代诗人与古代诗人李白、高适、陶渊明等比较，从乡愁意识扩展到人类的归乡意识、乡土情怀和家园感。一个作家的其他诗歌作品既可以作为扩展阅读，也可以作为比较阅读，教师最好能加上诗人同时期创作的另一些同主题诗歌，或者不同诗人在不同时期的同主题诗歌。仍以"乡愁诗"为例，讲余光中的《乡愁》时，可以加上他的《乡愁四韵》、《民歌》作为扩展性阅读，这两首诗无论在形式、结构、音韵，还是在诗歌技巧、修辞手法上都与《乡愁》有异曲同工之处。也可以给学生介绍、阅读其他诗人的一些乡愁诗名作，如台湾诗人洛夫的《边界望乡》与郑愁予的《乡音》，朦胧诗人舒婷的《还乡》和现代诗人卞之琳的《乡愁》等。在把"乡愁诗"主题的诗歌归类之后，再对其思想感情、写作技巧、形式、修辞手法等进行异同的比较分析。诗歌大致分为写实的诗与象征的诗，相对而言，写实的诗歌较好理解，讲解起来也较容易，而象征的诗歌则因为暗示、象征等手法的运用，多具隐喻性，不易理解，这时候也可以运用比较手法讲解。比如都是写普通人和底层民众，艾青的《大堰河，我的保姆》与韩东的《山民》就有所不同，前者更倾向于写实，后者更倾向于象征。艾青诗中的保姆"大堰河"不仅在现实生活中确有其人，而且与诗人有着密切的情感纽带，所以此诗写得充满真情，对读者主要是"以情动人"；而韩东诗中向往"海"的"山民"已经不再仅仅是现实中某一具体的"山民"，而是带有很强象征意味的“山民”，与诗人也没有直接的情感关联，而只是诗人借以表达一种思想的“客观对象”，给读者更多的不是情感的撞击，而是一种关乎人生的思考。如果从另外一个角度来比较，韩东诗中关于“山”与“海”，关于祖父、父亲、儿子等子子孙孙生生不息的诗句似乎使人想起“愚公移山”的执著，但“愚公”的关注点是面前的“山”——现实的山，而“山民”的关注点却不是“山”，而是山那边的“海”——理想的海，可见，二者也是不同的。

需要补充的一点是，在运用归纳、比较手法时，教师可以充分发挥学生的主动性。比如，在讲授了艾青的《大堰河，我的保姆》与韩东的《山民》之后，完全可以让学生自己尝试写点普通人题材的诗，也可以写一点怀念故乡、故人的诗，手法上可以不拘写实或象征，语言也可以不拘口语或书面语。在讲授“乡愁诗”时，可以扩展“愁”的主题，分为“乡愁”“情愁”“闲愁”等，让学生回忆或通过查阅资料的方式把已经学过的古今中外的诗歌作品进行类比。

诗歌是语言的最高形式，诗人是语言的建筑师，诗歌就是以最恰当的语言进行的最恰当的形式排列。青少年正处于敏感多思、爱诗的黄金时代和与诗歌天然亲近的诗性年华，可以说，青少年人人都是诗人，诗歌教学不仅可以使他们的审美赏鉴能力、感悟人生能力和文学书写能力得到提高，而且通过诗歌他们可以逐步向真向善向美，并更加热爱生活，珍惜生命，珍视友谊，思考时代。校园又是诗歌天然的牧场，校园生活本身的诗意与纯净，给青春的心灵涂抹了一层天然的诗意土壤，诗歌可以护卫他们的精神空间，为他们提供一个放飞心灵的诗性的精神家园。我们虽不能说“不学诗，无以言”，但是“腹有诗书气自华”却是必然的，所以，在语文教育中应该充分发挥诗歌教学的陶情养性和人文素养的审美与教化作用。

总之，诗歌教学既是一种知识教育，也是一种审美教育，更是一种情感教育。语文教育中的诗歌教学不仅对于学生写作能力的提高有极大助益，而且对于培养学生的人文素养和人格健全有导引作用。

我们知道，“在心为志，发言为诗”、“诗言志”、“诗言情”，诗歌所具有的内倾性、情感性和审美性，特别适合培养一种丰富细腻的感情与健康美好的人性，使我们变得“多情”、变得“爱美”、变得“乐善”。

从目前情况来看，中学语文教材中诗歌的教学，尤其是现当代诗歌的教学，恐怕是不太能够引起大多数教师所注意的一个环节，这是一个误区。同时，关于如何进行中学语文现当代诗歌教学，还有许许多多的问题等着我们去思考、去解决。

第三节　中学现代诗歌教学设计案例

一、《沁园春·长沙》的教学设计①

(一)教学目标

(1)理解词中描绘的意象美。

① 能正确指出描绘意象的语句；

② 能正确说出所划语句所描绘意象的内容。

(2)能评析作者在这些意象中所蕴含的思想情感。

(3)感受毛泽东博大的胸怀和革命壮志。

(4)能说出相关语句并述评其内容。

(二)任务分析

1. 起点能力分析

学生对“词”的文体特点已熟悉，已积累有一定数量意象鲜明的古典诗词语句，已能够较为熟练地朗读课文，对毛泽东的生平事迹

① 本案例由安徽省淮南一中田佩中提供。

有所了解。

2. 学习结果类型分析

(1)目标(1)文学“意象”属于概念学习;

(2)目标(2)应用文学作品鉴赏规则对诗的意象所表达感情的分析,属于规则学习;

(3)目标(3)属于情感态度和价值观的学习。

(三)教学过程

1. 导入新课

“一代风流的一代绝唱,壮丽国度的壮丽诗篇”。(多媒体显示)这是人们对毛泽东诗词的高度赞誉。今天我们就一起来欣赏作为“一代绝唱”之一的《沁园春·长沙》。(板书课题)

2. 鉴赏课文

(1)学生齐读全词。

(2)意象概念教学。

师:这首词的上片描写了一幅湘江秋景图,这幅图又由一组意象构成。简单地说,意象就是作品中的具体形象。(板书该句话)如毛泽东《沁园春·雪》中的名句:“山舞银蛇”和“原弛蜡象”就是两个意象。再如《藤王阁序》里的“落霞与孤鹜齐飞”和“秋水共长天一色”也是两个精美的意象。(四个意象句多媒体呈现)由于这些形象都带有作者的主观情绪色彩,(板书该句话)故文艺理论家们称之为“意象”。下面请大家细读词的上片,找出描绘意象的语句并准备口述这些意象的内容。

(学生读课文,教师巡视,个别答疑。)

(3)鉴赏课文上片。

(学生解读意象语句,师生讨论)明确:

“万山红遍,层林尽染”:这是一个视界无比阔大,情绪极其豪迈而充满朝气的意象,给人的感觉是热情奔放,豪情万丈。

"漫江碧透，百舸争流"：前句写江水纯净而美丽，后句写江上百帆竞发的壮观景象，字里行间充溢着进取的豪情。

"鹰击长空，鱼翔浅底，万类霜天竞自由"：前两句具体写仰视和俯视所见的壮美景象，后一句概括写一切生命均在寒霜之际爆发出勃勃生机。

以上三组意象叠加在一起，共同构成了一幅充满生机的"湘江秋景"图。字里行间透露出压抑不住的万丈豪情。

(4)鉴赏课文下片。

师：该词的下片主要是作者直抒胸臆。请划出表露青年毛泽东博大胸怀和革命壮志的语句，口述其内容并谈谈你读了这些语句后的感受。

(师生讨论)明确：

青年毛泽东的胸怀和壮志主要集中体现在"指点江山，激扬文字，粪土当年万户侯"一句。表露出作者以天下为己任，蔑视军阀的博大胸怀和勇气。

"曾记否，到中流击水，浪遏飞舟"表露出激流勇进，意气奋发的革命壮志。

(5)学生再次细读全词，感受其中意象之美，人格之美。

(6)试背。

二、对教学案例的评析

诗词鉴赏教学既有知识能力目标，也有情感价值目标，但这两类目标的达成都要以理解诗词内容为基础。这份教案从意象概念教学入手，先陈述意象概念的意义，接着举例子说明，再补充解释，从理论上让学生对建立意象的重要性有明确认识，然后引导学生形成本课有关意象，在此基础上，学生学习与感受本词的艺术形象美、语言技巧美和诗人人格美。在鉴赏能力培养过程也渗透情感态度价值观教育。

第五章　中学现代小说教学设计

小说是文学的一大类别，是一种与诗歌、散文、戏剧并列的叙事性文学体裁，它以塑造人物形象为中心，综合运用语言艺术的各种表现方法，通过完整的故事情节和具体的环境描写，广泛地、形象生动地反映社会生活。

小说的分类由于所持标准不同而有许多种划分方法。按题材内容分，可分为历史小说、社会小说、侦探小说、爱情小说、战争小说、讽刺小说、谴责小说等；按文体样式分，可分为诗体小说、日记体小说、书信体小说、笔记体小说、童话体小说、传奇小说等；按篇幅长短和容量的大小，小说又可以分为长篇、中篇、短篇和微型小说四类；按照历史时代，小说又可以分为古代、近代、现代和当代四个部分。中国现代小说是中国小说的重要组成部分，也是中国现代文学的重要组成部分。中国小说在经历了清末民初的现代化发生期以后，由五四文学革命起进入1917~1949年的30年迅速发展期。这一时期，大致可以十年为期划分出三个明显阶段：第一阶段，20年代小说；第二阶段，30年代小说；第三阶段，40年代小说。在20年代的小说创作界，“为人生”的现实主义小说是其中重要的一支。循此方向探索，作出实绩的，主要是在鲁迅影响下的文学研究会及与之相近的未名社、语丝社的一些成员。20年代人生写实派小说是直接师承了“文学革命”倡导期《新青年》、《新潮》作家群的传统，首开问题小说的先河，从各种角度触及当时严重的社会问题，在民主主义、人文主义思潮广为传播的背景下，表现了文学与现实的密切联系。问题小说的主题、题材比较广泛。举凡家庭之惨变、婚姻之痛苦、女子之地位、教育之不良乃至劳工问题、儿童问题、青年问题、妇女问题、社会习俗问题、下层平民被压迫的遭遇、国民性的改造、人生的目的和意义……都有涉及。“问题小说”是充满各种矛盾的社会现实和写实派作家热心上下求索的创作心态碰撞的产物，也是五四启蒙精神和作家的人生思考相结合的产物，它适合当时社会精神心理的需要。问题小说在五四时期的兴盛，也是借鉴外国文学的结果。问题小说的代表性作家有冰心、叶绍钧、许地山、庐隐、王统照等人。在现代小说史上最早显露出流派风范的，是1923年左右在鲁迅小说影响下，由文研会和未名社、语丝社一些作家创作的乡土小说。乡土小说的崛起，是写实派作家在坚持“为人生”文学观念的前提下，写自己熟悉的生活，克服“思想大于形象”的通病，逐渐走向成熟的必然归趋。这些来自乡村、寓居于京沪等大都市的游子，目击现代文明和宗法制农村的差异，在鲁迅“改造国民性”思想的启迪下，带着对故乡和童年的回忆，用隐含着乡愁的笔触，将“乡间的死生，泥土的气息，移在纸上”(《〈中国新文学大系〉小说：集序》)，以其刚健、清新、质朴之气使创作界面目一新，又由于挟带着各地乡情民俗的纪实和描写，显示了鲜明的地方色彩，从整体上呈现出比较自觉而可贵的民族化追求。

与“为人生”的写实派小说相对峙的，是前期创造社和与之相近的其他社团的一些小说家。他们不注重对客观现实的真实再现，而是力主忠于自己“内心的要求”，标举自我情绪的审美表现，在20年代的小说界，别立新宗，另辟蹊径，开拓出现代小说新的园地——浪漫抒情小说的创作。这一流派的代表性作家首推郁达夫，另外还有郭沫若等。

20年代末到30年代的中国，动荡不安的生活空间、曲折起伏的社会事件、矛盾复杂的社会心理，使得长于描写社会环境、展现人物命运的小说有了广阔的用武之地。作者与读者队伍的迅速扩大，优秀作品的层出不穷，都显示了小说在30年代的长足进展。30年代小说对人物形象塑造的整体性成就，充分显示了30年代文学继五四文学后对“人”的观念的大幅度深入突破，现实主义也较五四时期有了质的深化。小说作者新人迭出，小说体式日益丰富，中长篇小说数量激增，三部曲作品的大量出现，标志着30年代小说的繁荣。本时期丁玲等左翼作家，沈从文等京派作家，穆时英等新感觉派小说家都以各具艺术个性的小说登上文坛并奠定了自己的地位。

20世纪40年代国统区、“孤岛”和沦陷区小说，从内容和主题的取向上来看，大致可分为以下几种类型：

(1)抗战题材小说，直接反映抗战现实，富有战地实感，留下了时代剪影，如孙犁的《荷花淀》。

(2)以社会剖析和世情讽刺为主要内容的小说，上承30年代左翼作家传统，直面民族解放战争的大时代，以分析的眼光深入反映社会现实，剖析各式人等的性格心理，标志着作家对现实认识的深化，如张天翼的《华威先生》。

(3)注重文化分析的小说是作家对民族历史与现实进行文化探询与反省的结晶，它把抗战初期高昂的民族激情，深化到了理性的层次，如沈从文的《长河》等。

(4)侧重于人生探索的小说主要表现知识者对人生与生存意义的求索追寻，如钱钟书的《围城》等。

第一节　中学现代小说教学概述

一、中国现代小说教学与语文能力培养

小说教学对学生语文能力的提高能够起到促进作用。中学语文教学大纲明确规定：要培养学生读、写、听、说的能力。语文能力，从它的结构要素看，主要是听、说、读、写四种能力，而这些能力的培养离不开思维能力的训练，是以思维训练为基础的，因此，只有注重思维能力的训练，才能提高语文能力。训练学生思维能力的途径多种多

样,小说教学是其中重要的一环。在生活中,我们很熟悉“讲故事”、“听故事”、“听说书”、“读小说”、“写小说”这些字眼,这些字眼,很通俗地说清了小说这种文学体裁和听、说、读、写之间的关系。听、说、读、写,基础是听、说,究其实质则是读、写。叶圣陶先生说过:“所谓阅读实得读,阅读是吸收。”俗话说“读万卷书、行万里路”,“读能通神”等等。在小说教学过程中,通过“读”去感知、去联想、去认识,吸取文章的营养,既获得知识、开发智力,又能培养能力。在讲授冰心老人的《小橘灯》时,教师应遵循冰心老人的教导“好的散文要读、读、再读,读出其意,读出其味”。首先,教师范读,同学们边听边思考作者用何高招写出小姑娘美好的性格——懂事、热忱、镇定、勇敢、乐观、对未来充满信心。接着,可以分角色朗读,让两位学生分别扮演“小姑娘”和“我”,感知这两个人物形象。读后全班展开评价。这样的“读”与听、说紧紧相连,能诱发学生的求知兴趣,训练他们的思维能力。

在生活中,说与听总是相伴而生,会听与不会听,听懂与听不懂都反映了一个人获取信息和理解能力的高低,而听话人都是在获取信息和理解的基础上进行交流的。在小说教学中要有意识地培养学生这方面的能力,训练可以采取辩论方式进行。关于《药》的主题,几十年来争论不休。有的认为表现作者“对于世间的恐怖”,有的认为表现“亲子之爱”,还有几种看法是:歌颂革命者夏瑜;揭露黑暗统治;批评群众落后和麻木;批判革命者脱离群众。到底哪种方法比较切合作品的实际,教师可让学生通过辩论的方式进行讨论。这样既训练了口语表达,又提高了学生获取信息和理解能力。

“写”与“说”实际上就是语言的两种表现形式,一是书面语言,一是口头语言。在小说教学中,教师可以有意识地将两者结合起来,以提高学生的写作水平。说之前“写”。在语文教学中,比较流行课前三分种或五分钟演讲。在演讲前教师可以结合小说教学,让学生事先写好演讲稿,要求编故事,或自创一篇小小说。演讲结束后,师生可以适当加以点评,重点可放在语言组织、演讲内容、演讲思路等方面,这实际上就是一次写作的个别指导。此外,教师还可以在"写"之前让学生"说",或复述小说情节,或谈自己对小说的设想和构思,这样能为学生写作开拓思维、理清思路、启发构思。在讲孙犁先生的小说《荷花淀》时,我们可以设计这样一项训练:分角色朗读水生夫妻的对话部分,引导学生思考"这段对话体现了水生嫂怎样的心理,表现了怎样的性格特点?"通过讨论,得出作者笔下的水生嫂既有中国女性传统的温柔、贤淑、羞怯、质朴的品性,同时又具有解放区妇女进步的特点这样的结论。这个时候,教师让学生改写水生夫妻的对话,让水生嫂用另一种口吻与丈夫对话,表现另一种个性。学生先说自己的构思,然后再写。有个同学这样写道:

(很晚丈夫才回来……)

女人抬头瞪着他说:"死到哪里去了,这么晚才回来!没你的饭了。"说着,拍拍手站起来往灶间走。

水生坐在台阶上说:"吃过饭了,你不要去拿。"

女人就又坐在席子上。她望着丈夫的脸,她看出他的脸有些红涨,说话有些气喘。她问:"有事快说。我知道,回来晚了一准没好事。"

水生咧嘴笑了,"你看你,尽瞎猜。"回下看看又说,"爹呢?"

"你还有爹呀?早睡了。"

"小华呢?"

"你甭跟我打岔,到底有什么事?给我痛快点。"

水生小声说:"明天我就到大部队上去了。"

女人停下手里的活儿,怔了一下,站起来,并不看水生的脸。"不就是这么点事嘛,还又是问爹又是问小华的,婆婆妈妈不直说。我给你弄点饭去。"

水生一把拉住她:"我吃过了。今天在县里开会,会上决定成立一个地区队。我第一个举手报了名的。"

女人的眼睛熠熠闪光:"你要是不积极，爹和我都不依你。"

这段改写中的水生嫂同原作中的水生嫂有共同点：深明大义,支持丈夫参军。不同之处是后者性格泼辣、直爽;前者温柔、缠绵、含蓄。

二、中国现代小说教学与审美能力培养

语文教学为实现素质教育目标，不仅仅是传统的以文载道,强化思想教育,培养听、说、读、写能力,其中非常重要且容易忽视的是美育,即在教学中让学生树立正确的审美观念,培养健康的审美情趣,以美怡情,以美育人。因此,如何在语文教学中渗透美育是语文教学的一个重大课题。中国现代小说的教学为完成这个课题提供了重要渠道。在中国现代小说教学中,教师要不断提高自己的审美能力,丰富自己的人生体验,挖掘一切美的因素。把审美教育寓于中国现代小说教学当中,通过运用教材创设情境,启发、诱导学生利用小说中丰富的美育因素——人物、情节和环境,帮助学生形成真、善、美的心理素质，使学生在对语言文字的理解和表达得到发展的同时,受到美的熏陶,去感知美、品味美、创造美,从而提高审美能力。

(一)想象联想——感知美

爱因斯坦说过:"想象力比知识更重要,它是知识进化的源泉。"在小说教学中,教师可以通过朗读将学生带入作者所描述的充满诗情画意,充满真、善、美的世界,从而调动学生的审美想象。这样,无声的文字就会变成跳动的音符,无形的画面就会变成生动的景观,见所未见,闻所未闻的形象就会鲜活起来,藏匿于字里行间的美就会自然跳脱出来,呈现在审美主体面前。例如:在教学鲁迅先生的《故乡》时,先引导学生在大脑中勾勒故乡画面,然后从以下三个方面去感受它的美:

(1)它是一个五彩缤纷的世界。这里有“深蓝”的天空,有“金黄”的圆月,有“碧绿”的西瓜,少年润土有一副“紫色”的圆脸,脖子上带着“明晃晃”的、“银白”色的项圈,海边有五色贝壳,“红的绿的都有,鬼见怕也有,观音手也有,还有各种颜色的鸟类:稻鸡、角鸡、鹁鸪、蓝背……”在这里,没有一种色彩不是鲜艳的,明丽的,任何两种色彩之间的对比都是鲜明的,它构成的是一幅“神异”的图画,一个五彩缤纷的世界。

(2)它是一个寂静而又富有动感的世界。当“我”记起童年时的“故乡”,浮现在脑海里的首先是深蓝的天空、金黄的圆月、海边沙地上的碧绿的西瓜,整个大自然是那么静谧,那么安详,但在这静谧的世界上,却有着活泼的生命。这活泼的生命给这个幽静的世界带来了动态的感觉。“一个十一二岁的少年,项带银圈,手里一柄钢叉,向一匹猹尽力的刺去,那猹都将身一扭,反从他的胯下逃走了。”这是一个幽静的世界,同时又是一个活泼的世界,它幽静而不沉闷,活泼而不杂乱。静中有动,动中有静,和谐自然,是一个令人心旷神怡的世界。

(3)它是一个辽阔而又鲜活的世界。“我”回忆中的“故乡”是一个多么广阔的世界啊!这里有高远的蓝天,有一望无垠的大海,有广阔的海边沙地。在这广阔的天和地之间,又有各种各样的人和事物,有活泼的少年闰土,有猹、獾猪、刺猬,有稻鸡、角鸡、鹁鸪、蓝背,有五彩的贝壳,有金黄的圆月,有碧绿的西瓜……这个世界广阔而又鲜活,一点也不狭窄,一点也不空洞。

(二)理解欣赏——品味美

初高中语文教材所选的中国现代小说一般都是名家的名篇,而这些作品又是作家运用文字表情、达意、载道的结果,它的内容涉及美的各个领域,是中学生品味美的主要载体。如《从百草园到三昧书屋》描写了从百草园到三昧书屋里的童真童趣的生活。有些人认为作者是在批判三昧书屋里的封建教育对儿童的束缚, 这种观点,实在是牵强附会。通过深入研究《从百草园到三昧书屋》发现,除了作者在“小引”中提到的心情“荒芜”，聊以自慰外，更主要的原因就是作者对现实生活的不满。作者为了正义和生计，四处奔波，到处受到排挤、打击和碰壁。其处境正如作者在《自嘲》诗中所说的那样“破帽遮颜过闹市，漏船载酒泛中流”。故作者只能回忆童年时代的美好生活，聊以自赏、自慰，来舔噬伤口，以表达自己对黑暗残酷现实的不满。因此，可以说，《从百草园到三昧书屋》文中的童趣美是鲁迅先生“不满”和“愤慨”感情的曲折表现。

再如沈从文先生的小说《边城 》充满了诗情画意，全文 21 节，连贯起来看，像一首情绵意浓的长诗，又宛如一幅色彩斑斓的画卷。小说围绕翠翠同傩送兄弟俩的爱情这条线索展开，用田园牧歌式的情调，描绘了川湘边地人民朴实豪爽的性格，僻远山村的自然景色和生活风俗。那里的人个个可爱，几乎都是善和美的化身；那里的风景是那么安谧和谐，充满了情趣，让人感到温馨、亲切。沈从文说过：“我要表现的本是一种‘人生的形式’，一种‘优美、健康、自然而又不悖乎人性的人生形式’。”多数论者据此得出《边城》所要表现的是一种“理想的人生形式”，所要赞颂的是“人性美”等论断。其实，这是片面的。不可否认，《边城》以大量的篇幅对湘西人性美进行热情的描绘和讴歌，从而体现作家对“理想的人性形式”，对生命自由的追求，但这毕竟只是作家的美好意愿，不能代表作品的全部内蕴。事实是，作者对于下层人民，侧重表现蕴藏在他们身上的勤劳、勇敢、正直、善良而又淳朴的品德，努力挖握他们身上的人性美，并在他们身上寄托着重塑民族品格的理想。他发掘了湘西乡村社会人性的金子，同时深谙这种处于原始自在状态的人性所具有的迷信、愚昧的缺陷。这种缺陷是美好人性的阴暗面，具有不可忽视的破坏作用。

（三）启迪发散——创造美

培养学生的审美感知力、审美想象力、审美理解力的最终目的的是了让学生能进行美的创造。为了提高学生发散性思维能力，教师要让学生知道对同一客体由于审美主体的情绪不同,对美的感知也是千差万别的,因此在教学中要不断指导学生将自然美、人文美、语言美、画面美、音乐美、风格美进行比较鉴别以提高学生创造美的能力。如朱自清的《荷塘月色》和孙犁的《荷花淀》都描写了荷花:"曲曲折折的荷塘上面,弥望着是田田的叶子,叶子出水很高,像亭亭的舞女的裙。层层的叶子中间,零星的点缀着些白花,有袅娜地开着的,有羞涩地打着朵儿的;正如一粒粒的明珠,又如碧天里的星星,又如刚出浴的美人。"(《荷塘月色》)。

"她们奔着那不知道有几亩大小的荷花淀划去, 那一望无际的密密层层的大荷叶迎着阳光舒展开,就象铜墙铁壁一样。粉色荷花箭高高挺出来,是监视白洋淀的哨兵吧!"(《荷花淀》)

这两段文字在对荷叶荷花的描写上都独具匠心,给人们展示了两幅不同的画面,即一幅优美图和一幅壮美图。两处的描写对象一样,但因用词造句不同而体现出来的美感各不相同,前者给人以苗条、雅致、轻盈、柔媚的美;后者极力渲染了当时战争气氛,给人以雄壮、恢宏、威严而不可侵犯的美。荷塘里的荷花通过"袅娜"、"羞涩"、"星星"、"明珠"、"刚出浴的美人"的描写,细腻而传神地表现了荷花柔美、含情脉脉的迷人姿态以及它的光艳、灿烂、素洁和纯净,给人一种恬静、朦胧的阴柔之美。荷花淀里的荷花,作者则通过一种简洁明快、质朴自然的语言,把荷花喻为"监视的洋淀的哨兵",使人从中感受到了战争岁月里荷花淀里荷花,具有一种独特的刚烈、激荡的美,亦即阳刚之美。

第二节　中学现代小说教学目标设计

目标是人们对某一实践活动的结果所呈现的具体状态、水平、程度的设定。它决定了人们实践的努力方向,是人们实践活动的出发点和归宿,对实践具有导向、激励、调控和评价作用。课程目标体现在教师课堂教学的层面,即为教学目标。教学目标是对教学活动的结果所呈现的具体状态、水平、程度的预先描述，它涉及教学活动的导向、教学内容的取舍、教学方法的运用以及教学效果的评价等因素。没有教学目标或目标不甚明确的课堂教学，必然是盲目的、低效的甚至是没有意义的。

一、中学现代小说教学目标设计的原则

语文课程目标的核心是全面提高学生的语文素养，为学生的全面发展和终身发展奠定基础。《语文课程标准》中特别强调教学目标三个维度的有机整合。《标准》指出："课程目标根据知识和能力、过程和方法、情感态度和价值观这三个维度设计。三个方面互相渗透，融为一体，注重语文素养的整体提高。每个学段相互联系螺旋上升，最终全面达成总目标。""知识和能力"属教学目标的基本层面，是语文学习的基础，是考量教学效果的主要显性因素；"过程和方法"首次列入课程目标，是语文学习的重点，它是隐性的，但其作用极为重要。"知识和能力"、"情感态度和价值观"这两个维度是要靠"过程和方法"来实现的；"情感态度和价值观"是《语文课程标准》突出强调的目标，内容是隐性的，而其形式是外显的，它是语文学习的动力，也是人的发展所必须的。

因此，设计现代文学作品阅读鉴赏教学目标，设计现代小说的教学目标必须遵循以下四条原则。

（一）全面性原则

制定现代小说教学目标的时候，应充分挖掘教材的各种因素，体现了三个维度的要求。既根据具体的学习内容，制定明确的语文知识、能力目标，又有情感态度、价值观方面的目标，潜移默化地培养学生正确的价值观、人生观、世界观，使学生形成良好的道德品质。根据这个原则，我们把小说《祝福》的教学目标定为：

1. 知识目标

（1）准确地把握祥林嫂的形象特征，体会小说中"我"的感受及

作用。

(2)了解小说三要素及小说情节结构,理解环境与人物性格的关系。

2. 能力目标

(1)培养学生概括小说情节结构的能力,理解本文倒叙手法的作用。

(2)学习本文综合运用肖像描写、动作描写、语言描写等塑造人物的方法。

3. 情感态度与价值目标

领悟鲁迅先生冷峻的叙述中所蕴含的强烈的爱憎感情,理解造成祥林嫂悲剧的社会根源,从而认识旧社会封建礼教的罪恶本质。

4. 美育目标

通过分析祥林嫂这个人物,理解这个艺术形象的典型意义和艺术价值。

(二)科学性原则

现代小说教学目标定位应恰到好处,不偏不倚,根植于文本,不拔高、不牵强。《荷花淀》是孙犁的代表作,创作于1945年。当时,抗日战争已进入最后阶段, 冀中地区的广大军民在党的教育和领导下团结一心,同仇敌忾,奋起抗敌。随着抗日武装的不断发展壮大,抗日根据地的广大群众纷纷拿起枪,投身到这场民族解放战争中,表现了中华民族大无畏的英雄气概, 反映了中华儿女在党的领导下崇高的可歌可泣的爱国主义精神和英勇抗敌的革命乐观主义精神。小说就是以冀中抗日根据地的广大人民群众斗争生活为背景, 塑造了以水生嫂为代表的一群勤劳纯朴、通情达理而又勇敢机智、开朗向上的农村劳动妇女形象,表现了根据地军民热爱生活、热爱家乡、热爱祖国的精神。这个短篇小说充分体现了孙犁创作的鲜明特色,主要有三点:

首先,作者善于用精练的笔墨,写出人物丰富的内心世界。特别是对于妇女刻画得尤其深刻、细致。

其次,用散文诗的语言来写小说。

再次,孙犁的小说,大多数都是描写冀中一带,尤其是白洋淀地区人民的生活和斗争。他着重取材于劳动妇女,这是他创作的最大特色,也形成他个人独特的艺术风格。

根据《荷花淀》的这些特点,所以我们在设定教学目标时,既要注重了解作者孙犁及其作品的基本特点,又要通过具体的语言分析,培养学生品味作品清新质朴、秀雅隽永的语言风格;既要学习文章用生动传神的对话描写表现人物形象的写法,又要引导学生把握战火硝烟中的夫妻之情、家国之爱,体悟人物身上纯美的人性和崇高的人格。

(三)灵活性原则

所谓灵活性原则也就是要求设定现代小说教学目标要以生为本,实事求是,在教学中根据教学内容变化和学生学习情况随机调整教学目标,乃至让学生参与确定教学目标。教学目标是在教学过程中达成的,应充分考虑学生原有的基础和学习过程中实际需要的变化,况且目前我国的语文教育城乡之间、学校之间、学生个体之间差异悬殊,教学目标不应"一刀切"。

《边城》全文共21节,课文选出其中的第13章至第15章。集中描写了翠翠朦朦胧胧的爱情和由此而起的薄薄的凄凉。文章有一种淡淡的快乐和淡淡的、薄薄的凄凉,有淡淡的哀愁,有田园牧歌的情调。情景交融的环境描写和细致含蓄的心理刻画,是本文的重、难点。学生绝大多数没有去过湘西,因而,在设定教学目标时,一定要把"了解沈从文描绘的湘西风土人情"作为重点,进而依据人物对话来分析人物性格和人物的内心世界。通过对作品情节和人物的分析理解,培养健康淳朴的思想情操。最终走进作者构筑的善与美的理想世界,领略田园牧歌的情调,体会作品中描绘的人情、人性之美。

(四)层次性原则

现代小说教学目标的设定，依据教材内容和学生个体差异，一般可分为三个层次：

(1)初级层次目标，是学生掌握教材中最基础的语文知识，具有基本技能，基本完成课堂教学任务；

(2)中级层次目标，是学生能较好掌握语文基础知识和基本技能，能够独立阅读，体会文章蕴含的情感，写作能较好地表达自己的意愿；

(3)高级层次目标，是学生能进一步拓宽语文学习的视野，发展思维，提高能力，能欣赏文学作品，并从中受到感染和激励，向往和追求美好的理想。例如，《阿Q正传》在文学史上享有崇高的声誉，它不仅是中国文学史上的经典，在世界文学史上也很有影响。这样的名著值得引导学生进行全面研读。21世纪的中学生，对发生在将近一个世纪前的事情，对小说中涉及的许多问题，可能感到隔膜，不能理解，甚至莫名其妙。

二、中学现代小说教学目标设计的方法

再以《阿Q正传》根据语文课程标准关于阅读与鉴赏教学目标的规定，结合本课特点，在设定本课的教学目标时，应注意以下四个方面。

(一)要落实三个方面的教学任务

一是围绕分析阿Q这一人物形象，理解小说的思想内涵；

二是理解小说笑中含泪的艺术特色；

三是品味小说的语言，把握作者的语言风格。

(二)要联系历史和现实

小说是生活的反映，它在某种程度上真实地反映了辛亥革命的

一个侧面，它有助于学生通过小说了解历史；但小说作为一种文学形式，它来源于生活，又高于生活，所以不能让学生仅仅停留在了解历史这个层面上，还要让学生通过历史思考当今的生活。这就需要在教学中联系现实来学习这部作品。

(三)要联系小说情节和语言

在教学中，要引导学生通过分析小说情节和语言思考可笑背后所隐含的严肃的问题：阿Q仅仅只是可笑吗？它背后的可悲在哪里？阿Q演出的难道仅仅是一出出“喜剧”吗？它的“悲剧性”表现在哪里？

(四)要联系作者其他作品

引导学生将过去所学过的鲁迅作品融合贯通，串联起来理解这部作品的主题、艺术特色和作者的创作意图。

第三节　中学现代小说教学过程与方法设计

一、现代小说的教学过程设计

现代小说如何教，如何安排它的教学过程，在教学过程中又需要有哪些活动，这些问题要想解决好，就不得不了解小说这种文学体裁的特点。一般说来，小说必须具备三个要素：人物、情节和环境。小说都是写人物的，“文学即人学”，小说创作的中心任务就是要塑造栩栩如生的人物形象。而塑造人物形象一般离不开完整的故事情节和一定的生活环境，所以人物、情节和环境也就成了小说的三要素，塑造典型环境也就成了传统小说的基本艺术特征。纵观已有的初、高中语文教材，所选的中国现代小说有：《小橘灯》(冰心)、《七根火柴》(王愿坚)、《社戏》、《故乡》、《孔乙己》、《祝福》、《药》、《阿Q正传》(鲁迅)、《边城》(沈从文)、《荷花淀》(孙犁)等。这些作品都是传统意义上的小说,研究和教学的着眼点,也必然主要集中在人物、情节、环境、主题、表现手法和语言特色等相关的几个方面。下面就以《阿 Q 正传》为例,具体说说一篇现代小说的教学过程。

(一)引导学生了解有关背景知识

1. 导入新课

鲁迅——现代文学的主要奠基人和杰出代表,在小说创作方面达到了现代文学的顶峰,而在众多小说中,《阿 Q 正传》又是顶峰的标志,他用深刻的思想和幽默的语言为我们刻画了阿 Q 这个家喻户晓、举世闻名的人物形象。鲁迅先生塑造的阿 Q 究竟是什么样的人物形象?鲁迅通过这篇小说要告诉我们什么呢?小说是喜剧还是悲剧呢?带着这些问题,我们走近《阿 Q 正传》,走近阿 Q,走进鲁迅先生深邃的思想。

2. 写作背景介绍(胶片或幻灯片投影放映)

(1)社会背景:鸦片战争以后,中国内忧外患,政治腐败,民众愚昧,中华民族面临灭亡的危险。这时孙中山先生领导少数仁人志士,掀起了轰轰烈烈的资产阶级民主革命,1912 年 1 月 1 日,成立了中华民国临时政府,延续几千年的封建制度结束了。但由于这次革命没有动员和组织广大农民一起参加,没有彻底打击和镇压封建势力,革命遭到失败。辛亥革命后,广大农民仍然处在帝国主义和封建主义的残酷剥削和压迫之下,政治上受压迫,经济上受剥削,精神上受奴役。封建统治者为了维护自己的统治,一直采取暴力镇压和精神奴役的政策,就后者说,是利用封建礼教、封建迷信和愚民政策来奴化人民。

(2)思想背景:在帝国主义侵略和掠夺过程中,使封建统治者形成一种变态心理,一方面对帝国主义奴颜婢膝,一副奴才相;另一方面对自己统治下的臣 民摆出主子的架子,进行疯狂的镇压,凶狠的盘剥。对帝国主义侵略已到了割地赔款丧权辱国的地步,但偏要自称是“天朝”,追求精神上的胜利,统治者“精神胜利法”和对人民进行的麻醉教育，造成了人民的愚昧落后和麻木不仁，使人民忘却压迫和屈辱，无反抗、无斗志，永远处于被压迫、被剥削、受毒害的状态中。

(3)国民性：鲁迅很多小说里都解剖中国人的灵魂，对民族精神的消极面给予彻底的暴露和批判。近代畸形的社会产生畸形的国民，鲁迅敏锐地看到中国的衰败在于愚弱的国民。鲁迅给我们展示了触目惊心的国民劣根性：吃人、妄自尊大、自轻自贱、守旧排外、漫夸历史、愚昧麻木、卑怯巧滑、投机钻营、色情狂……《阿Q正传》正是国民劣根性的总展览。

(二)引导学生探究故事情节

1. 理清情节结构

(1)学生复述主要情节。

(2)引导学生理清情节结构。教师点拨：小说共九章，每三章可构成一个部分。

前三章：写阿Q的阶级地位、经济地位，概括勾勒阿Q的以“精神胜利法”为中心的性格特征。

中间三章：写阿Q遭遇的压迫和剥削，进一步刻画阿Q的性格，表现了阿Q的处境，揭示了时代矛盾。

后三章：写阿Q在革命到来之后的性格变化和悲剧命运。

2. 画出情节结构示意图

(1)学生先画。

(2)教师点拨(见下图)。

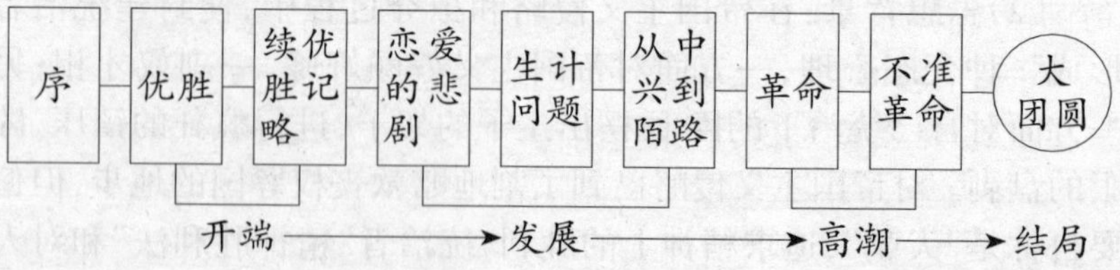

(三)引导学生研究人物描写与环境描写

1. 关于人物描写的分析

(1)学习讨论解决旁批中的有关人物形象问题。

涉及阿 Q 这一形象的旁批及其问题解答。(幻灯片或胶片投影)

① 阿 Q 对姓名、籍贯如此"渺茫",表明了阿 Q 怎样的地位和处境?

教师点拨:地位极低。中国农村特别注重姓氏宗族,势单力薄的姓氏,往往受欺负,而望族大姓,就往往感到自豪。阿 Q 无姓、无名、无籍贯,就无可依靠,其处境悲惨,自不待言。

② 找出下文中阿 Q"我们先前——比你阔多啦!你算是什么东西!"一类的"名言"。说说表现了阿 Q 什么心态。

点拨:"我的儿子会阔得多啦!""我总算被儿子打了,现在的世界真不像样……""打虫豸,好不好!我是虫豸——还不放么?"

点拨:表现阿 Q 在现实的失败中寻找精神胜利来自我安慰。

③ 阿 Q 一方面以进过城而"更自负",另一方面又"鄙薄城里人",这又表现了阿 Q 什么样的心态?

引导:是一种矛盾心态,进过城而自负,是对于未庄人的自负,某种程度上表现他盲目趋时,以为进过城就非常了不起,看到未庄人没有看见过的东西;而"鄙薄城里人"则表现他盲目的自尊自大和狭隘保守。

④ 阿 Q"得意"什么?

点拨:他得意是因为曾经受过赵太爷的打而换来了人们对他的"仿佛格外尊敬"。实际上这是一种可悲的结局。

⑤ 概括阿 Q 的女性观,并说说你的看法。

点拨:阿 Q 认为,女人是害人的东西;但他又是有欲望的人,所以又希望有女人来勾引自己,还想和吴妈困觉。这就非常真实地表现了阿 Q 的肮脏灵魂,也讽刺了假道学先生的表面上道貌岸然,一肚子男盗女娼的实质。从这里也可以看出中国国民被统治者愚弄到何种程度。

⑥ 阿 Q 为什么先讨厌革命很快又向往革命?

点拨:阿 Q 身上有着狭隘保守排斥异端的思想,他天生反对变革现实的一切事情;所以他一开始听到革命时很反感,觉得与他为难,所以“深恶而痛绝之”;可是他身上又有盲目趋时的特点,加上他对现状不满,尤其自己的生活不痛快,看到举人老爷这样怕,所以他自然又向往革命了。阿 Q 对革命态度转变如此之快,表明阿 Q 对革命态度的不稳定性,对革命的不理解甚至误解。

⑦ 阿 Q 的革命目的是什么?

归纳:用他自己的话来说就是“要什么就是什么”,“欢喜谁就是谁”,概括地说就是金钱、权力、女人。

⑧ 阿 Q 与赵秀才、假洋鬼子是“素不相能”,但都想到静修庵“革命”,这说明什么?

引导:说明他们的革命动机都是十分低下的,无非就是找一些弱者欺负一番,找一些封建主义的东西来革一革罢了。它让读者明白,辛亥革命之所以失败,就是这样的人太多了。

⑨ 说说你对阿 Q 下跪的看法。

点拨:作者用这一情节,一方面是揭露统治者的愚民政策,另一方面批评国民的奴性人格。

⑩ “画圆圈”这样的细节描写,表现阿 Q 什么性格?

点拨:表现阿 Q 死要面子,死到临头还不觉悟。

⑪ 小说中前后有几次写阿 Q“睡着了”,说说其言外之意。

引导:这不仅是写他生理上的睡着了,也暗含他的麻木不仁。作者焦虑国民在铁屋子里沉睡不醒,希望他们惊醒。

(2)归纳总结人物形象。

① 可以提以下问题,引导学生思考:

阿 Q 性格中最大的特点是什么?

阿Q性格中有哪些传统文化造成的弱点？

阿Q性格有哪些矛盾？

②引导学生分析人物形象

学生先自主分析小说中的人物形象，然后在组内进行合作研讨与交流，教师予以点拨诱导。

点拨：阿Q是一个流浪的雇农，无财产，只靠出卖自己的劳动力生活。身受残酷的剥削、压迫和凌辱，处在社会的最低层。尤其令人痛心的是，他对来自统治阶级的残酷迫害竟然麻木健忘、自轻自贱、自欺自慰、甚至用欺侮弱者来发泄自己被别人欺压的不平之气。

阿Q的主要性格特征是精神胜利法，表现为：

A.妄自尊大："我们先前——比你阔多了啦！""我的儿子会阔得多啦"。

B.自欺欺人：对于头上的癞疮疤，先是忌讳，后来是自诩"你还不配"；被人打后，心想："我总算被儿子打了，现在的世界真不像样……"等。

C.自轻自贱：被逼说人打畜生时，他自轻自贱说"打虫豸，还不放么？"但又高兴自己是"第一个自轻自贱"的人。

D.自我摧残：当他赌博赢得的洋钱被抢，无法解脱"忽忽不乐"时，就自打嘴巴以假想打的是"另一个"而转败为胜。

E.畏强凌弱：被王胡撞头和假洋鬼子用"哭丧棒"打，于是和小D摆"龙虎斗"，调戏小尼姑。

F.健忘麻木：向吴妈求爱，被打竹杠教训了一顿。过一会，他听见外面有声时，一看吴妈在哭闹，他居然想打听原因。

阿Q的"精神胜利法"是整个国民劣根性的集大成。

2. 关于环境描写的分析

(1)自然环境。

问题设计：

① 小说所写的故事主要发生在哪里?

明确:未庄

②未庄在自然环境方面有什么特点?

点拨:比较闭塞,只有一条小路与县城相通。

③未庄可以看作是一个怎样的典型?

点拨:旧中国千千万万个闭塞落后的农村的典型。

(2)社会环境

问题设计:

①小说叙述的故事发生在什么时代?

点拨:辛亥革命后,封建制度虽然被推翻,但革命胜利果实被反动军阀窃取,许多地方换汤不换药,人民尤其是广大农民仍然十分愚昧落后的时代。

② 未庄的社会环境是怎样的?

点拨:未庄的社会环境仍然是处在封建势力的统治之下,这一势力的典型代表是赵太爷。同封建势力同流合污的是与封建主义有着千丝万缕联系的新式资产阶级人物。这两类人物,注定他们对阿Q等贫苦人民只有剥削、压迫、奴役,没有丝毫的共同利益可言。未庄的其他人物可分为三类,一是统治阶级封建势力的帮凶和走狗,如地保、赵白眼等;二是与阿Q一样愚昧落后的国民如王胡、小D等;三是最弱小的一类,如尼姑等。不论是统治阶级的封建势力和新型资产阶级人物,还是走狗帮凶和同样愚弱的国民,都有劣根性,灵魂都需要改造。

(四)引导学生探究小说的主题

1. 引导学生探讨小说表达的主题

(1)根据以下材料(投影),说说作者创作《阿Q正传》的意图是什么? 你对这意图是怎样理解的?

①自然,做起小说来,总不免自己有些主见的。例如,说到"为什

么”做小说罢，我们抱着十多年前的“启蒙主义”，以为必须是“为人生”，而且要改良这人生。……所以我的取材，多采自病态社会的不幸的人们中，意思是在揭示痛苦，引起疗救的注意。（《我怎么做起小说来》）

②凡是愚弱的国民，即使体格如何健全，如何茁壮，也只能做毫无意义的示众的材料和看客，病死多少是不必以为不幸的。所以我们的第一要著，是在改变他们的精神……（《〈呐喊〉自序》）

③我虽然竭力想摸索人们的魂灵，但时时总自憾有些隔膜。在将来，围在高墙里面的一切人众，该会自己觉醒，走出，都来开口的罢，而现在还少见，所以我也只得依了自己的觉察，孤寂地姑且将这些写出，作为在我的眼里所经过的中国的人生。（《俄文译本〈阿Q正传〉》序）

点拨：作者创作《阿Q正传》的意图，着眼于启蒙，写出中国的人生，主要是广大受剥削压迫的劳动人民的苦难、悲惨而又愚昧落后的人生，希望改良这悲惨的人生，唤醒麻木、沉睡的民众。

（2）小说的主题。

点拨：通过对阿Q这一典型人物的典型性格——精神胜利法的刻画，提示了一种严重的国民劣根性，这是人类普遍存在的一种弱点，呼唤人们要从阿Q这面镜子上获得自省的途径。

2. 组织学生进行探究性活动

（1）《阿Q正传》揭示了辛亥革命的什么弱点？

（2）能不能把《阿Q正传》的主题归结为揭示辛亥革命的弱点呢？

（这两个问题可以让学生畅所欲言，不强求一致。）

（五）引导学生品味小说的语言特色

1. 分析文中关键词语的含义

组织学生研讨课文旁批中的有关问题，让学生先在小组内交流各自的看法，都是相机点拨诱导：

(1)但真所谓“塞翁失马安知非福”罢,阿Q不幸而赢了一回,他倒几乎失败了。

怎样理解这一句里“不幸”、“倒”、“几乎”这几个词的意思?

点拨:表面看,“不幸”与“赢”自相矛盾,但实际表明,阿Q输钱是幸运的,赢了反而成了不幸的根源了,可见那是怎样的一个黑白颠倒的世界!“倒几乎失败”,阿Q这一次面临失败的真正考验,但实际上他的精神胜利法又一次神奇地发挥了作用。作者用这样的话意在表明,连这样的失败都没有使阿Q的精神胜利法失效,可见阿Q已经病入膏肓,无可救药了。

(2)与阿Q的“十分得意”相比,“酒店里的人”为什么只有“九分得意”,这揭示出一个怎样令人深思的社会现象?

点拨:“九分”是作者生造的词,但十分成功,作者略带幽默地鄙夷了“酒店里的人”即看客:这些看客一个个都有着一颗肮脏的灵魂,他们因为没有像阿Q一样亲自动手调戏小尼姑,因此觉得不十分过瘾,所以比阿Q少一分得意,而只有“九分得意”。这表明当时人们之间缺乏起码的同情心。

(3)注意这里的“肃然”和下面几段的“赧然”、“凛然”、“悚然”、“欣然”,分析“听的人”心态变化过程。

点拨:未庄人趋炎附势,所以他们听说阿Q在举人老爷家里帮忙,当然就肃然起敬了,而当他们听阿Q说城里的孩子麻将叉得精熟的时候,他们“赧然”,又表明未庄人盲目的自卑,会叉麻将并不见得是一件好事,可他们不好意思,这又是国民心里的劣根性;下面的“凛然”、“悚然”、“欣然” 三个词描写他们听阿Q讲杀革命党时候的心理表情变化过程,一方面“听的人”对于发生在现实中的事如此隔膜,说明革命与农民天然隔绝,另一方面“欣然”是说“听的人”听完后觉得过瘾,有些高兴的样子,又刻画了他们麻木不仁的看客心态。这几个词,形象生动地刻画了一群麻木愚昧的看客,表明作者强烈的批判态度。

(4)说说“革过一革的”这五个字的含义。

点拨:表明当时“革命”一词成了人们的口头禅,但又不理解什么革命,所以老尼姑演绎说“革过一革的”,这是对革命的绝大讽刺。所谓革命,就是假洋鬼子和秀才的打砸抢罢了。

2. 归纳小说的语言特色

让学生从文中再找一些相关词语进行品味,然后概括其语言特色,最后教师归纳总结如下:

(1)小说处处使用幽默、尖锐、诙谐的语言,进行讽刺、挖苦、调侃。

例如:阿Q虽然常优胜,却直待蒙赵太爷打他嘴巴之后,这才出了名。

(2)作者经常站出来进行一番议论。

例如:第四章开头:有人说:有些胜利者,愿意敌手如虎,如鹰,他才感到胜利的欢喜……这或者也是中国精神文明冠于全球的一个证据了。

这些直接议论不影响小说的形象生动性,反而增强了它的讽刺性,增加了小说主题的深度。

(六)课外延伸拓展

《阿Q正传》是现代文学中小说的代表,在思想内容和艺术手法上均有许许多多值得深入探究的地方,不是短短几课时所能研究透的,有兴趣的同学可以深入研究,广泛阅读与其有关的文章,甚至自己可以写一点文字。

(1)课外阅读书目:《〈呐喊〉自序》;《〈阿Q正传〉的成因》;《对于国民性的思考和发掘》;《论〈阿Q正传〉的幽默讽刺语言》;《阿Q后传》。

(2)就《阿Q正传》所揭示的国民劣根性,联系实际谈谈自己的看法。如现代农村中的愚昧现象等。

(3)就《阿Q正传》艺术特色的某个方面写一篇800字的文章。

二、现代小说的教学方法设计

现代小说的教学方法灵活多样,但常用的主要教学方法有如下几种。

(一)形象分析法

小说不是论说文,它的主题思想不能直说。好的小说总是把思想隐藏在形象深处的。因此,鉴赏小说要重视人物形象。欣赏人物形象,一般来说,应从环境、情节的发展和矛盾冲突入手。阿Q本来是个"上无片瓦,下无寸土"住在土谷祠里的农民,只靠两手帮工挣碗饭吃:"割麦便割麦、舂米便舂米、撑船便撑船。"他没有家,没有孩子,甚至连姓赵的权利也被剥夺了,处处受人欺压,身心受到极大摧残,是典型的被侮辱与被迫害者。阿Q原本就是封建社会意识形态的自觉接受者和卫护者。

阿Q在未庄,身受以赵太爷为首的地主阶级压迫,可是,他与赵太爷一样卫护着封建意识形态,"他那思想,其实是样样合于圣经贤传的",对于一切不合封建礼教的,他一概斥之为逆端。如:在男女关系上,他严守男女之大防,认为一个女人在外面走,一定是想引诱男人,一男一女在那里说话,一定要有勾当了。为惩治他们起见,他往往对之怒目而视,或者在冷僻处,从后面偷掷一块小磁石头。在恋爱婚姻方面,阿Q本来是游手好闲惯了的,无所谓家庭观念,但封建礼教在他思想上根深蒂固,"不孝有三,无后为大。"于是他又闹出了与吴妈的滑稽闹剧。在他的"革命畅想曲中",他想把他认识的女性都占为己有,这也与封建统治者的三妻六妾的荒淫思想毫无二致。又如:在辫子问题上,他卫护封建统治思想的意识也是坚决而彻底的。假洋鬼子的辫子剪了,他本能地、自觉地厌恶而且憎根,骂为秃驴,侮为假洋鬼子,认为他的家人应该与他决裂,"他的女人不跳三回井,就不是好女人。"他自己也是死守封建意识这条"辫子",他虽宣传革命了,又不剪辫子,而是用筷子把它别起来,并认为小D别辫子不应该,应该放下,为此阿Q还差点打了小D两个嘴吧。革命前,阿Q认为革命是大逆不道,是造反,够杀头的罪,一向深恶而痛绝之。再如,在畅想革命时,是这样的情景:革命党人个个穿着白盔白甲,手拿钢鞭、洋炮、板刀、三尖两刃刀,完全是反清复明的起义,既然如此,革命的目的也不过是建立新的统治秩序。革命后,未庄人都成自己的俘虏,"我要什么就是什么,我喜欢谁就是谁",可以为所欲为,真是成者为王败者为寇,其逻辑完全是封建的强盗逻辑,在这个逻辑驱使下,将赵太爷、秀才、假洋鬼子,甚至小D、王胡统统杀了,一人不留,元宝、洋钱、洋衬衫、秀才娘子的宁式床都搬到土谷祠来。我们可以想象,假如阿Q式的"革命"成功了,带给社会的不过是更为残酷的封建统治罢了,因为阿Q本来就是封建统治意识形态自觉而坚决的卫护者。

还可以说,阿Q所创立的"精神胜利法"也是整个封建意识形态的集大成,因为"精神胜利法"不仅是阿Q非人地位与精神扭曲的结果,更是清政府封建王朝闭塞落后,愚昧自诩,外强中干的写照。

阿Q虽然不识字,连圈圈也画不圆,没有受到封建礼教的正规教育,但封建的纲常礼教等意识形态的渐习渐染和长期毒害,作为封建社会最底层的一员无意有意地接受并卫护封建礼教便不足这奇了。更何况未庄是一个闭塞的,未受革命冲击的封建堡垒呢!

自觉接受并卫护封建统治意识的阿Q,最后成了革命的殉葬品和反动阶级的替罪羊,这就是阿Q这个人物形象的思想意义。

(二)环境演示法

环境是小说人物存在的背景,为小说提供时间和空间的氛围,阅读时,要注意作品的环境是什么样的,对主题的表现,情节的发展,人物的塑造起什么作用。

祥林嫂是位勤劳、质朴的农村妇女。与中国广大农民尤其是妇女一样,她对生活的要求并不高,基本停留在生存的层次上。但是这样可怜的要求,也被封建文化和冷漠的社会所拒绝。如同鲁迅所说,是想做奴隶而不得。

在祥林嫂不幸的人生中,她周围的人是怎样的呢?

(1)祥林嫂再嫁。

婆婆为了小儿子的婚事,心安理得地把祥林嫂卖掉。祥林嫂被婆家绑架捆走,四叔四婶首先想到的是给自己家惹麻烦。小叔子为了自己的婚事,和别的男人一起强按着嫂子的头拜堂。

(2)儿子被狼吃了。

鲁镇的男人毫无同情心,听了这悲惨的事,"没趣的走了开去。"女人们倒是"陪出许多眼泪来","叹息一番,满足的走了",这是什么样的心理呢?分明是拿祥林嫂的伤心事当她们无聊生活中的调味品罢了。当阿毛的故事不再新鲜时,她们就"烦厌得头痛"了。

(3)祥林嫂头上的疤。

阿毛的故事镇里人味同嚼蜡了,从柳妈处又传出新的故事来。于是鲁镇的人们"发生了新趣味",祥林嫂头上的疤又成了他们生活的调剂。祥林嫂说阿毛故事时,还希望鲁镇人的善良,现在她已经绝望了,"所以总是瞪着眼睛,不说一句话,后来连头也不回了"。

(4)祥林嫂的死。

鲁四老爷的诅骂:"不早不迟,偏偏要在这时候,——这就可见是一个谬种!"对死人也不宽容。家里的短工很"淡然":"穷死"的有什么好奇的。"我"开始有些"惊惶","随着就觉得要来的事,已经过去","心地已经渐渐轻松"。"活得有趣"的众人,"恐怕要怪讶她何以还要存在,现在总算被无常打扫得干干净净了",大家欢欢喜喜地过年。

再看小说中几个主要人物的表现:

(1)鲁四老爷。

鲁四老爷"是一个讲理学的老监生",是一个封建思想的坚决捍卫者，他崇拜祖先，思想僵化，反对社会的一切变革。他向“我”大骂康有为，康有为主张变法，但是他维护帝制。而当时已经是共和时代了，可见鲁四老爷还停留在什么时代。他开始对祥林嫂，只是“讨厌她是一个寡妇”，感到不吉利罢了，还能容忍。后来祥林嫂再嫁回来，女人再嫁，这在封建伦理观念上，是女人最大的罪恶，鲁四老爷是不能容忍的，害怕玷污了祖先。正因为他在精神上迫害祥林嫂，才让她生存信心彻底毁灭了。

(2)柳妈。

柳妈是“善女人”，“吃素，不杀生”，与人为善。但是她对待祥林嫂，却没有像对待其他生命那样有同情心。柳妈对祥林嫂的再嫁也不以为然，认为祥林嫂“索性撞一个死，就好了。”对动物“不杀生”，却主张祥林嫂“撞死”，不是自相矛盾吗？然后又把和祥林嫂的谈话传播出去，供大家谈笑，也算是无聊冷漠的人中的一员吧。柳妈还一脸“诡秘”拿地狱来吓唬祥林嫂，看祥林嫂脸上“显出恐怖的神色来”，也许像那些“老女人”一样，心里很满足吧。

(3)“我”。

“我”自诩是“新党”，鲁四老爷骂“新党”时很不自在。但是这样的“新党”被成为乞丐的祥林嫂拦住时，首先想拿几个铜板来打发她。当祥林嫂向他问三个问题时，他支支吾吾，不敢负责任。只是在祥林嫂死后心里“觉得不安”，还显出和鲁四老爷那样的“旧党”不同吧。不过这样的内疚也是暂时的。

(4)鲁四婶。

鲁四婶是“大户人家的太太”，头一次留祥林嫂是看她能干，祥林嫂被婆家绑架走以后，她害怕给自己家惹麻烦。以后惦念祥林嫂不是因为关心她的命运，而是自己的佣人没有祥林嫂那样的可心。以后祥林嫂再来，她“起初还踌躇”，后来倒是真心怜悯祥林嫂，留下她。但是祥林嫂不像过去那样灵活能干了，四婶开始“不满”，进而“警告”，最后把祥林嫂赶出家门。可以说四婶只是把祥林嫂当成一件工具罢了，没有把她当人来看。

祥林嫂就是这样在鲁镇这个冷漠的环境中一步一步地走向死路的。

(三)情节探究法

小说往往以情节取胜，作家就是通过完整的故事情节，在一系列的矛盾冲突中刻画性格的，可以说，情节是人物性格形成的历史。因此在教学中，引导学生分析探究故事情节尤为重要。

鲁迅先生的小说，不但语言含有丰富的意蕴，而且往往既没有繁复冗长的描写也看不到枝枝蔓蔓的情节，总是在十分简洁的写人叙事中，给读者留下艺术再创造的广阔空间，正像巴尔扎克所说的那样，“用最小的面积惊人地集中了最大量的思想”。我们在讲授中国现代小说时，就要教会学生如何去探究蕴含在情节里的思想。如《药》中的“夏瑜就义”这个情节：

> 老栓也向那边看，却只见一堆人的后背；颈项都伸得很长，仿佛许多鸭，被无形的手捏住了的，向上提着。静了一会，似乎有点声音，便又动摇起来，轰的一声，都向后退；一直散到老栓立着的地方，几乎将他挤倒了。

作者在这里没有对夏瑜被斩头“示众”的场面作不厌其烦的全景式描写，而始终是采用侧面虚写的方式展开的。这一场面是通过华老栓的所见所闻来展开的，以华老栓的老实、胆小，他是不会也不敢挤入人群中看个究竟的，这样，从远处看到的就只能是“看客”们的背影，听到的就只能是不甚分明的声音。从而既语带讽刺活灵活现地写出踮起脚尖、伸长脖子、争睹杀头的“看客”们的愚昧和麻木，也写出了“革命者的悲哀”。

《药》中还写了这样的情节：

> 街上黑沉沉的，一无所有，只有一条灰白的路，看得分明，灯光照着他的两脚，一前一后的走。有时也遇到几只狗，可是一只也没有叫。天气比屋子里冷得多了；老栓倒觉得爽快，仿佛一旦变了少年，得了神通，有给人生命的本领似的，跨步格外高远。

大家知道狗是不甘寂寞的动物，它的嗅觉、听觉、视觉是相当灵敏的，一有风吹草动总要叫个不停。为何在这“黑沉沉”的夜里遇着生人后居然一反常态，“一只也没有叫”呢？这真叫人不可思议！然而这种现象虽有悖于生活的真实，却符合艺术的真实，有着丰富而深刻的艺术内蕴：它渲染出了一种阴森恐怖的气氛，创造出了烈士殉难的寂寞意境。你看，社会是何等的黑暗；反动派的手段是何等的残忍；人们是何等的沉睡；革命者的牺牲又是何等凄惨！可就是在这样一个阴森恐怖的夜晚，贫民华老栓为自己的得了痨病的儿子去买“药”，他要用蘸着烈士鲜血的馒头为儿子治病，竟然觉得“爽快”，“跨步格外高远”，人们愚昧麻木到了何等令人发指的地步啊！从这个情节里，我们可以探究到作者那颗滴血的心，作者对社会的无比憎恶；对反动派的无比愤恨；对人们的不觉悟无比悲哀；对革命者脱离群众的无比怨叹；对烈士遇难的无比同情！

如《祝福》中有这样一个情节：“祥林嫂捐门槛”。祥林嫂捐门槛表现出她什么性格？若单独地看，我们就会轻易地说：这表现她的迷信，因为她信了柳妈的话，为免受地狱之苦，捐门槛做替身。而当我们联系到下文，祥林嫂捐了门槛后，“神气很舒畅，眼光也分外有神”，祭祖时节，“坦然的去拿酒杯和筷子”的情节，我们就可以得出，祥林嫂捐门槛，不仅是她迷信的反映，更是她与命运抗争的举动，表现出她反抗的性格。

鲁迅的小说往往就是这样，简单的故事情节往往蕴含着人物性格和深刻的主题，它只给读者展露冰山之一角，而巨大的性格和主题的“冰山”则需要读者自己去探究。

（四）语言品析法

人物语言，特别是个性化的人物语言，不仅能表明人物的身份，更主要的是能揭示人物性格。因此，在鉴赏小说时，要重视品析人物语言。

《荷花淀》里的人物对话，都出自普通平凡的小人物之口，没有惊天响雷般的豪言壮语，也不是掷地有声的至理名言，而是日常生活中的家常絮语，是一些异常质朴、单纯的语言。但由于作者善于透视和捕捉生活的美质，把单纯与丰富、朴素与绚丽完美地融为一体，因而正是这些质朴而单纯的语言，构建了一个完美的艺术整体。

小说的开头，当水生小声告诉妻子明天他就要到大部队上去了，这时，正在编苇席的妻子先是“手指震动了一下，想是叫苇眉子划破了手”，听了丈夫的解释，并听说他已经第一个报名参加了“地区队”，她才低着头说：“你总是很积极的。”这半似夸奖，半似责怪，兴奋之情有之，依恋之情甚浓的一句话，集中地概括了水生嫂当时复杂的心理活动。听了丈夫的说明，她又说：“你走，我不拦你。家里怎么办？”听了丈夫的一番 安排 ，她“鼻子里有些酸，但她并没有哭”，只说：“你明白家里的难处就好了。”在这个场景中，只写了水生嫂的三句话，但她对丈夫参军这件大事的态度和她心中交织着的含蓄深沉的复杂情感都全部表现出来了。她对丈夫的爱，既表现在依依不舍上，更表现在对丈夫的理解和支持上；她毅然地挑起家庭生活的重担，让丈夫安心去打仗。这里没有豪言壮语，没有海誓山盟，一个中国女性对丈夫的痴情，对祖国的热爱这两种伟大的情感，就这样自然地统一在单纯朴素的语言中。

小说中间部分，写四个青年妇女聚在水生嫂家里，想念丈夫，商量着去探夫的那场对话虽寥寥几句，但足已显示她们爽朗质朴的品性和绚丽多彩的个性。“听说他们还在这里没走。我不拖尾巴，可是忘下了一件衣裳。”第一位想去探夫，又怕别人指责，于是找了一个借口。“我有句要紧的话，得和他说说。”这一位虽是直言，但什么话却不便挑明，率直中透出内向。“听他说，鬼子要在同口安据点……”水生嫂知道的比别人多，考虑的也比别人周详，显出她的冷静与老成。“哪里就碰得那么巧，我们快去快回来。”这位是探夫心切，因而心存侥幸，风风火火。“我本来不想去，可是俺婆婆非叫我再去看看她——有什么看头啊！”明明是自己要去，却推到婆婆身上，这不算，还羞答答嗫嚅了一句，再次表白，而她的声音，我们听得出，也是心虚而气怯的。这里的每一句话都是从人物内心发出的，都是在规定情境里她们自己要说的话，而不是作者强要她们说的，而且每一句话中都充满着说话者个人的情绪色彩，又都合于她们各自的身份地位和性格特征。说话的几个妇女虽然都没有露面，也没有姓名，更没有装束打扮的描写，甚至连说话时的神态语气的刻画也不着一词，但仅闻其声，就可见其人观其神，或伶俐乖巧，或质朴憨厚，或扭怩羞涩，无不跃然纸上。

一般说来，一篇作品对同一人物的称谓应是相对稳定的，但有时为了表情达意、刻画人物的需要，作者往往有意地变换称谓。鲁迅的小说《药》就是这样，在康大叔谈论夏瑜的寥寥数语中，康大叔对夏瑜的称呼由起初的“小家伙”一变为“小东西”，再变为“贱骨头”，顷刻间的两次称呼变化起到了重要的表达作用。

“谁的？不就是夏四奶奶的儿子吗？那个小家伙！”，“小家伙”是康大叔来到茶馆后提及夏瑜的最初称谓。“家伙”这一称呼出自于亲手杀害夏瑜的刽子手之口就明显含有轻视的意味，再在前面加一“小”字，这种意味就更为突出，由此表现了这个凶残的刽子手对这位年轻革命者的轻蔑。

“这小东西不要命，不要就是了。……”这里，称夏瑜为“小东西”就不仅有轻蔑的味道，而且还包含了厌恶。为何夏瑜使康大叔厌恶呢？那无非是因为他“不要命”，也即因为他的大义凛然、英勇无畏。正是夏瑜义无反顾的革命精神招致了康大叔的讨厌，这样，康大叔甘心作腐朽的清王朝爪牙的反动立场也由此可见一斑。

“……这小东西也真不成东西！关在牢里，还要劝牢头造反”。在这里，“小东西”这一包含说话人厌恶之情的称呼未变，而“真不成东西”一语则表明说话人由先前的厌恶进而升级为责骂。夏瑜被捕入狱，死到临头还公然宣称大清的天下是大家的天下，并且还劝牢头红眼睛阿义造反，他在康大叔看来无疑是不知死活的傻子，死有余辜。

“他这贱骨头打不怕，还要说可怜可怜哩。”“贱骨头”与“小东西”相比则是更为典型的骂人的话语，它是指不自尊重或不知好歹的人。也许像康大叔这样的刽子手平生第一次遇到夏瑜这样不怕坐牢、不怕打骂、不怕杀头的“罪犯”，于是他感到事情的不可思议，同时也感到自己的威势受到了极大的挑战，这就难怪在他谈论夏瑜的过程中越来越愤然，以至于最后破口大骂夏瑜为“贱骨头”了。“贱骨头”这一称谓就更将这个双手沾满了革命者鲜血的刽子手极端仇视革命的丑恶嘴脸暴露无遗。

总之，作者通过康大叔对夏瑜称谓的两次变化，步步深入地揭示了康大叔极端仇视革命，极端蛮横无耻的丑恶灵魂，当然也从侧面刻画了矢志不渝、英勇献身的资产阶级革命家夏瑜的形象。

第四节　中学现代小说教学设计案例

一、短篇小说《药》的教学设计①

（一）教学目标

1. 知识目标

（1）了解作品的时代背景和作品的写作意图，理解小说揭示病

① 本案例由安徽岳西中学汪治华提供。

态社会、引起疗救注意的主旨。

(2)学习小说用双线组织材料、深化主题的方法。

2. 能力目标

培养学生通过分析情节结构、人物形象理解作品主题的能力。

3. 情感目标

学习鲁迅先生以天下为己任的博大情怀和拯救国民愚昧麻木灵魂的勇气。

(二)教学过程

(第一课时)

1. 教学要点

(1)介绍作品的相关背景。

(2)把握作品的情节及双线结构特点。

(3)探讨作品的主题。

2. 教学过程

(1)导入新课。

亲亥革命是一场反帝反封建的资产阶级革命。然而我们想想,无数志士仁人抛头颅洒热血最终又换来了什么?民族依然黑暗,国民依旧愚昧。多么可悲呀!一个人病了,有医生给开药吃,方可痊愈。一个民族"病"了,又有谁来开这个药方,开什么"药"呢?请让我们拜读鲁迅先生的又一透视国民灵魂的名作《药》!

(2)帮助理解。

(出示投影:背景介绍)

1970 年,光复会成员徐锡麟刺杀安徽巡抚恩铭,事败被捕,恩铭的亲兵残酷地挖出徐的心肝炒食。接着秋瑾被人告发,被杀害于绍兴城内古轩亭口。鲁迅以此为背景写了《药》,夏瑜是用来影射秋瑾的,二人姓名相对,就义地点相仿,表达了作家对革命烈士的悼念,对他们所从事的革命的惋惜与同情,但不意味着小说描写的全是秋瑾的事迹。此文的写作目的,可用鲁迅在《我怎么做起小说来》中的一句话来解释:“我的取材,多采自病态社会的不幸人们中,意思是揭示痛苦,引起疗救的注意。”

(3)整体感知,梳理情节

① 对华、夏两家,均是悲剧。请复述两家具体的悲剧情节。要求以课文为序,复述具体。

明确:清末开小茶馆的华老栓为给儿子小栓治病,从刽子手康大叔那儿买了人血馒头。当天早上小栓吃了“药”,第二天就死了。这人血来自革命烈士夏瑜身上。夏瑜参加了革命,因夏三爷告密被捕,但他在狱中大义凛然,坚持革命宣传,终于就义。两人死后均埋在同一块坟地里。

② 两家人就是两条线索,哪是明线?哪是暗线?是什么将两线交织在一起的? 两条线索是如何交织、融合的?

明确:华家是明线,夏家是暗线。使两条线索发生关联的事物是“药”,即人血馒头。情节开端:刑场上,夏被杀,华买药,两线连接;发展:茶馆,华服药;夏的血被吃,两线交织;高潮:茶馆,茶客谈药,并谈夏瑜,两线交织;结局:两家同时为儿子上坟,两线融合。

③ 从双线结构入手探究主题。

A. 从华家的悲剧(明),可见怎样的百姓?(愚昧)

B. 从夏家的悲剧(暗),可见怎样的革命现状?(令人悲哀)

C. 群众与革命者之间是怎样的联系?(群众是革命者为之牺牲的对象,革命者是为群众献身的勇士)

D. 文章的主旨是什么?(群众的愚昧和革命者的悲哀,或者因群众的愚昧带来的革命者的悲哀;革命者为群众而牺牲了,群众却因为愚昧而吃革命者的血。)

E. 群众的愚昧和革命者的悲哀,作者突出的是哪一方面?(群众的愚昧,可从明线的安排得出。)

F. 明、暗双线结构对表现主题有什么作用?(小说主要是为了表现“群众的愚昧”，所以安排为明线；夏瑜的英勇献身表现了“革命者的悲哀”，不是全文内容的重点，所以安排为暗线。明、暗二线交织、融合，说明因群众的愚昧带来革命者的悲哀。这样安排明、暗线索，使小说主题的内涵更丰富，更深刻，使读者在体会到明线所揭示的明显的主题思想之外，还能进一步思索其深层的寓意。）

G. 小说以“药”为题，有何作用？

明确：作用如下：第一，概括情节。小说围绕“药”展开情节：买药→吃药→谈药→吃药后的结果。第二，连接线索。作为“药”的人血馒头，连接了华、夏两家的故事，使明暗两条线索互相连接。第三，揭示主题。落后、麻木的群众享用的革命者的鲜血，不是医治病苦的良药；革命者严重脱离群众的革命，不能疗救中国社会，必须启发群众的觉悟，动员群众起来革命，这才是取得革命胜利的一剂良药。

（4）总结、扩展。

夏瑜之死死于群众的愚昧，小栓之死死于群众的迷信。愚昧则不辨是非，迷信则容易受骗，而它们的根源，则同为封建社会制度。革命成功，民主自然实现，科学也自然发达，这正是鲁迅和五四时代革命先驱者的希望。

（5）布置作业。

（6）认真阅读小说的语言、行动及环境描写，体味其妙处。

（第二课时）

1. 教学要点

（1）欣赏人物的语言、动作描写，分析其言行所反映的人物心理。

（2）欣赏小说的环境描写，品析自然环境和社会环境的描写对表现主题的作用。

2. 教学过程

（1）检查作业，引导探究。

让学生朗读文中有关人物描写的文字,体会小说是通过哪些方法来刻画人物形象的?

明确:主要是通过肖像、行动、语言描写来刻画人物形象,揭示人物性格。

① 让学生找出文中最精彩的肖像描写加以分析。

明确:康大叔的肖像描写可算最为精彩。“浑身黑色的人”“眼光正像两把刀,刺得老栓缩小了一半”“满脸横肉”“披一件玄色布衫,散着纽扣,用很宽的玄色腰带,胡乱捆在腰间”。只这几笔,就勾勒出一个凶残、蛮横的刽子手形象。

② 让学生找出文中最精彩的动作描写加以分析。

(出示投影)

A. 华大妈在枕头底下掏了半天,掏出一包洋钱,交给老栓,老栓接了,抖抖的装入衣袋,又在外面按了两下……

B. 老栓慌忙摸出洋钱,抖抖的想交给他,却又不敢去接他的东西。那人便焦急起来,嚷道,“怕什么?怎的不拿!”老栓还踌躇着;黑的人便抢过灯笼,一把扯下纸罩,裹了馒头,塞与老栓;一手抓过洋钱,捏一捏,转身去了。嘴里哼着说,“这老东西……”。

明确:①中“掏”“抖抖的”“按了两下”充分表现了华老栓夫妇的贫困,他们的洋钱多么来之不易。②中写康大叔把人血馒头交给华老栓,一连用了六个动词“拴”“扯”“裹”“抓”“捏”生动地刻会了刽子手的贪婪、凶恶和华老栓的胆子、老实。

③ 分角色朗读课文——从“包好、包好!”至“驼背五少爷点着头说”。并思考:这段对话描写体现了康大叔、驼背五少爷、花白胡子、二十多岁的人怎样的性格特征和对革命者夏瑜怎样的态度。

明确:这段对话描写,用个性化的语言写出了形形色色的人物。康大叔凶残、盛气凌人、极端仇视革命;驻背五少爷趋炎附势、幸灾乐祸、反对革命;花白胡子低声下气,不理解革命;二十多岁的人麻木无知,不理解革命。

姓名	想捡的	追求
（刘流）	（《大百科全书》）	（知识）
（娟娟）	（刚背得动的金子）	（金钱）
（方圆）	（大学校长）	（权利和地位）
（管芳）	（教育部长）	（取消而已）
（凌云）	（没有欺骗的爱情）	（幸福）
（晓霞）	（自己）	（发展个性）

提示：在完成表格的同时要注意措词的恰当，恰当的依据——要结合课文具体语句。

如：娟娟的追求：金钱。但是这个对金钱的追求又不等同于一般意义上的拜金主义，是一种人之常情。（依据："刚"字的理解）

（3）仔细阅读，并根据文章内容设想小说的结尾并陈述理由。

师：如果我们给小说加个结尾，并比较与原文结尾的异同，感悟原文作者想要表达的主题。

（分析原文结尾的优点。）

① 以景抒情："每一颗心中"，突出了秋月的善良感动了所有的人。《子夜》画作中的月亮更是一种纯洁、光辉的精神象征。

② 明确作者的赞扬对象：秋月（为别人，不是为自己）。

（5）比较两篇文章主题上的共同之处：都是为别人，而不是自己。

（出示微型小说的第二个例子和第三个例子，这样，教学符合了"举一反三"原则，便于图式的形成。第二个例子的学习通过列表自学的方法进行值得提倡。微型小说的精巧结尾是本单元训练重点之一，教师将第二个和第三个例子的结尾去掉，让学生练习，并与原文比较，使学生认识深刻。）

4. 继续练习与效果检查

（1）再给出一篇微型小说，给文章加上自己构想的结尾，并用一句话概括自己想要表达的中心。（注意创作时符合原文的语言特点）

（2）创作一篇微型小说：主题积极向上。

(3)同学评选并推荐优秀的作品五篇,印发给同学。

(这里的练习起到检查教学目标是否达到的作用。)

附录:

超越极限(全文)

电视台正在播放一档新节目,名为《超越极限》。参赛者被选中后,须在规定时间内吃掉一盘让人毛骨悚然的食物——活的蚯蚓、蜘蛛……场面刺激,直接挑战人的嘴、胃和心理承受能力。

那期节目从头到尾,尝试者不乏其人,但几番努力,终于还是败下阵来,到最后竟无一人从容过关。

妻说:“换了我,我也无论如何吃不下去,真恶心呢。”在女人中,妻算是勇敢的了,一次在车上遭遇小偷,人人明哲保身,视而不见,惟妻挺身而出,抻包甩过去,将小偷的刀打落在地。

“那要是给你很多钱呢?”我故意问:“比如说两万,你敢不敢吃下去?”

妻毫不犹豫地摇头。

“两万太少,要是两千万呢?一辈子锦衣玉食,你吃不吃?”我接着寻找可能的条件。

妻想了一会儿,仍摇头:“确实诱人。但要真吃下那盘东西,我想我下半辈子再也吃不下任何东西了。生无乐趣,要那些钱有什么用?”

我说:“如果发生灾难,不幸被压在石堆下等待救援,无食无水,只有那些东西可以维生,我想那时候任何人都吃得下去了。”

妻说:“也许那时我会吃吧,饿得晕头转向,求生的本能会战胜一切恐惧和恶心。”

“所以说想要超越极限,必须将人置于死地,否则人的潜能就不会发挥到极致。”我得意地作总结。

妻沉思着。

良久,她开口,一字一顿:“只有在一种条件下,我一定会将它整盘吃下去,毫不勉强,心甘情愿。”

我问:“什么?”

妻说:“如果能让父亲回来。”

妻的父亲去年因肝癌去世,妻在病榻前陪伴数月,用尽所有办法,却终于无力回天,眼睁睁看着老人怀着对人世无比的留恋而离去。那一段刻骨铭心的记忆遂成妻心口永远的痛,时至今日,每每午夜梦回,泪湿枕巾,常说又见到父亲笑容依旧,宛如生时。

“如果能让父亲回来,那算得了什么呢?”妻的眼圈红了,面容却透着坚定。

我听着妻的话,一颗心不由得被深深震撼了。

原来,许多时候,能让我们超越极限的力量,不是名利,不是财富,甚至连自己的生命都不是,而是在血管里涌动、一次次漫过心底的爱啊!

捡(全文)

和煦的阳光,在3号楼309宿舍的窗玻璃上,反射出一片柔和的色彩。

“我提个问题。你们每人都得回答。”半倚在床上看书的“假小子”凌云,蓦地坐起身,一边用命令的口吻说着,一边扫视了一下同伴们:“假如走在路上什么都可以捡到,可每人又只能捡一件,你们都想捡到什么呢?”

凌云的话,一下子活跃了女大学生宿舍的气氛。

"哎,认真点儿!"凌云的样子倒是够认真的,"刘流,你先说!"

"我想,我想捡一部包括所有知识的书。"刘流停下正在做的作业说。声音是那样低,仿佛怕谁笑话。

"嘿嘿!妞妞,那是《大百科全书》。"

"娟娟,别笑!按顺时针方向轮,该你了。"

"遵命!我想捡一包我刚刚能背动的金子。"娟娟的话语,像一条纤绳,把女生们蓦然拉入了深深的沉静里。

"我想捡到咱们大学校长的头衔。"方圆打破沉静说道。

"我想捡到教育部长的官职,管着方圆。"管芳的逗趣,撩起了一片笑声,像一群鸽子,咯咯咯地飞出窗外。

"凌云,该你了,该你自己了!"

"我,我愿捡到没有欺骗的爱情。"凌云抚摩着手中那本看了一遍又一遍的小说,咬了咬红红的下嘴唇,急促地说。同伴们有的伸一伸舌头,有的眼里浮起浓浓淡淡的情思。

"我呀,没什么奢望,只想捡回我自己。"

晓霞略带沉闷的声音里包含着深深的悔憾。

"怎么,你把自己给丢了?嘻嘻嘻……"娟娟的笑声立即被四方制止的目光凝滞于喉舌之间。

"秋月,就剩下你了。"

"好。"秋月放下正在织打的毛衣,稍稍顿了顿,说,"如果有可能的话,我渴望捡到一双眼睛,一双美丽的眼睛,给燕子。"

宿舍里再一次归于沉静,静得出奇,仿佛那幅摄影作品《子夜》中的月光从墙上弥漫出来了,宁静地在每一颗心学习，强调感受、感悟、积累、养成。这对全面提高学生的语文素养具有重大的意义。如何将三维目标进入课堂，如何通过我们的语文教学来提高学生的语文素养，就成为我们广大语文工作者亟待解决的一个问题了。

作为文学作品重要组成部分的戏剧的教学，毫无例外地要服从语文教学的总体要求。具体说来，我们要通过现当代戏剧的教学，贯彻“新课标”提出的语文教学的三维目标，提高学生的艺术修养，特别是戏剧艺术的修养。那么，在现当代戏剧教学中，该如何做到这一点呢？我们认为，教师要有新的理念，这是贯彻“新课标”的根本保证。否则，只能是“新瓶装旧酒”，不会有任何本质的变化。

“新课标”“前言”部分谈到了新课程的三个基本理念。

（一）全面提高学生的语文素养，充分发挥语文课程的育人功能

对戏剧教学来说，我们认为，语文素养的提高，更主要的是通过对所选作品的学习，了解戏剧体裁的基本特征和表现手法，注意从不同的角度和层面品味语言、解读作品，提高阅读和鉴赏戏剧作品的能力，学写一些简单的剧评，力求表达出自己的独特感受和新颖见解。要真正让学生有所“感”，而不仅是老师自己“感”。学生学过后要能对剧情及人物命运说出个子丑寅卯来，而不仅是把老师说过的话再鹦鹉学舌般地重复一遍。学生在感悟的同时，语文素养自然就会提高。

在戏剧的育人功能方面，主要是使学生通过对戏剧作品中人物命运及思想感情的把握，形成自己健康美好的情感和奋发向上的人生态度。戏剧与小说散文等其他文学体裁比较而言，在培养和熏陶学生的情感态度方面具有较大的优势，它来得更直接，更明显。如果学生学过《雷雨》后能为人物的不幸命运流下同情的泪，学过《茶馆》后能对那个黑暗的时代发出一声长叹，那么，我们的育人功能也就初步达到了。

(二)注重语文应用、审美与探究能力的培养,促进学生均衡而有个性的发展

在贯彻这一理念方面,我们认为,戏剧教学在"审美与探究能力的培养"方面具有得天独厚的优势。戏剧作品,是最精粹、最典型、最直观、最有韵味的生活场景的再现,它既是生活,又是"戏"。在培养学生的审美能力方面,我们认为可从以下几方面着手:培养学生审美意识的自觉性、培养学生审美情趣的高尚性、培养学生审美感知力的敏锐性、培养学生审美能力的创造性。

由于教材所选的几篇都是经得起历史检验的经典名剧,什么时候都很有嚼头。所以,我们正好可以利用这一特点,对学生的探究能力进行培养。要做好这一点,老师必须首先打破"教参及传统结论不可动摇"的神话,抛弃先入为主的观念,把自己放在一个和学生完全平等的地位,通过对作品本身的解读来理解作品。其次,老师应注意设计一些容易引起探究的话题,激发学生进行更深入的思考。比如《雷雨》中对周朴园的评价问题,《茶馆》里对人物与时代的矛盾冲突问题等。只要方法得当,就能激发起学生空前的探究热情,进而培养成他们的探究能力。

(三)遵循共同基础与多样性选择相统一的原则,构建开放、有序的语文课程

我们认为,戏剧教学在贯彻这一理念方面的重点应是"共同基础与多样性选择相统一的原则"。具体来说,就是要精选学习内容,变革学习方式,使全体学生都能获得必需的语文素养。比如在《雷雨》的教学中,精选精学的内容应是周朴园的性格及与侍萍的矛盾冲突;《茶馆》的教学中,精选精学的内容应是人物个性化的语言及语言背后个人与时代的矛盾冲突。在学习方式上,更不要局限在老师讲学生听的老路子上, 而应充分发挥现代化教学手段的优势,采

取看录像、演课本剧等形式来进行。

二、中学现代戏剧教学的基本目标

“新课标”第二部分“课程目标”中提出了语文学习具体的目标：通过高中语文必修课程和选修课程的学习，学生应该在“积累·整合”、“感受·鉴赏”、“思考·领悟”、“应用·拓展”、“发现·创新”等五个方面获得发展。

在贯彻五个大目标的前提下，戏剧教学应力争达到以下几个具体目标：

（一）注重个性化的阅读，培养学生独立阅读的能力

所谓个性化阅读，就是充分调动阅读者个人的生活经验和知识积累，在主动积极的思维和情感活动中，获得独特的感受和体验的阅读过程。个性化阅读是阅读过程中的一个重要阶段，也是探究性阅读和创造性阅读的基础。

要想实现培养个性化阅读的目标，老师必须清楚，学生是学习的主人，而不是外人。学生在阅读过程中应该是具有独立精神的。苏霍姆林斯基曾说过：“教师的技巧在于善于觉察儿童的天赋，善于确定足以使他施展他的智力和创造力的领域。”从这个意义上来看，教师依然是阅读教学中不可或缺的一个基本元素，不同的是，“新课标”赋予了这一元素新的内涵：

首先是教育的诊断者——确定学生阅读的起点，发现学生阅读的困难；其次是教学的促进者——帮助学生选择阅读内容，帮助学生安排适当的阅读活动与材料，帮助学生发现所阅读内容的意义，维持阅读活动的良好的心理氛围；同时是教学的指导者——引发学生阅读兴趣，平等地讨论问题，启发学生思维，引导学生学会阅读。那种认为“新课标”就是让老师在教学过程中“大撒把”的想法是片面的。

此外，个性化阅读最重要的构成部分——学生的独立精神是通

过设计而不是靠机遇得以发展的。从这点来看,教师又是一个设计者。例如在《茶馆》教学中,教师可设计这样的问题:让学生模仿阅读每个人物的语气,再组织学生对阅读人进行评价讨论,最后可让学生适当演出。这种设计实际上是介于指导与实践之间的精心安排,是学生处于依赖和独立之间的半独立状态时教师作用的集中体现。

当然,完全意义上的个性化阅读是永远达不到的。学生只是相对的具有独立精神的阅读者,即独立只是相对于某一学段、某一时期而言,相对于某一阅读内容而言,相对于某一种阅读能力的形成或是相对于某一项阅读技能的掌握、某一种阅读习惯的养成而言。指导学生怎样成为一名有独立精神的阅读者是"新课标"赋予我们的责任,广大语文老师应当长期坚持不懈地去追求。

(二)具有积极的鉴赏态度,注重审美体验,陶冶情操,涵养心灵

这一目标,并不只是对戏剧教学来说的,而是对整个文学作品教学的要求。但在戏剧教学中,人物形象较鲜明,语言较精粹(特别是必修本所选的两篇经典戏剧),是实现这一目标的较好的材料。如果学生通过对戏剧语言的品味,能够感受作品中的人物形象,领悟作品的丰富内涵,体会其艺术表现力,在一定程度上具有自己的情感体验和思考,并进而探索作品中蕴涵的民族心理和时代精神,了解人类丰富的社会生活和情感世界,那么,这一目标也就算达到了。

(三)注重合作学习,养成相互切磋的习惯

这一目标实际上是有关学习方式的。语文课上,特别是对经典名著的学习当中,这一学习方式特别重要。高中教材中所选的戏剧作品是现当代文学史上的经典名著,当然需要学生在学习方式方法上有所改进。况且,合作探究式学习也是"新课标"的一个基本理念之一,更不应该放弃这样一个机会。如果学生乐于与他人交流自

己的阅读鉴赏心得，展示自己的读书成果，这个目标就算达到了。至于在具体内容上，只要学生能自圆其说、言之成理，都是应该受到鼓励的，老师不要苛求。在一定意义上说，《雷雨》和《茶馆》都有说不尽的话题。

三、中学现代戏剧教学模式

总体来说，文学作品阅读教学是学生、老师、教科书编者及文本之间的多重对话，是思想碰撞和心灵交流的动态过程。戏剧教学也是如此。老师既是与学生平等的对话者，又是课堂阅读活动的组织者、学生阅读的促进者。老师应为学生的阅读创造良好的环境，提供有利条件，尊重学生个人的见解，鼓励学生批判质疑，发表不同意见。千万不能再回到以自己的分析讲解代替学生独立阅读的老路子上去了。比如对《雷雨》和《茶馆》剧中人物及主题的理解，老师可以点拨，但不能包办代替。充满个性化的阅读应是常见的教学模式之一。

从接受美学的角度看，阅读文学作品的过程，就是读者发现和建构作品意义的过程。作品的价值，是读者在阅读鉴赏过程中逐渐发现的，不是任何外物强加上去的。文学作品的阅读鉴赏往往带有更多的主观性和个人色彩。老师在教学过程中应引导学生设身处地去感受体验，重视对作品中形象和情感的整体感知与把握，注意作品内涵的多义性和模糊性，鼓励学生积极地，富有创意地去建构文本意义。一千个读者中就有一千个哈姆莱特，一百个学生中当然也允许有一百个周朴园和王利发。充满创造性的阅读也应该是我们常见的教学模式。

与小说、诗歌、散文相比，戏剧更为贴近生活。我们应重视戏剧作品阅读鉴赏的实践活动，在实践中激发学生的想象力和创造潜能。中学生的戏剧教学，不应该是戏剧学院教学的翻版，而应该是实践性更强的一种学习活动。组织剧社也好，演课本剧也好，让学生分角色诵读也好，总之，充满实践性的阅读，也应该是我们常见的教学模式。

四、中学现代戏剧教学的评价

“新课标”第三部分，专门讲了课程评价的一些基本原则。具体到戏剧教学，下面两点是应该注意的。

要重视评价学生对作品的整体把握，特别是对艺术形象的感悟和文本价值的独到理解，鼓励学生的个性化阅读和创造性解读。不能，也不应该再用一个统一的模式去要求评价学生。传统的“一言堂”，“标准答案”，不应再统治着我们的课堂。比如，对周朴园，学生如果读出了他对侍萍怀念中的真情未尝不可，读出了他是一个充满威严的封建大家长也未尝不可。不能千篇一律地认为周朴园就是一个冷酷无情、残忍奸诈之人。评价标准应该是开放的、多元的。

多元标准中还应该有一个核心的、不变的标准，这就是学生的审美能力、艺术趣味和欣赏个性。如，能否产生想象和联想，能否对作品的形象和意境产生感情的共鸣，能否发现作品的丰富内蕴和深层意义，能否对作品有独到的感受和创造性理解，是否具有一定的批判能力等，应该是我们对学生评价的重点。评价方法也应多元化，不应再一提到评价就是考试，就是测验。可通过写读书报告、读书笔记、评论鉴赏文章、举行表演等来具体评价学生的学习成果。如果学生能把周朴园演得出神入化，把王利发的语言模仿得惟妙惟肖，不用通过什么考试就知道，他对这两个人物形象的特点已经把握得准确到位了。

五、中学现代戏剧单元教学

人教版高中语文教材的现代文单元共有四篇课文，《雷雨》、《茶馆》、《三块钱国币》和《罗密欧与朱丽叶》。其中《罗密欧与朱丽叶》是外国戏剧，不在我们的讨论之列。其余三部，《三块钱国币》可视为一个小品，一般了解就行了，而《雷雨》和《茶馆》则是我们教学的重点。

《雷雨》的教学，我们设想可这样分三步进行。

(一)通读剧本，了解大意

学生现在在语文学习上有一个较明显的缺陷，就是读书太少。包括课本，长一点就不想读了，只想着听老师讲，或者是看一看其他的参考资料，有一个大概了解就满足了，反正考试又不考它。不读文本，想学好语文是根本不可能的。通过人物对话来表情达意的戏剧更是要求学生非读不可，而且一般阅读还不行，必须精读透读。不精读，剧中精髓根本无法体验。在《雷雨》教学中我们应该要求学生先精读文本，考虑剧中人物为什么这样说，那样说行不行。为了完整地理解剧本，老师还应当把教材上没选的几幕(包括"序幕"和"尾声")介绍给学生，以使学生对剧本有一个较为清楚的了解。

(二)观看话剧，加深理解

在了解大意的基础之上，还可利用现代教学手段组织学生观看话剧《雷雨》。观看前，老师可设计一些问题，让学生带着问题去思考、比较：话剧中人物形象及语言与剧本中的描写有何异同？哪一个效果更好？你认为演员对人物分寸的把握准确吗？……学生两相对比并讨论后，对剧本的理解会进一步加深。

(三)演课本剧，提高认识

组织学生在课堂上演出，会进一步加深对剧本的理解，对作品思想感情的体会。当然，在演出时不要搞形式主义，不一定非要学生经过长时间的准备，更不一定非要在舞台上进行。学生在自己的座位上，对着课本照读就行。只要学生读得投入，感情把握恰如其分，就应该给予肯定。如果学生表现出较高的兴趣，找几个学生走到讲台上演出一两个片断，也是教学过程中非常可取的办法。

《茶馆》的教学，可采用以欣赏人物个性化语言为重点，进而品味、模仿，诵读的方式来进行。《茶馆》中充满个性化的、充满着浓郁北京味的、幽默讽刺、简练流畅的语言，可以说是文学作品中语言描写的精品。如果不仔细挖掘这一资源，实在是一个巨大的浪费。因此，《茶馆》的教学，完全可以以欣赏人物语言为突破点，进而把握人物形象、体会思想感情。

与《雷雨》比较起来，《茶馆》的语言更加生活化。因此，学生读起来肯定会比《雷雨》更容易一些。需要注意的是，由于作者的目的是要通过小茶馆来表现大社会，而故事发生的时代背景对学生来说又非常陌生，可能很难体会剧中人物话语的言外之意。也就是说，学习时一定要读出剧中人物对话的潜台词，否则就难以领会作者的良苦用心。比如刘麻子那句“两大强国侍候着我一个人，这点福气还小吗”这句话，如果仅仅感受到这个江湖骗子的油腔滑调，就不能算读懂了这句话；言外之意是，通过刘麻子的嘴揭露了帝国主义对我国的经济侵略和精神奴役。

欣赏品味本剧的语言，可以采用让学生反复诵读的方法，看谁读得最像、感情把握得最准。学生在诵读的过程中，就会自然而然地对本剧进行整体欣赏了。这种以点带面的模式，既容易调动学生的学习兴趣，又克服了学生读得太少的不足。

此外，老师一定要对第一幕和第三幕作一定的介绍，使学生从整体上把握作品所展示的人民与时代之间的矛盾冲突。如果条件许可，也可以组织学生看话剧或电影，然后进行充分讨论，效果会更好。

第二节　中学语文教材中的现代戏剧教学设计

与中学语文教材中入选的现代诗歌、散文和小说相比，中学语文教材中入选的现代戏剧的数量相对较少。本节将对中学语文教材中入选的所有现代戏剧的教学设计要领展开论述。

一、《雷雨》教学设计及评析

《雷雨》是著名作家曹禺先生的处女作。作品发表后即引起轰动,并被公认为现代文学史上的精品。它的出现,标志了“五四”以来话剧创作上的新成就。不仅在当时引起了广泛的注意,推动了话剧创作水平的提高和发展,而且在长期的舞台考验中得到了人们普遍的爱好,一直保持着巨大的魅力。可以说,《雷雨》开创了中国话剧的一个新时代。正因为如此,《雷雨》长时间被选进中学语文课本,被当作戏剧的典范来供广大中学生学习。现在的人教版实验修订本和必修本高中语文教材,都选进了这篇课文。这样的一篇传统课文,在新的课程标准下该如何进行教学呢? 和以往的各个时代相比,如今对这篇课文的教学该具有什么新的特点呢? 下面,我们将从不同的方面提出自己的思考。

(一)关于《雷雨》主题的理解

关于《雷雨》的主题,在半个多世纪的接受史中,可谓纷争迭起,莫衷一是。这一方面源于作品本身的内蕴丰厚,具有巨大的阐释空间;另一方面也明显地反映出时代的变迁。

如《中国现代文学史》上说,“剧本反映了中国半封建半殖民地都市上层社会生活的腐烂与罪恶。作者以卓越的艺术才能深刻地描绘了旧制度必然崩溃的图景,对于走向没落和死亡的阶级给予了有力的揭露和抨击。”剧本“集中地表现出两个家庭和它们的成员之间前后三十年的错综复杂的纠葛,写出了那种不合理的关系所造成的罪恶和悲剧。”“剧本的这种强烈的悲剧性不只深刻地暴露了资产阶级的罪恶和他们庸俗卑劣的精神面貌,而且引导观众和读者不得不追溯形成这种悲剧的社会原因。这正是《雷雨》这一名剧深刻的思想意义之所在。”《中国大百科全书·中国文学》则说:“它通过周、鲁两个家庭,八个人物,前后 30 年间复杂的纠葛,写出旧家庭的悲剧和罪恶。在作者看来,这场悲剧和罪恶的制造者正是那些威严体面、道貌岸然的封建阶级和资产阶级。当时作者还不能从理论上清楚认识他的人物的阶级属性和特性,但具体描写上,已经接触到了现实阶级关系的某些本质方面。周朴园鲁侍萍的矛盾分明带有阶级对立的性质,周朴园与鲁大海的冲突,更可看出社会阶级斗争对作者的直接影响。剧本虽然从性爱血缘关系的角度写了一出家庭的悲剧,但客观上也反映出中国半殖民地半封建社会的某些侧面。充满不义邪恶的旧家庭正是整个旧社会旧制度的缩影。"

以上这些对《雷雨》主题的看法,更多的是从社会学层面进行的解读。这符合作家本人的创作意图吗?曹禺在1935年2月回答日本留学生时说:"我写的是一首诗,一首叙事诗。绝非社会问题剧。"这篇题为《〈雷雨〉的写作》是作者最早的一篇公开谈论《雷雨》的文字记录,当时尚无过多的社会政治的干预,应当是真实可信的。我们认为,这也应当是关于作家创作意图的最权威的观点。后来,特别是解放以后,作者虽然也有不少对剧作的谈论,有许多话可能是由于情势所迫言不由衷的,其可信程度应当是打折扣的。

那么,为什么更多的文学史家无视作者坦言直白,仍然偏执地在作品中寻求泛政治化的"微言大义"呢?第一,当时的时代背景造成了大家只愿接受剧作中与时代主流思想相一致的地方,例如剧中政治的、社会的、现实的内容。而对与此交融在一起的另一重要方面,例如对人性的关注,对人的命运的探索,特别是打破常规、突破传统的个人的、天才的创造,则被人们有意无意地忽略了。第二,建国后对《雷雨》的删改。建国后大部分的公开出版的剧本都删去了"序幕"和"尾声"两部分,导演在排演话剧时也都照此去做。以致在二三十年间,中国一般的观众和读者都没有看到过完整的《雷雨》。作家曾为此感到深深地遗憾和无奈,他认为最能体现自己创作主旨的就是这两部分。"序幕"和"尾声"被删去后,就直接导致了后来人们仅仅从社会学、政治学的层面来理解作品。于是,《雷雨》的人文特征被遮蔽了,它成了政治学、社会学的形象读本。文学作品再一次可悲地沦为社会政治的奴婢。

那么,让我们来看一看,被作者认为最能体现自己创作意图的“序幕”和“尾声”是怎么一回事呢?

《雷雨》序幕是:那个“雷雨”之夜的十年后,周公馆早已变成了教会医院,楼上、楼下分别住着两位疯了的老妇人,繁漪与侍萍。腊月三十这天下午,一位孤寂的老人(周朴园)来到医院看望她们,但彼此没有说一句话。偶尔撞进医院随母看病的姐弟俩,目睹了这一切,当听着教堂尼姑像讲“古老的故事”般谈起十年前的这里发生的往事,当看到一位白发斑斑的老妇人(鲁侍萍)从右门边颤巍巍地走过来时,姐弟俩有了一段充满疑问的对话。这时,老妇人渐渐地倒在地上,舞台全暗,听见远处唱弥撒和大风琴声。在姐弟俩的疑问中,大幕徐徐落下,但读者和观众的思绪却在他们的引导下,开始了对幕后隐藏的历史与人生的猜测与思索。

《雷雨》的尾声是:镜头又回到现实中来,老妇人(鲁侍萍)在台中央歪倒着,尼姑对姐弟俩说:“你没有吓着吧!快去吧,妈就在外面等着你们。姐姐你领弟弟去吧。”……这时,周朴园从楼上蹒跚地下来,他询问有没有人(指鲁大海)来看鲁妈,远处教堂传来不绝如缕的合唱弥撒声……

我们完整地而不是割裂地来看《雷雨》时,对其主题还会单纯从社会的政治的层面上来理解吗?“新课标”明确提出:“现代社会要求人们思想敏锐,富有探索精神和创新能力,对自然、社会和人生有更深刻的思考和认识。高中学生身心发展渐超成熟,已具有一定阅读表达能力和知识文化积累,促进他们探究能力的发展应成为高中语文课程的重要任务。”而对文学作品的多元解读则是培养学生创新精神和探究能力的一个很好的方法。本着这一精神,我们在进行具体教学时,应让学生知道完整的剧本,当然也应当让他们对剧本本身有不同的理解。

就《雷雨》的主题，我们认为，在传统的社会政治层面理解以外，还至少可以从宗教的层面、人性的层面来理解。

从宗教的层面看，《雷雨》充盈着浓郁的宗教情愫。序幕让周朴园走进教堂，尾声让他聆听《圣经》诵读，戏剧的正文则以回忆的形式出现，就好像周朴园内心世界的长年忏悔祷文，他则充当了最初和最终的忏悔者。此外，周萍在归宿迷茫的心境下走进外国教堂（第一幕周冲介绍）以及临死前对父亲说“你不该生我”这一暗含自己是一个罪人的悲叹，都使整部戏剧充满了浓郁的宗教意蕴。基督教“原罪说”认为，活生生的人在尘世中呈现自己的天性时，难免要犯下种种宗教意义上的罪恶，甚至连义务、怜悯、友谊、爱情等，也可能因伤害他人而成为一种罪恶。周萍以自己年轻的生命张扬爱情的追求，这本没有错，但谁知竟是从一个罪恶走向另一个罪恶，最终走向死亡。从这一点看，他是一个令人悲悯的无辜的罪人形象。作者为什么会把这种宗教情绪流注到剧作中，这与作者早年的生活经历有关。早年的生活经历造就了作者特定的宗教情感，这种情感又使他以一种悲悯的心情来抒写人类的愚蠢盲目的骄傲，来审视人类无法把握的命运悲剧。这样，我们在读后或观后，就可以跳出剧本本身的情节和故事，让情感上升到宗教意识的层面，在人类生存和命运的高度上，来体味如诗的剧作。

从人性的层面看，《雷雨》通过周鲁两家的悲剧故事，表现出了人们在当时社会状况下的悲剧命运，体现出作家对人类苦难的悲悯情怀。首先，作者通过写周朴园与周围人物的复杂关系，反映了人在现实中的复杂性格和生存窘况。周朴园与妻子繁漪的矛盾冲突，表现了人性格的本质方面：骨子里的中国传统的专制，表面上的西方文化的文明。周朴园与侍萍的矛盾冲突，写出了在现实生活中，情感难以逾越理智。当人的情感与社会礼教规范相冲突时，人若不愿失去现实利益，就只有付出情感的代价。这就是人在现实社会中的两难处境。周朴园与弃儿鲁大海的矛盾冲突，揭示了在经济社会里，血缘让位于利益的严酷现实。对于周朴园与鲁大海的关系，过去习惯的看法是“两个阶级”的斗争。这样的定位固然不错，但不能简单化、庸俗化。实际上，作者并没有简单化处理，而是超越了中国传统戏剧中“好人就是好人，坏人就是坏人”的脸谱化的单一模式，表现出了周朴园复杂的性格。可惜的是，建国后相当长一段时间内“非此即彼”的思维惯性使我们对此视而不见。你看，剧作中鲁大海被开除，罢工风潮平息后，周朴园丝毫没有成功的喜悦。他心情黯淡、烦躁，一方面斥责周萍太鲁莽，一方面觉得沉重、疲惫，感到世间的事真是说不清。在第四幕中，周朴园说：“有些事简直是想不到的。世界上的事真是奇怪。今天我忽然悟到做不容易，太不容易。”这时的周朴园，是一个面目可憎的资本家，但更是一个值得同情的老人。

我们认为，对名著的多元解读，特别是对名著的主题和人物的重新认识，应该是符合“新课标”的基本理念的。相反，那种整齐划一的“一言堂”，只是过去的时代的遗存。我们应当把高中生当成具有一定思维能力的人来看，不能再把他们当作只会盛放我们观点的容器。

（二）关于本剧人物形象的理解

与本剧主题的多义性相同，本剧的主要人物性格也都具有复杂性。本剧中最复杂的人物性格当数主人公周朴园，其次是侍萍和繁漪，而周萍和鲁大海等人则要简单得多。下面，分别对此加以说明。

首先来看周朴园。人教版《教师教学用书》上的观点基本代表了当前中学语文教学界的主流观点：“周朴园是一个由封建地主转化而成的资本家，两种不同的性格集于一身。”他“冷酷、虚伪、残忍与奸诈”。关于他对侍萍的怀念，“但总的来说应该承认他的怀念是真实的”，但当真的侍萍站在他面前，有可能要危害到他的现实利益时，他发出冷酷无情的质问，因此“他的怀念又是虚伪的”。他与鲁大海的冲突，则“深刻地揭露了他的残忍与奸诈”。

以上观点，实际上是过去时代“阶级分析法”的改进版，其基本角度仍然是社会政治层面。虽然也说到其性格的两面性，但只是从“封建地主”和“资本家”这显而易见的政治层面来谈。而文学的、人性的角度，则基本没有涉及。

我们认为，在“新课标”新理念下进行本剧的教学，在对主要人物进行评价时，不能仅仅局限于政治这一角度。当然，这并不是说这一角度不正确，相反，从这一角度进行人物形象分析很容易抓住本质，有时相当深刻。但是，真理再往前走半步就会变成谬误，如果把人物分析仅仅局限在阶级分析的框框内，认为只有这样的分析才正确，其余的分析都是错误的，这显然是进入了误区。

如果从艺术本身对周朴园形象进行分析的话，我们认为，他是一个立体化的、复杂的形象，远不是一句话两句话，贴上这个“阶级”那个“阶级”的标签就能概括得了的。他的性格也是善恶并存，好坏兼备，既有作为资本家残忍、奸诈的一面，又有作为一个封建大家长所体现出的浓郁的人性色彩。作者对周朴园形象的塑造无疑具有巨大的超越性，首先超越了中国传统戏剧中脸谱化的模式，扭转了人们非此即彼、二元对立的线性思维，表现出了生活的深度；其次，也超越了现实中的阶级关系与阶级对立面，表现出一种人性的深度。从周朴园与鲁侍萍、繁漪及鲁大海的关系上，可以鲜明地体现出这一点。

先看他与鲁侍萍的关系。不可否认，周朴园与鲁侍萍之间有过一段刻骨铭心的真情。剧本写到他对鲁侍萍的怀念，以及鲁侍萍本人的真切感受，都是很好的说明。特别是周朴园对鲁侍萍的怀念，过去曾长时间引起争论。可以肯定地说，周朴园三十年来对侍萍的怀念是真实的，有过历经三十年而不变的“虚伪”的感情吗？作者这样写，也完全符合生活的真实。周朴园也是一个人，也需要人的感情，对自己情深似海而且生了两个儿子的女人， 他不怀念那是不真实的。只是，周朴园又是一个现实中的资本家，他深知他和侍萍地位悬殊，他们的这段感情是不会被他所处的上流社会接纳的。所以，三十年前他为了现实的利益抛弃了侍萍，三十年后因为同样的原因他仍不能认下侍萍。这就是周朴园，在感情和现实利益的选择之间他选择后者。有情人终成眷属固然美好，有情人不能成眷属却是社会的普遍现象。在这一点上，我们如果从个人品德的角度对周朴园进行道德评判，远比从政治的角度对其批判要深刻得多。因为，这是周朴园从“人性”的角度做出的抉择，而不是从“阶级性”的角度进行的抉择。这一点，和传统戏曲中的陈世美有些相似。如果从政治的角度对陈世美进行否定，肯定是可笑的，那么从政治的角度否定周朴园恐怕也不那么理所当然、理直气壮吧！

再来看一下周朴园和繁漪的关系。我们认为，他在处理和繁漪的关系上，暴露出的是他身上身受传统文化影响而形成的顽固的封建性。周朴园不是一个纯粹的封建地主，他是中国当时新兴的资本家，早年曾留学德国，受过西方文明的熏陶。但是，西方文化对他的影响是外在的、薄弱的，而中国传统文化对他的影响才是内在的、持久的。从这一点上，可以说他是一个“中学为体、西学为用”的典型。他为什么娶繁漪，虽然剧本中说的并不详细，但我们还是可以看出，她出身不错，而且受过良好的教育。这样的太太和周公馆的门第是般配的，和周朴园的社会地位也是相宜的。由于周朴园骨子里是一个封建大家长，所以确立一种命令与服从的家庭秩序就是他的根本出发点。无论是夫妻关系，还是父子关系上，都是如此。从这点来看，周朴园与《家》里的高老太爷没有本质的区别，唯一的区别是，他受过西方文化的影响，自认为自己是一个文明人。他和繁漪不是平等的夫妻关系，而是一种支配与被支配的从属关系。而这也正是造成他生活悲剧的原因之一。

最后来看一下周朴园和鲁大海的关系。从鲁大海的角度来看，他们的关系简单明了，就是资本家与工人、剥削阶级与被剥削阶级的关系。但对周朴园来说，当他知道大海就是自己的亲生儿子时，关系就不这么简单了。周朴园的阶级属性决定了他仍然要开除鲁大海,因为鲁大海代表的是矿工,与他的经济利益有直接的冲突。作家本着现实主义的精神写出了人物的外在行为,但又没仅仅停留于此,他用简约蕴藉的笔墨向人物的内心世界开掘,深入到人物内心情感世界的底层,挖掘人物心灵深处的秘密和波澜。被周萍打伤的鲁大海走了以后,周朴园对周萍的斥责以及他对周萍说的那些话,真实地反映出了一个特殊的父亲此时的心情。这时的周朴园,真的有些令人同情。

因此,对周朴园形象的分析,任何简单化的做法都是不可取的。特别是在贯彻"新课标"精神的今天,全面地、客观地对其进行分析,显得尤为重要。

与周朴园的形象比起来,侍萍则简单得多。她是一个受侮辱、被损害的旧中国劳动妇女的形象。她善良、正直,备受屈辱,又始终保持着自己的刚强与自尊。特别是最后当场撕毁支票的情节,更是她的刚强与自尊的体现。需要说明的是,三十年前侍萍对周朴园有感情确定无疑的,三十年后当她再次见到周朴园时,是不是又动了感情呢?我们认为,从剧本本身的描写来来看,特别是侍萍仍然记着五件衬衣的细节来看,她对周朴园仍然是有感情的。毕竟,那是她的初恋,她与周朴园还是共同度过了一段美好时光的。课本中她出现时,先是冷静地回答周朴园的提问,暗中观察他的变化。当周朴园翻脸时,她终于看清了他的本性,悲愤地诉说了自己的不幸,并当场撕毁支票,表示了自己的刚强与自尊。承认三十年后侍萍还保留着对周朴园的感情,丝毫不影响侍萍的形象,相反,却使这个温柔多情的女人形象显得更加真实。

作为整个剧本的灵魂,繁漪是个颇具评论价值的人物。但由于课文节选部分她的形象并未出现,因此我们简单提一下。她是那个年代里为数不多的个性派女性的代表,她有自己的思想,敢于作出自己的决定,即使在成为封建婚姻的牺牲品后,仍敢于冲破封建纲常,大胆追求自己的爱情。"我不是周朴园的妻子,我不是周冲的母亲！”她就是这样一个敢于大胆释放自己的女性。正是这，才把她与那些默默忍受政权、族权、夫权，神权的一大群妇女区分开来，显出一丝耀眼的锋芒。

总之，我们在对《雷雨》里的人物形象进行分析时，不能再局限在社会政治的小圈子里，而应放在更广阔的社会、历史、时代的大坐标系中去分析、理解，只有这样，才能更客观更准确地去把握人物的本质。

（三）关于本剧语言特点的分析

戏剧作为一种综合舞台艺术，它是借助文学、美术、音乐、舞蹈等艺术手段来塑造人物形象，反映社会生活的。文学是语言的艺术，戏剧特别是以对话为主要特质的话剧语言，就更是艺术中的艺术了。

名剧《雷雨》中的人物语言，有如下三个明显的特点：

1. 高度的个性化

所谓人物语言个性化，对剧中人来说，就是什么样的人说什么样的话，在什么样场合说什么话。所说的话只能在此时此地由此人说，换了一个条件都不行。对读者和观众来说，则可以从话语当中看出他是什么人，处在什么场合。语言实际上就是人物个性、心理的外化。

周朴园　（忽然严厉地）你来干什么？

鲁侍萍　不是我要来的。

周朴园　谁指使你来的？

鲁侍萍　（悲愤）命，不公平的命指使我来的！

刚才还是一个温情脉脉，俨然在感情中不能自拔的性情中人，但立即就撕破了多情的面纱，露出了冷酷的本质；因为以周朴园之心度之，他感到了名声和利益的威胁。这个转变完全是人的本质使然，语言无法掩饰得了。

周朴园　　那么，我们就这样解决了。我叫他下来，你看一看他，以后鲁家的人永远不许再到周家来。

鲁侍萍　　我希望这一生不要再见你。

周朴园　　（由内衣取出支票，签好）很好，这是一张五千块钱的支票，你可以先拿去用。算是弥补我一点罪过。

无情又无义，再也伪装不下去了，便化为语言，绝！摆架子，树威信，即使在不是自家人面前，也无法自持。周朴园满脑子既充满封建思想，又具有资本家的本性，认为钱是可以解决一切的。这段话，没有修饰，非周朴园莫属，暴露出的是他赤裸裸的灵魂。这就是高度个性化的语言。

鲁大海的语言是他倔强、鲁莽、幼稚的个性的写照：

鲁大海　　可是你们完全错了。……

鲁大海　　（看合同）什么？（慢慢地）他们三个人签了字？……

鲁大海　　（如梦初醒）这三个没有骨头的东西！……

个性化语言的好处是：作家通过它展示人物的性格特征，读者通过它直观（实际上是"直听"）人物的性格，生动可感，真实可信。

2. 丰富的潜台词

潜台词即是言中有言，意中有意，弦外有音。它实际上是语言的多意现象。"潜"，是隐藏的意思，即语言的表层意思之内还含有别的意思。通过潜台词可以窥见人物丰富的内心世界。《荷花淀》中的水生嫂这样说：

"你总是很积极的。"

这是个经典的潜台词。自豪，埋怨，理解，嗔怒……妙就妙在不言中；若"言"，那就白了。

潜台词的作用是使语言简练而有味。简练而无味，不是潜台词；有味不简练，那几乎不可能；简练到晦涩，那只是作者的一厢情愿而已。

下面的潜台词使语言简练，情形是当事人不便说：

鲁侍萍　　她不是小姐，她是无锡周公馆梅妈的女儿,她叫侍萍。

周朴园　　(抬起头来)你姓什么?

鲁侍萍　　我姓鲁,老爷。

“你姓什么?”的言外之意就是:你怎么知道的这么多?再看下面的下面的潜台词,鲁侍萍同时扮演着两个角色,一实一虚,一口一心,很有意味:

鲁侍萍　　老爷问这些闲事干什么?

周朴园　　这个人跟我们有点亲戚。

鲁侍萍　　亲戚?

周朴园　　嗯,——我们想把她的坟墓修一修。

鲁侍萍　　哦,——那用不着了。

周朴园　　怎么?

鲁侍萍　　这个人现在还活着。

这几句话的另一层意思就是：她现在与你已经没有什么关系了;根本就无所谓什么亲戚;她没有死,现在就立在你面前;那次她母子被人救起了。

潜台词之所以与戏剧特别有缘,是由戏剧的特点所决定的。欧洲古典戏剧的“三一律”可以为之注脚:时间一律,地点(场景)一律,情节一律。如此集中的戏剧在语言上岂能拖沓冗长,岂能不以一当十?若把什么都交待清楚,岂不要演三天三夜?若什么都说得明明白白,那还有什么吸引人的地方?

以下鲁侍萍的两句话表明了她复杂的内心世界,我们也可以把它看成是潜台词:

鲁侍萍　　(大哭)这真是一群强盗!(走至周萍面前)你是萍……凭什么打我的儿子?

周　萍　　你是谁?

鲁侍萍　　我是你的——你打的这个人的妈。

愤恨，痛苦，失望，悲哀……什么都有，真是百感交集。

3. 鲜明的动作性

戏剧语言的动作性（或称动作语言、情节语言），是指人物的语言流向（人物语言间的交流和交锋）起着推动或暗示故事情节发展的作用。它不是静止的，它是人物性格在情节发展中内在力的体现。第二幕的结尾，繁漪与周萍的对话是一个很好的例子：

繁　漪　　（冷笑）小心，小心！你不要把一个女人逼得太狠心了，她是什么事都做的出来的。

周　萍　　我已经准备好了。

繁　漪　　好，你去吧！小心，现在（望窗外，自语，暗示着恶兆）风暴就要来了！

这几句对话，既暗示了情节的发展（后来她确实把什么都抖出来了），又推动了情节的发展（周冲对繁漪的背叛使矛盾激化），还暗示了人物的命运，一语双关。

暗示推动情节发展最典型的例子要数下面两个：

1. 鲁侍萍　　哦，——老爷没有事了？（暗示　）

周朴园　　（指窗）窗户谁叫打开的？（直接推动；节外生枝？）

2. 鲁侍萍　　老爷，没有事了？（望着朴园，泪要涌出。）（暗示　）

周朴园　　啊，你顺便去告诉四凤，叫她把我樟木箱子里那件旧雨衣拿出来，顺便把那箱子里的几件旧衬衫也捡出来。（直接推动；多么重要的衬衫！）

可以想见，如果没有接下去的鲁侍萍开窗户的动作，如果没有她精确地说出衬衫的件数和绣有“梅”字的衬衫，试问情节如何发展下去？周朴园的语言，就是典型的动作语言。它的作用，从某种角度看，仅仅在于推动情节而已。而这一点，正是作者的高明之处，也是一个剧作者必备的基本功。

《雷雨》中人物语言的特点，上述三点是主要的。当然还有其他特点，比如语言的口语化，便于观众当场接受等。学生在阅读过程

(4)汉字词语积累。(略)

(5)理清戏剧冲突脉络。

课文分为十节:

第1节:开头至“忿忿地往后走”,写李三的抱怨。

第2节:“栓子的妈,他岁数大了点”至“我给三爷拿菜钱去”,写妻子的埋怨。

第3节:“一群男女难民在门外央告”至“难民散去”,写打发难民。

第4节:“怎样啊?六爷!”至“明天还不定是风是雨呢”,写军警的敲诈。

第5节:“您慢走”至“报童追唐铁嘴下”,写超级骗子唐铁嘴。

第6节:“自言自语”至“同松二爷下”,写“铁杆庄稼”的幻灭与怀念。

第7节:“这小子”至“同宋恩子下”,写“混世魔王”的敲诈。

第8节:“刘爷,茶喝够了吧”至“你们到底有多少块现大洋”,写刘麻子的生意。

第9节:“王利发和崔九峰由后面慢慢走来”至“我只会念经,不会干别的”,写崔九峰的绝望。

第10节:“宋恩子、吴祥子又回来了”至结束,写“逃兵”的下场。

(6)人物性格特征分析。

①“哟!你这是什么话呀?咱们的买卖要是越做越好,能不给你涨工钱吗?……All right?”

(提示:既表现了当时社会经济的萧条,也表现了王利发自私的一面,从自己利益出发不“涨工资”。)

②“您等等……我感恩不尽!”

(提示:这表现了他委曲求全而又处世圆滑的一面。)

③“福气不小……我准给你留着!”

(提示:这表现了他顺应奉承,却又不上当的处世技巧,真是处世绝招。)

④"这个年月还值得感谢！听着有点不搭调！"

（提示：这表现了他对自己处境的愁苦，对现实的不满和愤恨。）

⑤"我也那样！我觉得请安比鞠躬更过瘾！"

（对不同的人采用不同的接待方式，此为处世精明之处。）

⑥"常四爷老是那么又倔又硬，别计较他！"

（为别人排解麻烦，这是他善良的一面。）

⑦"咱们可把话说开了，从今以后，你不能再在这儿做你的生意，这儿现在改了良，文明啦！"

（提示：精明干练，谨小慎微。）

⑧"好吧，我慢慢给你打听着！你看，十多年前那回事，我到今天还没忘，想起来心里就不痛快！"

（提示：想把别人支开，因为有两张嘴吃饭，这又是自私的表现。）

⑨"那么，你几不想想主意，卖卖力气，别叫大家作亡奴？"

（提示：这并不表明他有了觉悟，见人说人话，见鬼说鬼话，这表现了他深谙处世之道。）

王利发是裕泰茶馆的掌柜，也是贯穿全剧的人物。他从父亲手里继承了裕泰茶馆，也继承了他的处世哲学，即多说好话，多作揖。他胆小、自私，又精明、干练、善于应酬，对不同的人采取不同的态度。在黑暗的旧中国，尽管王利发善于应酬，善于经营，不断改良，却无法抵御各种反动势力的欺压。他对此也抱有强烈的不满，但表达得十分含蓄。就是这样一个精于处世的小商人，最终仍然没能逃脱破产的命运。王利发的悲剧，是旧中国广大市民生活命运的真实写照。

(7)布置作业：课后练习一。

（第二课时）

(1)检查课后练习一完成情况：重点品味王利发的性格。

(2)分析其他人物形象。

① 常四爷的形象：

常四爷是旗人，在满清时吃皇粮。但是他对腐败的清王朝不满，对洋人更加痛恨。第一幕中因一句“大清国要完”被抓起来，坐了一年的监狱。出狱后参加义和团，以后又凭力气靠卖菜为生。他正直，善良，敢作敢为，富于正义感。他不讳言他的不满，对抓过他的特务仍然很强硬，对正在发愁的王利发则雪中送炭。就是这样一个人，最后也穷困潦倒，绝望地喊出：“我爱咱们的中国呀，可是谁爱我呢？”这个形象代表了不甘受奴役的中国人，反映出旧中国人民的反抗情绪。

个性语言：

“今儿个城外头乱乱哄哄，买不到菜；东抓西抓，抓到这么两只鸡，几斤老腌萝卜。听说你明天开张，也许用的着，特意给你送来了！”

“瞧着给，该给多少给多少！”

“是呀，您的眼力不错！戊戌年我就在这儿说了句‘大清国要完’，叫你二位给抓了走，坐了一年多的牢！”

“凭力气挣饭吃，我的身上更有劲了！”

“什么时候洋人敢再动兵，我姓常的还准备跟他们打打呢！”

② 松二爷的形象：

松二爷也是个旗人，心眼好，但胆小怕事，懒散而无能。清朝灭亡前，他游手好闲，整日喝茶玩鸟。清亡后，“铁杆庄稼”没有了，但他仍然留恋过去的生活，不愿自食其力。他宁愿自己挨饿，也不让鸟儿饿着，一提到鸟就有了精神，最后终于饿死。这是一个没有谋生能力的旗人的典型，反映了中国封建社会的腐朽。

个性语言：

“怎么样？我想大哭一场！看见我这身衣裳没有？我还像个人吗？”

“我饿着，也不能叫鸟儿饿着！”

“我看见您二位的灰大褂呀，就想起前清的事儿！不能不请安！”

③ 刘麻子、唐铁嘴等形象：

这是一群地痞无赖，一个说媒拉纤、拐卖人口，一个是麻农相士，算命骗人。这样一类人物形象，反映了当时社会的畸形和病态。

“年头越乱，我的生意越好！这年月，谁活着谁死都碰运气，怎能不多算算命、相相面呢？”（唐铁嘴）

“赶明儿我一总还给你，那一共才有几个钱呢！”（唐铁嘴）

“有人卖，有人买，我不过在中间帮帮忙，能怪我吗？”（刘麻子）

“你个娘儿们，无缘无故地跟我捣什么乱呢？”（刘麻子）

④ 崔久峰的形象：

“以天下为己任”的革命者——“中国非亡国不可”的失败主义者。

⑤ 吴祥子、宋恩子的形象：

顺风倒的奸邪小人，靠坑害别人钻营偷生。

(3)通过戏剧语言看时代。

下面戏剧语言反映的是怎样的时代？

①“三爷。咱们的茶馆改了良，你的小辫儿也该剪了吧？”——满清覆灭。

②“袁世凯死后，天下大乱，今儿个打炮，明儿个关城，改良？哼！我还留着我的小辫儿，万一把皇上改回来呢！”——政局动荡。

③ 大兵：屌！谁要钞票？要现大洋！——通货膨胀。

④“告诉你，常四爷，要我们效力的都仗着洋人撑腰！没有洋枪洋炮，怎能够打起仗来呢？”——半殖民时代。

⑤“现在，人家总长次长，团长师长，要娶姨太太讲究要唱落子的坤角，戏班里的女名角，一花就三千五千现大洋！”——官僚生活腐化堕落。

(4)展开活动。

分小组扮演一段《茶馆》中的戏剧情节，或分角色模仿剧中人物的对话，并讨论评价。

(5)作业布置:课后练习二。

三、《三块钱国币》教学设计及评析

除了《雷雨》和《茶馆》外,本单元还选了一篇轻松、幽默,妙趣横生的独幕话剧《三块钱国币》。这样可以让学生全方位多角度地欣赏中国现代戏剧的魅力。

在进行本文的教学时,应先让学生通过各种方法了解一些必要的知识。

(一)本剧有关知识的教学

作者丁西林是中国现代文学史上极具特色的剧作家。他首先是一个物理学家,其次才是剧作家,仅仅在业余从事文学创作。仅此一点,在现代文学史上就不多见。当时的话剧,多以悲剧为主体,他却热衷于喜剧;旁人的名作均为多幕剧,他却以独幕剧见长,比如《三块钱国币》。"丁西林剧作数量不多,但独具风格,尤以独幕喜剧见长。"他"善于从人情世态中发现喜剧因素,通过揭示生活的情趣,制造悬念,组织戏剧冲突,把看来平淡无奇的事件,安排点染得波澜起伏,妙趣横生。他的作品大都结构精巧,形象生动,语言风趣幽默,受到读者和观众喜爱。""他的喜剧不以滑稽为目的,而以智慧为基础,幽默与机智密切相连。其中虽不乏讽刺嘲弄的意味,但轻松俏皮的幽默远胜于辛辣的讽刺,它不是引人哄堂大笑的讽刺喜剧,而是使人产生会心的微笑的幽默喜剧。"(《中国大百科全书·中国文学》)

独幕剧是19世纪后期才开始流行起来的一种短小精悍、全部剧情只用一幕就演完的戏剧。容量较小,情节较为简单,但要求所写事件的矛盾冲突的全过程,必须集中于同一时间、地点,即在一幕之中得到最完整、最集中、最充分的展现。通俗地说,独幕剧就是高度浓缩的戏剧。

在具体教学中,首先要让学生了解本剧的故事情节。《三块钱国币》的情节并不复杂:女佣李嫂无意中打碎了主人吴太太的一个花瓶,被勒令按原价赔三元钱后走人;同院住的大学生杨长雄为之鸣不平,和吴太太发生了争执。按说,这样的内容易于平淡,但作家偏能把此剧写得谐趣横生,引人入胜,原因是他有高超的喜剧艺术。

从人物设计的角度看,女主人公吴太太自私刻薄而又擅长口角,主人公杨长雄见义勇为、好打抱不平且又能言善辩。面对贫苦女仆李嫂打碎花瓶该不该赔这样一桩公案,二人之间必定有一场好戏,且是适合话剧舞台上演出的好戏。"针尖对麦芒",一场好看的戏就这样上演了。

(二)独幕剧有关特点的把握

具体来看,这出独幕剧有以下一些特点。

其一,矛盾冲突,一波三折。

常言道:"没有冲突就没有戏剧"。把握好矛盾冲突,是至关重要的。通常,在多幕剧里,矛盾冲突可以逐渐展开。而独幕剧受时空的限制,所以更需讲究情节的安排。此剧便是从"最重要的部分写起":隐去女佣打碎花瓶的情节,直接展示吴、杨二人间的争吵——女佣该不该赔花瓶。这就使得矛盾从演出开始就趋于激化,利于剧情的迅速展开。但也有不利处——起调既高,其后就难于再起波澜。好在作家有高招:在二人争执不下之际,让杨的朋友成众出面,催杨下棋,从而使激化了的矛盾有所缓冲。此是一跌宕。随之,及时引入警察奉吴太太之命,来拿李嫂的铺盖去典当的情节,又使杨长雄的义愤再次暴涨,出面干涉,于是第二次冲突陡然而起。不过,作家仍有节制,又让成众把杨长雄拉开,以缓解冲突。然而,这又一跌宕,实际上是在为最后的总爆发积蓄能量。果然,当吴太太再次上场,听到杨长雄批评她是"一个无耻的泼妇"时,该剧的最高潮终于到来。先是她逼问杨长雄,"什么叫无耻",杨"无言",乃"一忍";她又进逼:"哪一个是泼妇",杨"欲言而止者再,再忍";直至吴太太公然骂他是"无耻!下流!混蛋!”此时的杨长雄已忍无可忍,终于爆发,将吴太太的“另一花瓶”掷向地面,摔碎。显然,正是这一波三折的矛盾处理方式,使得剧情紧凑,又有起伏,始终吸引了观众的注意力,同时也有助于人物性格的充分展示。

其二,预设伏笔,嘎然而止。

作为喜剧,当然要引人发笑。但是丁西林认为,喜剧效果不是巧合,应写伏笔。伏笔引出来的笑,才是会心的微笑,自然而不牵强。比如此剧的开头与中间部分,曾两次写到吴太太拿起剩下的那只花瓶,极言其宝贵,并强调摔碎了就得赔偿三块钱。有此预设的伏笔,结尾处杨长雄的摔瓶(能使吴太太心痛,得以泄愤;送上三块钱国币,令其无话可说)与吴太太的反应(“抢了纸币,握在手内,捏成纸团,鼓着眼,看着对方”,纵有冲天怒火,一时也不知如何发出),都自然而然地产生了出人意料之外又合乎情理之中的喜剧效果。至于结束全剧的最后一句台词“和棋”,更令人叫绝。就剧情而言,是指吴太太又损失了一只她所喜爱的花瓶,并不宽裕的杨长雄也破了财,确实是不分胜负。从结构艺术来说,恰在冲突达到顶点之际,嘎然而止,则能留下无穷回味——促使人们在发出会心微笑的同时,思考现实生活中还在延续着的矛盾冲突。

其三,塑造人物,凸出个性。

对于独幕剧来说,想在有限的容量中塑造性格复杂、血肉丰满的人物形象,是非常困难的。丁西林的成功在于:一是不多设置人物,以使笔墨集中。比如,此剧的出场人物虽有五个,但从情节安排看,作家有意表现的只是吴太太、杨长雄与成众三人。二是运用多种手段,以使人物性格凸显。例如,剧中有吴太太的多段台词,从中不难看出她的自私、刻薄与“泼妇”的胡搅蛮缠。又如,剧中还有杨长雄的一些情态描写——“从蒲团上跳起来”“面白手颤”等——亦显示了他的见义勇为与容易冲动的性格。还有成众这一人物,作家只让他在剧情发展的关键处有一两句插话,但与锋芒毕露的杨长雄恰好形成对比,从而益发显得沉稳与幽默。

其四,语言运用,幽默俏皮。

高尔基说过:“剧中人物之被创造出来,仅仅是依靠他们的台词”(《论剧本》)。此话显然是在强调戏剧语言的个性化特征。而对于喜剧来说,还有一个喜剧性的问题。其特征是:“轻松,俏皮,幽默,夸张等等”(丁西林《戏剧语言与日常讲话有别》)。当然,并非剧中的每一个人物,或每一句话都充满了幽默。关键是恰当场合的适当运用。譬如此剧开头,吴太太有段哭穷的台词:“白米卖到六十块钱一担,猪肉一块五毛钱一斤,三毛钱一棵白菜,一毛钱一盒洋火”于是作家在随后的剧情中,安排杨长雄模仿吴的口吻,也来了段相类的台词:“这个年头,自来水笔,卖到六十块钱一枝,钢笔头两块钱一打,九毛钱一瓶墨水,一毛钱一只信封。”这里,吴太太是假穷,其哭穷的目的是逼女佣赔钱。而杨长雄的埋怨则是对吴太太的嘲讽,话语中蕴含着俏皮。再如,作家为了表现杨长雄的见义勇为,还给他安排了不少谴责吴太太的长篇台词。这些好似演讲、努力说理的台词,激昂慷慨,就其本身来说并无喜剧色彩。然而用在日常生活中,面对的是胡搅蛮缠的吴太太,无异于对牛弹琴。于是,这种义正辞严的演讲式台词,就被夸张了,透着幽默。

丁西林曾提醒不要将他的剧“演成一个闹剧”,因为“闹剧是一种感性的感受,喜剧是一种理性的感受;感性的感受可以不假思考,理性的感受必须经过思考……闹剧只要有声有色,而喜剧必须有味道……闹剧的笑是哄堂、捧腹,喜剧的笑是会心的微笑”(《孟丽君·前言》)。以此去对照《三块钱国币》以及他的另两个独幕剧名作《一只马蜂》和《压迫》,必能感悟幽默性喜剧的真谛。

本剧的教学,学生在对内容的理解上不会出现任何问题,最关键之处,就是让学生如何理解本剧的喜剧效果。由于学生对当前流行的喜剧小品非常熟悉,在本文的教学中可把其作为一个小品让学生以演课本剧的形式来进行。

第七章　中学语文现代文学作品选修课教学

中学语文现代文学作品选修课是新的语文课程标准颁布以来在我国基础教育高中阶段出现的一种新的课程形态。《普通高中语文课程标准(实验)》对现代文学作品系列选修课的教育理念、课程目标和实施要求作了明确的规定,但如何有效展开该系列选修课的教学,目前在我国语文教育实践领域尚没有积累丰富有效的经验,理论研究更是相对薄弱。本书将对此作系统探讨,以期抛砖引玉,引起更多语文教育理论界同仁对该领域研究的关注。

第一节　普通高中语文选修课的开设

一、选修课的开设及教学内容

《普通高中语文课程标准(实验)》(以下简称“新课标”)要求高中开设“诗歌与散文”、“小说与戏剧”、“新闻与传记”、“语言文字应用”、“文化论著选读”五个系列选修课,同时规定每个系列分若干个模块进行教学实施,该规定对高中语文课程与教学带来了深远的影响。

关于选修课的教学内容,高中语文课程标准提出了指导性意见。根据新课标的有关内容我们可以看出,语文选修课开设目的在于适应学生不同的兴趣、爱好及发展需求,适应不同地区、不同学校和教师水平的差异。学生的语文能力、知识水平和心理需求不同,各地区、各学校的教学实际不同，语文教师的专业知识结构、教学水平和教学风格也不尽相同，这就意味着，语文选修课的开设也应该存在差异，不然，选修课就失去了它本身的意义。基于此，新课标将高中语文选修课分解为"限定选修"和"自由选修"两部分，"限定选修"为"五选四"，即从五个系列选修课中任意选取四个模块，获得 8 个学分，"自由选修"为"多选三"，即在"限定选修"基础上再从五个系列中任选 3 个模块，获得 6 个学分。

按照新课标的精神，这些选修课的内容都应该由学校、教师根据自身特点，自主研究，自主开发。但在操作过程中，限于种种因素，如师资力量参差不齐，课程资源和教育经费存在差异等，选修课程内容的研发、教材的出版都由一些力量雄厚的出版机构负责。目前，有关选修课的教学内容，人民教育出版社准备开发 16 种，广东教育出版社准备开发 14 种，江苏教育出版社准备出版 14 种，山东人民出版社也准备出版 12 种，①其他如语文出版社、人民出版社、安徽人民出版社也在纷纷组织力量编写选修课教材。

参与教材编写的人员，大多来自高校从事相关专业教学与研究的教授群体，以及一些中学语文特级教师。他们具有丰富的教学经验，又对相关领域内容比较熟悉，所编教材能够做到深入浅出，可读性与趣味性都比较强。

二、选修课程的教学

高中语文选修课是在必修课的基础上，为进一步全面提高学生的语文素养，针对不同兴趣爱好和个性特征学生的特点，根据学校实际情况尤其是语文教师的专业化水平而开设的课程。其设置要依据国家和各地区课程设置方案，依据语文课程标准关于选修课程开设的理念和要求，同时还要充分考虑地区、学校之间的差异，考虑不

① 魏本亚:《论高中语文选修课程实践中的几个焦点问题》,《徐州师范大学学报（哲学与社会科学版）》,2006 年第 5 期。

同年级、不同语文能力和语文知识水平、以及不同兴趣爱好学生的学习实际、心理特点和学习需求。因此，选修课的教学没有、也不应当有固定的模式可供遵循，教师可以根据自己学校特点，结合学生实际状况，灵活机动的把握和实施。

关于教学方法方面，在选修课的教学过程中，应以研究性学习为主，充分注意学生积极性、主动性的发挥，引导学生在自主学习、合作学习中，通过自己的独立探究和与同学的合作探究获取知识，如研读文本、活动体验、问题探究等都是可供借鉴的学习方法。

语文选修课由5个系列构成，每个系列又是由若干个模块呈现在学生面前，因此，教学过程中，可以引导学生系统整理每个模块的内容，形成若干专题，再通过引导学生对每个专题的系统研习，带动对整个模块的学习。如有关《家》、《春》、《秋》的选修课，可以尝试列出人物、主题、环境、语言、文化等几个专题。在诗歌、散文、小说、戏剧等文体教学过程中，要注意引导学生对相关文体、文化知识的积累，可以借助网络等现代传媒辅助教学。

三、有关选修课认识的误区

目前，关于选修课，存在这样几个误区。

首先，将选修课等同于必修课，表现在课程管理、教材选取、教学过程的开展等方面。必修课是从共同基础的要求出发选择安排教学内容，追求多种语文能力的综合发展；选修课则是在必修基础上，针对不同学生特点，有侧重地培养学生语文应用能力、审美能力与探究能力。

其次，模仿高校选修课程，将高等院校中文系相关课程下放至高中阶段。实际上，普通高中语文选修课的内容，不管就其广度、深度，还是就学生的接受程度，都无法同大学中文系相比。

其三，根据高考的要求，选修课上成了“习题课”或“知识点归纳课”。这几年，受高考的“指挥”，不论是教师，还是学生，都使尽浑身解数提高考试分数，于是一些学校和教师就误将选修课当成了高考补习班、强化班之类对待。

其四，选修课教学仍旧注重教师满堂灌、一言堂，很少顾及学生的积极性、主动性的发挥。这同选修课的设置初衷是相违背的，选修课教学应充分注重学生自主学习，探究学习。

第二节 中学现代诗歌与散文系列选修课的教学

《普通高中语文课程标准（实验）》明确规定了诗歌与散文系列选修课程的课程目标，如何依据该系列的课程目标实施现代诗歌与散文系列选修课的教学？语文教师在教学过程中，可以而且应该结合自身特点，因地制宜的进行。

一、现代诗歌与散文系列选修课教学目标与特点

（一）诗歌与散文系列选修课教学目标

新的高中语文课程标准中关于“诗歌与散文”的课程目标如下：

（1）培养鉴赏诗歌和散文作品的浓厚兴趣，丰富自己的情感世界，养成健康高尚的审美情趣，提高文学修养。

（2）阅读古今中外优秀的诗歌、散文作品，理解作品的思想内涵，探索作品的丰富意蕴，领悟作品的艺术魅力。用历史眼光和现代观念审视古代诗歌的思想内容，并给予恰当评价。

（3）借助工具书和有关资料，读懂不太艰深的古代诗文（与附录一所建议的古诗文程度相当），背诵一定数量的古代诗文名篇。学习古代诗词格律基础知识，了解相关的中国古代文化常识，丰富传统文化积累。

（4）学习鉴赏诗歌、散文的基本方法，初步把握中外诗歌、散文各自的艺术特性，注意从不同角度和层面发现作品意蕴，不断获得新的阅读体验。

(5)尝试诗歌、散文的创作,组织文学社团,展示成果,交流体会。

将上述课程目标概括起来,我们可以看出,现代文学作品中的诗歌和散文教学目标包括以下几个方面要点。

1. 掌握鉴赏诗歌、散文的基本方法

目标(3)、(4)是就"诗歌与散文"学习方法而言。关于方法,一方面要注意诵、读等传统教学方法的采用,注意相关文体、文化常识的积累;另一方面,由于诗歌与散文是两种文体,其艺术特色存在很大区别,因此鉴赏方法又略有不同。

如诗歌,要在了解其基本知识,如体裁、题材、用韵、平仄等的基础上,逐步学会从意象、意境的角度入手进行赏析。"所谓意,就是诗人要表达的思想感情,境,是诗人所描写的客观景物,主观的思想感情与客观景物之间有机融合成一个整体,就是诗歌的意境"。教学过程中要引导学生充分发挥想象与联想,揣摩作品的言外之意,体会艺术再创造的巨大喜悦。

如散文,由于其在题材、风格上存在很多差异,结构形式、语言表达具有很大自由,且中国散文与外国散文、现代散文与古代散文之间又有所不同,因此鉴赏方法也是灵活多变的。可以引导学生从散文的语言、结构、意蕴等方面入手进行欣赏。

2. 丰富情感,陶冶情操

教育的根本目的是培养和谐发展的个体,而一个人健康人格的获得,高尚审美情趣的形成,在很大程度上取决于他所受的教育。诗歌与散文在这方面具有得天独厚的条件,古人讲究"兴于诗,立于礼,成于乐"就是这个道理。目标(1)提出注重学生高尚审美情趣的培养,要通过一些优美诗歌、散文的学习,加强传统文化的积淀,陶冶情操,丰富人格内涵。

高中生在小学和初中阶段学习的基础上,形象思维得到进一步丰富和深化,逻辑思维能力有明显发展,情感体验更加丰富和细腻。这些发展都要求高中生进一步加强内在精神修养。通过诗歌、散文鉴赏来达到此目的，是完全能够做到的。

3. 尝试诗歌散文的创作

在“诗歌与散文”选修课的教学过程中，应鼓励爱好诗歌、散文的学生进行创作。只有通过创作实践，学生才能更深刻的理解这类文体，并从创作的过程中体会到成功的喜悦。需要强调的是，中学生的诗歌、散文创作，应重点关注其创作过程。换句话说，不是要求每个学生都能成为诗人、作家，他们能够创作出高水平的作品固然甚好，但不要以过于统一的标准要求每一个学生。对于有些学生而言，只要能有创作的兴趣，并在学习过程中进行尝试就可以了。

（二）现代诗歌与散文系列选修课的教学特点

诗歌与散文是两种历史最悠久、影响最深远的文体，长期以来一直是语文课程的重要教学内容。高中选修课中的现代诗歌与散文教学，既具有义务教育阶段和高中语文必修课现代诗歌、散文教学的一般特点，又具有自己的独特性。

1. 知识性

选修课中的现代诗歌、散文教学和必修课中的现代诗歌、散文教学一样，在教学中需要强调知识的积累。首先，新课程主张“淡化语文知识”，但并不是“不要语文知识”，相反，一些语文知识的获得，正是学生形成语文能力、提高语文素养的前提。其次，从时间设计方面看，新课程必修课缩减为1.25年，选修课则为1.75年，二者比例失调，“违背了母语教育规律，动摇了语文的根基”[①]。有关诗歌、散文文体的一些常识，如抒情诗、叙事诗、抒情散文、叙事散文的特点；现代诗与古诗的区别；散文的艺术特色及文体知识；现代著名诗人和著名散文家的创作经历和文学主张；现代经典诗歌和散文作品的创作背景和在文学史中的地位和影响等等，靠必修课1.25个学年的学

① 魏本亚：《论高中语文选修课程实践中的几个焦点问题》，《徐州师范大学学报（哲学与社会科学版）》，2006年第5期。

习肯定不够，需要选修课教学中有针对性地予以强化。

2. 审美性

诗歌的艺术魅力在于它的优美的意境和韵律，或者说，好的诗歌能在人的脑海里形成画面，能给人以美的享受。文学性强的散文，在艺术表现手法上同诗歌也存在相通之处。教学过程中需要注意引导学生对这些“意境”的领会，要引导学生体会诗歌的意境美，感受其音乐美。对于散文，除体会其中的意蕴、意境外，还要注意从语言、文章结构等方面入手来鉴赏。

3. 情感性

抒情性是诗歌最重要的品格。严羽《沧浪诗话》：“诗者，吟咏情性也。”诗人在生活中接触外物并受到刺激时，内在情感会产生变化，进而借物载情，以诗歌的形式表达出来，“情”贯穿其始终。散文虽和诗歌是两种不同的文体，但在“抒情性”方面却无本质区别。

鉴赏文学作品是读者与作家、作品之间的对话。要更好地实现这种对话，就要求读者在鉴赏时充分调动自己的情感因素，最大程度与作者在感情上进行沟通。这一方面要求读者具有一定的悟性、灵性，另一方面也需要教师在教学过程中予以适当点拨，教给学生相关方法、技巧。

4. 实践性

“诗歌与散文”教学的实践性表现在两个方面。首先，鉴赏活动要求“实地操作”，不能仅仅教给学生一些抽象的文艺理论知识或概念。诗歌散文鉴赏需要文艺理论、文学史常识，但如果让学生抽象地了解这些概念则没有任何意义。其次，要鼓励学生进行创作，从信息传播的角度看，鉴赏阅读是信息的“输入”，而创作则是信息的“输出”。唯有借助“输出”，才能将有关诗歌、散文的知识升华，获得理性认识。

二、现代诗歌与散文系列选修课的教学要点

选修课中的“诗歌”，包括古今中外各种体裁、题材的诗、词、曲等

文体;“散文”则侧重指文学性,或曰“诗性”散文,以抒情、写景、言志等主题为主。选修课程的教学,没有固定模式可循,需要学校、教师发挥积极性,根据自身特点灵活把握。本章只就一些共性问题,如教学内容的确定、教学过程展开、教学方法的选取等问题作些简要说明。

(一)精选教学内容

按照选修课程的设计思路,其教学内容应以学校、教师自主研发的课程为主。然而在实际过程中,限于各种各样的原因,大多数学校都选用出版社编写的现成教材。不管是自主开发的教学内容,还是选用现成教材,都应把握一个原则:精选教学内容。这包括两个层面意思:

第一,选精品。即要保证选取最优秀的现代诗歌、散文作品教给学生。中国是个诗的国度,诗和词是我国发展最为成熟的两种文学样式,可以说,中国诗歌就是中国文化。其中,唐诗、宋词无疑是两座高峰,现代诗歌又是一座高峰,它们不仅给后人艺术创作提供了取之不尽的灵感来源,也是我们教育下一代时首选的教学内容。然而现代诗歌作家多、作品多、流派多,不可能在有限的教学时间内涉及所有内容,只能是将其中最精华、最优秀的部分,如郭沫若、徐志摩、戴望舒、毛泽东等的诗作,精选出来让学生学习。关于散文,中国现代散文大家有很多,如鲁迅、朱自清、茅盾等,它们创作的既针砭时弊、锋芒犀利,又有冷静、睿智的人生哲理类作品,都是本课程首先考虑的学习对象。

第二, 选最适合教学的作品。这又可以从两个方面来理解,首先,所选作品应充分考虑学生特点,具有针对性,不能过难,也不能过于容易。例如一些重点中学,可能学生基础较扎实,硬件设施也不错,则所选内容应相对深些,以期学生获得更大的发展;而对于一些条件较差的学校,则应选取一些相对容易的作品,以能激发学生兴趣为佳。其次,所选教学内容应有计划性,充分考虑与义务教育阶段和高中语文必修课教学的衔接。有些作家作品,如鲁迅、朱自清、郭沫若等,学生早就接触过,因此,选修课中有关这些教学内容一方面

(3)学习鉴赏小说、戏剧的基本方法，初步把握中外小说、戏剧各自的艺术特性。注意从不同的角度和层面解读小说、戏剧作品，提高阅读能力和鉴赏水平。学写小说、戏剧评论，力求表达出自己的独特感受和新颖见解。

(4)朗读小说或表演剧本的精彩片断，品味语言，深入领会作品内涵，体验人物的命运遭遇和内心世界，把握人物的性格特征。

(5)尝试对感兴趣的古今中外小说、戏剧进行比较研究或专题研究。

(6)留心观察社会生活，丰富人生体验，有意识积累创作素材，尝试创作小说、剧本，互相交流。

将上述课程目标概括起来，我们可以从以下几个方面来理解现代文学作品中的小说与戏剧教学目标的要点：

1. 掌握现代小说、戏剧鉴赏的基本方法

学习方法是顺利展开语文学习的条件，对于选修课学习来说，学习方法对学生学习效果的影响更大，从一定程度上可以说，在语文学习中学习方法是影响学习成绩的第一位因素。课程目标3、4、5所罗列的都和小说与戏剧鉴赏方法有关，这些方法包括三个层面的含义：

首先，要把握现代小说与戏剧的艺术特色。

生活的内容有多丰富，文艺作品的内容就有多丰富；生活的形式有多复杂，文艺作品的形式就有多复杂。小说和戏剧同属叙事文学，是作家对现实生活的反映，其内容和形式来源于生活，又高于生活。对小说戏剧的理解，要尽量避免简单化、概念化和绝对化，“中国古典小说写人重出场、重细节安排、情景安排重跌宕起伏、出人意料；古典戏剧唱词重抒情，人物动作较夸张和程式化；西方现代主义小说戏剧重主观，多用荒诞手法和意识流手法，叙事视角和表现手法十分多样；影视作品追求视听逼真、重综合表现、重蒙太奇等”①。中国的现代小说和戏

① 语文课成标准研制组：《普通高中语文课程标准（实验）解读》，湖北教育出版社2004年版，第123页。

剧既继承了古典小说和戏剧的艺术传统，又融入了现代西方小说和戏剧的艺术手法。此外，一些著名的现代小说家如鲁迅、茅盾、巴金、曹禺、老舍等还结合自身的文学主张、学识经历和创造经验，形成了独具一格的创作风格和特色。在教学过程中，应根据现代小说、戏剧这些艺术特色来进行赏析，引导学生探究不同作家、不同作品的艺术特色，在把握每一篇作品的具体特色的基础上，领悟一类作品的共同特色。

其次，应注意从不同的角度和层面来理解同类文体的作品。

过去，教师在指导学生阅读文学作品时，习惯于从社会历史角度入手分析和阐释作品的思想内容和艺术手法，这样解读往往易于使学生对作品人物的理解脸谱化和概念化，甚至容易导致政治图解和贴政治标签。其实小说和戏剧解读的方法是很多的，教师可以引导学生从文化视角、心理视角、人类学视角、形式视角等方面入手阐述对作品的认识。例如，对《雷雨》中的主人公周朴园的分析，不能只是把他看作剥削和压榨工人阶级的资本家，还可以从人性的角度来分析它作为一个男人、父亲、丈夫有哪些性格特点。此外，面对一部小说或戏剧作品，不能仅仅分析它的中心思想、人物形象，还要注意对作品的情节结构、戏剧冲突、叙事方式、语言风格、表现技巧等方面进行分析阐释，引导学生多层面解读和鉴赏同一作品。

再次，要引导学生尝试写小说和戏剧评论。

进行小说和戏剧评论写作，既能培养学生阅读鉴赏小说和戏剧的兴趣爱好，又能培养创造思维能力。学生通过写评论能初步将自己对作品意义的理解，对作品艺术特性的把握，借助适当的形式表达出来。表达时要注重自己的鲜活感受、独特体验。

2. 从现代小说与戏剧中汲取营养

小说与戏剧作为再现生活又高于生活的叙事文艺，是人类认识世界、反应世界并对自身生存状态进行反思的两种形式。古今中外的小说与戏剧，都含有十分复杂的文化意蕴和丰富的艺术营养，它们对人类精神世界的影响，乃至对整个人类文化的进步，都具有不可替代的作用。

语文课程要传承优秀文化，培养和谐发展的个性。因此通过引导学生对优秀小说、戏剧作品的阅读与赏析，提高人文素养，丰富精神生活，提高内在修养，加深情感体验，提高对社会与历史发展的认识，也就是本系列选修课的重要教学目标。

3. 尝试小说戏剧的创作

为进一步激发学生热爱生活、观察生活的热情，丰富学生有关小说、戏剧的知识，加深对小说与戏剧通过人物形象和矛盾冲突来反映生活的艺术表现手法的认识，在教学过程中，同样需要鼓励学生尝试小说、戏剧的创作。这样做，还可以发掘一些有创作天赋的学生加以培养，以求其在这方面有更大的造诣。指导学生进行小说、戏剧的创作，也主要看重学生动手、动笔的兴趣的培养，应重点关注学生的创作过程。

（二）现代小说与戏剧系列选修课的教学特点

“小说”与“戏剧”属传统语文教学内容，有关这类文体的教学，理论研究比较透彻，实践经验也比较丰富。同“诗歌与散文”一样，“小说与戏剧”选修课教学也具有知识性、审美性、实践性特点。就“知识性”而言，如小说、戏剧的文体特点，教学过程中涉及的作家作品等文学常识，都是在教学过程中不能回避的；审美性方面，该类文体具有的大量人物形象、矛盾冲突，以及独具匠心的结构安排，都需要教师引导学生进行品味与赏析；“小说与戏剧”教学也离不开实践过程，需要学生动手、动脑等。同时，现代小说与戏剧教学除了具有小说与戏剧教学的一般特点以外，还具有自己的一些独特方面：

1. 形象性

现代小说与戏剧一个重要特点是它们具有鲜明生动的人物形象。尤其小说，非常注重人物形象的塑造。一部好的小说，精彩的故事和曲折的情节固然能起到不错的艺术表达效果，但情节仅仅还是“躯体”，其“灵魂”则是人物形象，没有生动的人物形象，再曲折动人的情节也像是缺少了“灵魂”的“躯体”。例如欣赏长篇小说《家》,我们首先想到的不是“封建家族的衰亡史”,也不是“阶级斗争的教科书”,而是一系列鲜明动人的人物:觉新、觉民、觉慧、梅……;提到《雷雨》,我们首先也会想到鲁侍萍、鲁大海、四凤、周萍等。在教学过程中要注意引导学生在整体感知的基础上,了解这些人物形象的外貌、行为和心理,并把他们在大脑中活灵活现地再现出来,形成各种人物的表象,具体分析这些人物形象的性格特点以及人物之间的关系,形成对这些人物形象的正确认识。

2. 冲突性

戏剧注重矛盾冲突。戏剧除同小说一样具有许多鲜明生动的人物形象外,往往还安排有动人心魄的矛盾冲突。这些冲突包括:(1)个人与个人之间、个人与群体之间的行为冲突、性格冲突、感情冲突、语言冲突等;(2)人物与环境之间冲突;(3)个人自身的思想冲突、心理冲突等。其中,最为典型的是人物之间的冲突。如《雷雨》,几代人之间,三十多年的恩恩怨怨,全在一天之内上演,主要人物之间错综复杂的矛盾冲突,让你反复咀嚼推敲,欲罢不能。在教学过程中,要注意引导学生对这些矛盾冲突进行细致深入地品味与揣摩。

3. 情感性

情感是小说与戏剧的灵魂, 阅读鉴赏小说与戏剧的过程也是“披文入情”的过程,因此,现代小说与戏剧教学也具有“情感性”特点。小说与戏剧是作者结合自己的人生体验,对生活的艺术再加工,每一部作品无不浸透着作者的喜怒哀乐。与诗歌、散文的“情感性”特征不同,小说、戏剧的“情感性”具有渗透性,是让读者不知不觉的沉于剧情当中,心甘情愿与剧中人物同喜同悲。在鉴赏小说、戏剧的人物形象或矛盾冲突时, 也需要充分调动学生情感因素的参与,发挥想象和联想。

4. 探究性

从小学到高中,学生已经学习了大量小说与戏剧作品,积累了大量关于小说戏剧的基本常识。选修课中的“小说与戏剧”教学与前者最大的不同，就在于它具有探究性。这里的探究性，首先体现在它注重基础知识的学习，但又不仅仅满足于对基础知识的学习。小说、戏剧的基本常识和相关文学史知识，不是通过教师的讲授直接灌输给学生，而是让学生在阅读、鉴赏活动实践中自主获取这些知识。其次，如目标5的要求，学生应该就自己感兴趣的问题开展比较研究和专题研究，带着问题去阅读，并尝试着通过自己的努力解决这些问题。学生探究、解决的问题，不一定要很高深，很有创造性，只要求能通过自己的思考，有一些属于自己的收获即可。

5. 多元性

读者对小说与戏剧意义解读是多元的，具有不同审美观念、审美标准和审美情趣的读者阅读同一篇小说与戏剧会有不同的理解，即通常所说“一千个读者眼中有一千个哈姆雷特”。因此，现代小说与戏剧选修课教学也有多元性特点。中学现代小说、戏剧作品中生动的人物形象与复杂的矛盾冲突，都是作者对生活的独特感受，是个复杂的多向度存在。具有不同人生阅历和不同知识经验的读者，对它们的认识不可能相同，如孔乙己、阿Q、周朴园、繁漪等，不同读者对他们的形象可能作出不同评价。教学过程中要鼓励学生展开发散思维，从不同角度对这些人物进行认识。但需要注意，“多元解读”不是“随意解读”，学生关于这些人物形象或其他相关问题的看法，要符合常理，不能跑得太远，“一千个读者”眼中的“一千个哈姆雷特”，毕竟还是哈姆雷特，而不是其他人。

二、现代小说与戏剧系列选修课的教学要点

现代小说与戏剧选修课的教学，既要注意同义务教育和高中语文必修课小说、戏剧文体教学的衔接，又要考虑到语文选修课教学的特点与高中生身心发展的特点。现代小说与戏剧选修课教学可以从以下几个方面展开：

(一)教学内容的确定

在进行现代小说与戏剧教学时，不管是学校自主研发课程资源，还是选用现成的语文教材,其首要问题仍然是教学内容的确定问题。

确定现代小说与戏剧教学内容时需要着重把握两个基本原则：

首先,要考虑所选作品的艺术成就。小说与戏剧具有栩栩如生的人物形象,更适合平民大众的欣赏口味,一些耳熟能详的经典作品,如《阿Q正传》、《家》、《子夜》、《骆驼祥子》、《雷雨》、《日出》等,已成为普通民众精神世界的重要组成部分,尤其在当今社会,随着大众文化的流行,电影、电视对它们一再翻拍、改编,至今又焕发出新的生命力。五四新文化运动以后,在梁启超、胡适等一大批进步知识分子倡导下,中国的小说创作兴起高潮,出现大批优秀作家作品。改革开放后出现的知青文学,女性文学,也以其贴近生活、关注现实等艺术特色在文坛占据重要地位。至于当下小说与戏剧作家、作品,内容更多,问题更复杂。学生成长过程中,无时不在受这些文艺形式的影响,语文课堂阅读与鉴赏的对象,无疑只能是其中的精品。

其次,要考虑具体教学过程的实际需要。小说、戏剧作品形式多样,有的篇幅较长,内容过多,不一定适合中学语文课堂教学,如何处理二者之间的矛盾,也是选取教学内容时必须考虑的问题。教学过程中,可以借鉴义务教育和高中语文必修课程的做法,精选其最精彩的部分进行教学,如《鲁迅作品选读》之《鲁迅小说选读》、《老舍小说选读》、《现代戏剧名作欣赏》等,这样可以激发学生兴趣,引导他们去读原著。也可以选取一部代表性作品重点研读,如《〈雷雨〉研读》,以获取对作品的理性认识,从而形成能力,并迁移至其他作品的阅读与理解。

围绕“小说与戏剧”开发的选修课代表性教材有：

语文出版社:《优秀电影作品欣赏》[①];人民教育出版社:《中国小

① 史习江:《语文版高中课标语文选修课教材说道》,《语文建设》,2006年第9期。

说欣赏》《中外戏剧名作欣赏》《影视名作欣赏》[①]；江苏教育出版社：《鲁迅作品选读》《中外戏剧名著选读》[②]；广东教育出版社：《短篇小说欣赏》、《戏剧欣赏》[③]等。

需要说明的是，对于这些选修课教学内容，是要“学完”，而不是要“教完”。如《中国小说欣赏》几乎是大学中文专业学生一两年之内才能学完的课程，《短篇小说欣赏》要花的时间可能更长。而高中语文选修课的教学只有几十个课时，学生同时还有其他课程需要学习，要在课堂上将这些选修课内容全部“教完”几乎是不可能的。这就给语文教师极大挑战，要求他们善于把握重点，以传授方法、培养兴趣为主。

（二）教学方法的运用

关于现代小说与戏剧选修课教学方法的运用，一方面需要考虑学生积极性、主动性的发挥，以学生自主、合作、探究学习为主。另一方面，又需要注意教师的引导，灵活运用一些传统教学方法，如教师的讲，学生的读等。需要强调的是，选修课中教师的“讲”，不是乱讲，也不是喋喋不休，完全以讲代替学生的思维，而是择其精要，三言两语，以启发学生思维为佳。学生“读”，也是非常具有生命力的语文教学方法，读的内容不仅仅限于诗歌、散文，一些优美的小说、戏剧作品同样适合于学生读。通过读，引导学生确立正确的感情基调，可以体会剧情、人物的命运，丰富内在情感体验。

注意人物形象的品评。人物形象是小说、戏剧文体所特有的，品评人物形象的过程，就是对作品进行赏析的过程。小说、戏剧的素材来源于生活，生活是复杂的，因此其人物形象也是复杂的，如《雷雨》

① 顾之川：《人教版高中语文选修课教材介绍》，《中小学教材教学》，2006 年第 2 期。

② “百分百文本”网站：http://www.100txtcom/lunwen/gzlw/gzywlw/200606/20060629101726_55182_4.html.

③ 《陈佳民介绍粤教版语文教材》：http://www.edudo.com/yuwen/Article_Print.asp?ArticleID=3033.

中的周朴园,鲁迅笔下的孔乙己、阿Q等,都是矛盾着的,要结合其时其地的社会条件来进行分析,作出评价。中学生限于生活的阅历、思维的水平,要对作品人物形象作出正确评价无疑具有难度,这就需要老师充分发挥"闻道于先"的优势,设置相关问题,给予必要提示,教给学生赏析的方法技巧,并进行适当的训练。

注意结构安排的赏析。优秀小说、戏剧作品在结构安排上也多独具特色,有的"一明一暗,两线交织",有的"多条线索,齐头并进",有的"点""面"结合,还有的"纵横交织,形成网状结构"等等。教学过程中,要引导学生逐步学会欣赏这些情节结构的精妙之处。

(三)综合性学习的开展

选修课中的现代小说与戏剧教学,同样适合于开展综合性学习。

一些选修课教材,如语文出版社的"小说与戏剧"系列教材编写体例是这样的:

本系列共开发四门选修课, 每门选修课由若干教学单元组成,每个单元由若干主题相近或相关的课文组成,每一课又包含"课文""课后练习(初读印象.品读.鉴赏)""相关链接(介绍作家作品和写作背景等)""体验与探究(体现学习与评价要求的,如写小说、评小说之类)"四个部分。

这种编写体例提供了大量"资料链接""体验""探究"之类,充分注意了学生的活动,让学生通过学习过程中的合作、探究来获取知识,共同提高。

教学过程中,首先可以开展"比较研究"或"专题研究"。有比较就有发现,古今中外的小说与戏剧,虽然发展道路不同,风格也不同,但反映的无非都是人类面临的共同话题,关注的都是人类的生存与发展状态。并且愈到后来,其相互之间的影响愈大,关系愈密切。可以指导学生分别按国别、作者、体裁、题材、流派风格等标准将这些作品进行分类,如"中国古代小说""意识流小说""写实小说